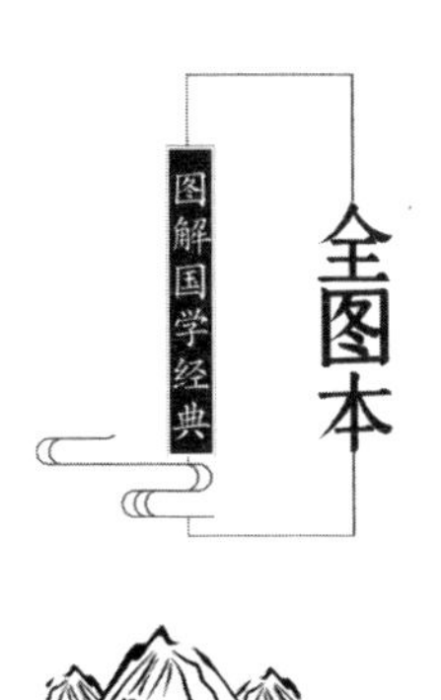

新编千家诗评注

周掌胜 选编 注释
彭万隆 评析

浙江古籍出版社

前　言

一

诗歌是中国文学中产生最早并得到最充分发展的一种艺术形式。早在二千五百多年前的西周初年至春秋中叶，就诞生了中国文学史上第一部诗歌集——《诗经》，成为当时政治、伦理、生活的教科书。稍后，在南方楚地民歌基础上又发展起来一种新的诗体——楚辞，屈原则是其中最杰出的代表。以“国风”为代表的《诗经》和以《离骚》为代表的楚辞，开创了中国诗歌现实主义和浪漫主义的优秀传统。

两汉时期，“感于哀乐，缘事而发”（《汉书·艺文志》）的乐府民歌继承并发扬了《诗经》的现实主义优秀传统，涌现了《孔雀东南飞》《陌上桑》等标志着民歌艺术高度成熟的优秀作品。同时期的文人在汉乐府民歌的影响下，也创作了不少五言诗，极大地提高了诗歌的表现力和抒情性，《古诗十九首》就是其中的优秀之作，被誉为“五言之冠冕”（《文心雕龙·明诗》）。

汉末建安时期，以“三曹”“七子”为代表的众多诗人，继承汉乐府民歌长于叙事的传统，发扬“古诗”在抒情方面的优点，形成了慷慨悲壮的诗歌风格，促进了文人五言诗的成熟。曹操的《短歌行》等四言诗则是《诗经》以来少见的佳作。

西晋建立以后，诗歌开始走上重技巧、轻内容的形式主义道路。直到东晋后期陶渊明的出现，才给诗坛带来新的气象。他的诗歌具有浓郁的田园气息，言近旨远，意境清新，对后世影响深远。

南北朝时期，主要作家多在南方，因而南朝的诗歌远比北朝繁荣，出现了谢灵运、鲍照、谢朓等杰出诗人。尤其是宋、齐以后，“声律学”盛行，追求技巧的诗风和讲究声律的倾向结合，形成了“永明体”诗歌，为唐代近体诗的发展和繁荣奠定了基础。北朝除能融合南北诗风的庾信外，《木兰诗》《敕勒歌》等乐府民歌则具豪放爽朗、刚健质朴的民族特色。

隋唐五代是中国诗歌史上的黄金时代，其主体唐诗更标志着中国古典诗歌发展达到顶峰。唐代诗人辈出，名作如林，体裁丰富，风格多样，成就超迈任何朝代。初唐时，王勃、杨炯、卢照邻、骆宾王等“四杰”，不满宫廷应制诗的空虚内容和呆板形式，积极抒写建功立业的豪迈情怀和悲欢离合的人生感慨，开启了一代新诗风。继之而起的陈子昂，高举“汉魏风骨”的大旗，廓清了齐梁以来的浮靡风气。同时的沈佺期、宋之问等诗人则在“永明体”的基础上，完成了律诗格律形式的定型化和规范化。至唐玄宗开元、天宝年间，唐诗进入了全面繁荣的阶段。盛唐诗歌的内容异常丰富，其中描写边塞战争和山水田园的诗篇，占有相当大的比重。以高適、岑参、王昌龄、王之涣等为代表的边塞诗人描写边塞的雄奇景象，抒发投笔从戎的豪情壮志，充满了慷慨激昂的时代精神。以王维、孟浩然、储光羲等为代表的山水田园诗人则较多地反映闲适、退隐的思想感情，意境清幽，极大地发展了六朝以来的山水诗。“李杜文章在，光焰万丈长”（韩愈《调张籍》），标志着盛唐诗歌最高成就的，是伟大的浪漫主义诗人李白和伟大的现实主义诗人杜甫。李白的诗歌气势雄放，想象奇特，语言清新自然，风格飘逸不群。杜甫的诗篇则善于把时事政治和个人身世遭遇紧密地结合起来，思想深厚，境界广阔，形成了沉郁顿挫的独特风格。杜甫以后，唐诗的发展进入中唐时期。此时诗坛上较杰出的诗人有善山水田园诗的韦应物和善边塞诗的李益、卢纶等人。随着“元和中兴”，诗坛又出现活跃繁荣的景象。白居易、元稹等人大力倡导“新乐府运动”，创作了大量政治讽喻诗，深刻揭露和批判了当时的社会问题。与元、白舒徐坦易诗风相对立的，则有以韩愈、孟郊、李贺等为代表的另一诗派，他们标新立异，崇尚奇险，对宋诗有很大的影响。两大诗派之外，自成一家的还有柳宗元和刘禹锡。从唐文宗大和初年开始，唐诗进入了晚唐时期。这一时期诗坛的代表人物是被誉为“小李杜”的李商隐和杜牧。李诗深婉，杜诗俊朗，在唐诗极盛难继的情况下，却能独树一帜。

宋代诗歌在继承唐诗传统的基础上，又有了新的发展。北宋前期，诗人们大多偏于被动地接受唐诗的影响，缺少新的开拓创造，较有影响的是师法白居易的王禹偁和效法李商隐的西昆体诗人，直至以欧阳修、梅尧臣、苏舜钦等为代表的北宋诗文革新派的出现，才矫正了晚唐以来直至西昆体诗人崇尚近体、专务对偶声律的诗风。北宋后期，统领诗坛风尚的是王安石、苏轼、黄庭坚三人。王安石的诗继承了杜甫忧国忧民的现实主义传统，开宋人学杜的风气。苏轼的诗气势奔放，变化无穷，充满浪漫主义色彩。黄庭坚是江西诗派的开创者，写诗喜用奇事、奇字，影响深远。南宋时，诗歌创作取得较大成就的是号称“南宋四大家”的陆游、尤袤、杨万里、范成大。尤其是伟大的爱国诗人陆游，一生创作了一万多首诗，堪称一代大家。南宋末期，文天祥、汪元量等爱国诗人则以沉郁悲壮的诗篇为宋诗增添了最后的光彩。

元代诗歌和唐宋相比，显得黯然失色。比较重要的诗人有元初的元好问和元末的王冕等。元好问的诗多悲壮苍凉之音，风格沉雄，意境阔远。王冕的诗质朴自然，具有一定的现实主义意义。

明代诗歌数量众多，流派纷呈，但质量不高。倒是在反抗侵略的斗争中，产生了许多爱国主义诗篇，如于谦、张煌言、夏完淳等慷慨激昂、浩气长存的诗歌，虽然数量不多，难成大家，但浩气所在，自成名篇佳作。

清代诗人借鉴前代，扬长补短，诗歌成就超过元、明两代。清初的爱国主义诗人顾炎武、黄宗羲等人创作了不少表现民族大义、闪耀战斗光芒的诗篇。清代中期的郑燮、赵翼等人的诗歌，较广泛地反映了社会现实，具有较高的艺术成就。

鸦片战争时期涌现了龚自珍、魏源、林则徐等爱国诗人。尤其是龚自珍的诗，想象丰富，境界高远，充满了浪漫主义精神。

二

诗歌是一种音乐文学，它既是文学，又具有音乐的特点。这个特点表现为汉语四声的相间运用和押韵，以形成抑扬徐疾的节奏和韵律。南朝的齐梁时代开始有意识地研究这些规律并自觉地运用在诗歌创作中，到唐代明确形成为程式，有了古体、近体诗歌的名称。

所谓古体，指的是汉魏以来盛行的一种诗体。这种诗体开始时流行于民间，这就是汉乐府民歌。这些民歌多具备各个地方的简单曲调，汉朝的乐府机关把它们搜集起来，加以润色，成为最早的五言诗。这种体裁，形式上比较自由，在平仄换韵、字数多少、句式长短等方面，都没有固定的程式和限制。另外，六朝时一度兴起的七言诗体，叫“七言古诗”，简称七古。这种五言或七言的古体，唐宋时代极为盛行。

近体诗，创始于齐梁时代，当时称为今体诗，到唐代才定型。它的特点是句数、字数和平仄声调、押韵等等都有一套严格的规定。近体诗包括律诗和绝句。律诗每首必须八句，如果每句五个字，就叫五言律诗，简称五律；如果每句七个字，就叫七言律诗，简称七律。绝句每首只能四句，每句都五个字的，就叫五言绝句，简称五绝；每句都七个字的，就叫七言绝句，简称七绝。律诗、绝句的平仄声调必须按照一定的次序来排列，每首诗只能一韵到底，中间不能换韵。律诗的八句诗，根据诗句的前后顺序，每两句组成一联，共四联。第一联叫首联，第二联叫颔联，第三联叫颈联，第四联叫尾联。颔联、颈联都要求对仗。所谓对仗，就是颔联和颈联的上下句里，地位互相对应的词在词义上要相互对应，在词性上要大体相同。绝句可对仗也可不对仗。

三

朱自清在《〈唐诗三百首〉指导大概》一文中指出："欣赏文艺，欣赏中国文学名著，都不能忽略读诗。读诗家专集不如读诗歌选本。读选本虽只能'尝鼎一脔'，却能将各家各派鸟瞰一番。这在中学生是最适宜的，也是最需要的。"这确是经验之谈。旧题宋人谢枋得选、清人王相注的《千家诗》就是旧时代流传极广的一本诗歌启蒙读本。该书所选的诗歌，通俗浅近，易于吟诵，其中一些韵味深长的名篇俊句，一直脍炙人口。但《千家诗》毕竟是旧时代的选本，今天看来还存在着不少缺陷。如在选目上，入选诗的题材狭窄，流连光景之作较多，甚至有一些平庸乏味之作。在范围上，只选律、绝二体，且限于唐、宋作品，很难反映出中国古诗的全貌。在编排体例上，错讹舛乱的情况也时或可见。有鉴于此，我们重新确定了《新编千家诗》的选诗原则，就是在保持《千家诗》朗朗上口、通俗浅近的基础上，扩大选诗范围，入选诗篇不再限于唐、宋两代的律、绝，而是包括上至先秦，下迄元、明、清的近体和古体诗，尤其是收录了不少传诵至今而《千家诗》却未收录的名篇佳作。对于选录的诗歌，我们逐篇进行了较详明的注释和评析，并为主要的作家配了像，为所有诗篇配了画，以增强可读性。期望本书能成为符合现代读者审美要求的古诗选本，为弘扬中国优秀的传统文化略尽绵薄之力。

本书按先五绝、五律，再七绝、七律，后古体诗的顺序加以编排。各体诗中一般按作家的生年先后为序，生年不可考的，则根据科举仕宦等情况置于相应位置。

由于水平有限，缺点错误在所难免，欢迎读者朋友批评指正。

周掌胜

目　录

卷一　五言绝句

卷二　五言律诗

卷三　七言绝句

卷四　七言律诗

卷五　古体诗

于易水送人一绝①

骆宾王

此地别燕丹，壮士发冲冠。②
昔时人已没，今日水犹寒。

①易水：在今河北省西部。　**②此地**：指易水。**燕丹**：燕太子丹。战国末年，荆轲为燕太子丹刺杀秦王。临行，燕太子丹及高渐离等穿戴白衣白帽，送于易水。高渐离击筑（筑，一种打击乐器），荆轲应声而歌：“风萧萧兮易水寒，壮士一去兮不复还。”歌声慷慨悲凉，送行的人被感染，个个怒睁双目，发竖冲冠。**冠**：帽子。

古典诗歌中的典型意象积淀着传统文化深邃的内涵，一提起“易水”，人们就会联想到千年前荆轲独身刺秦王的侠士形象，联想到他在易水边的慷慨悲歌。骆宾王在这里送别友人，于是这场送别也披上了悲壮的色彩。全诗一气挥洒，气概横绝。

骆宾王（约638—?），唐代婺（wù）州义乌（今属浙江）人。『初唐四杰』之一。曾任长安主簿，官至侍御史。后获罪下狱，获释后被贬为临海丞。徐敬业起兵反武则天，骆宾王代其作《讨武曌（zhào）檄（xí）》，一时天下传诵。徐敬业失败后，骆宾王不知所终。其诗笔调宏肆，风格雄放。有《骆宾王文集》。

宋之问

渡汉江

岭外音书断，经冬复历春。①

近乡情更怯(qiè)，不敢问来人。②

①岭外：岭南，即五岭以南。**音书**：书信。**历**：经过。**②怯**：畏缩。

这首诗是作者从泷州（今广东省罗定县）贬所逃归，途经汉江（襄阳附近的一段汉水）时所写的。久离家园而得还乡，长别亲人而能团聚，其急迫之感、喜悦之情，人所共知。这首诗却一反常态，说自己思乡又惧乡，近乡而情怯；既想询问乡人，又怕见到乡人。因为迁客远贬，音书久断，不知家人存亡，所以近乡而情愈怯。这首诗将贬客归家的复杂心情描写得逼真细腻，生动展现了游子久别还乡时的一种反向的心理特征。

宋之问（约656—约713），字延清，唐代虢州弘农（今河南灵宝）人。唐高宗上元进士，官至考功员外郎。曾先后谄事张易之和太平公主。睿宗时贬钦州，先天中赐死。其诗以属对精密、音韵谐调为特色，与沈佺期齐名，诗作合称『沈宋体』，对律诗体制的定型颇有影响。有《宋之问集》。

登鹳雀楼

王之涣

白日依山尽，黄河入海流。①

欲穷千里目，更上一层楼。②

①白日：太阳。 **②穷**：尽。**千里目**：眺望极远之处。目，视力。**更**：再。

鹳（guàn）雀楼在今山西省永济县境内，是唐代著名的旅游胜地，留诗者众多，其中王之涣的这首诗堪称绝唱。前两句从大处落墨，只写登楼骋望时所见的几种最能体现雄伟阔大境界的事物：白日、高山、黄河和海洋，它们组成了一幅壮丽的山河图景。后两句从虚处着笔，抒发了诗人饱览祖国万里河山的强烈渴望。

王之涣（688—742），字季凌，唐代晋阳（今山西太原西南）人。曾任文安县尉。为人性格豪放。其诗以描写边塞风光著称，常被当时乐工制曲歌唱，名动一时。《全唐诗》存其诗六首。

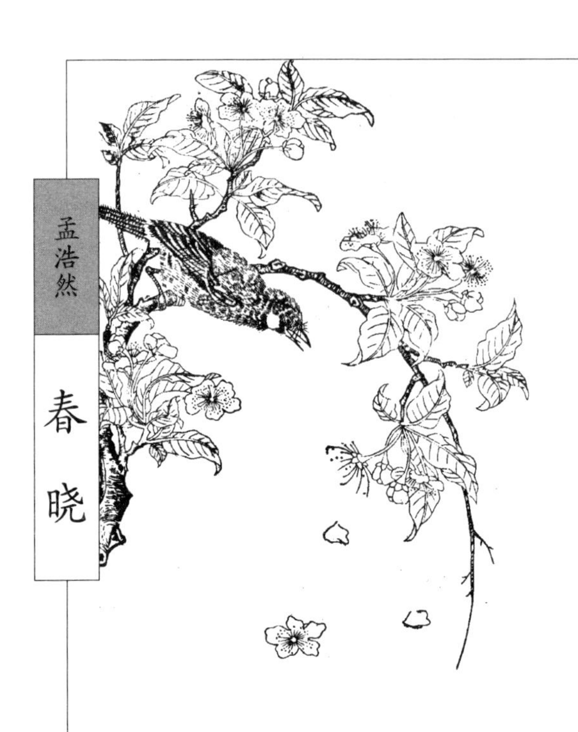

孟浩然

春晓

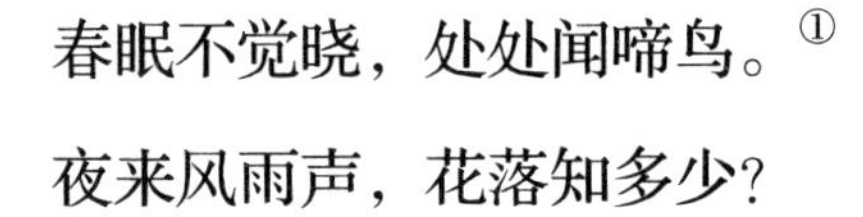

春眠不觉晓，处处闻啼鸟。[①]

夜来风雨声，花落知多少？

①**不觉晓**：不知不觉天亮了。**处处**：时时。**啼鸟**：鸟儿鸣叫。

诗中写春睡的痛快香甜以及春雨过后的快意。诗人对风雨之后的落花固然惋惜，但没有缤纷的落英，不足以显示春的绚烂富丽。风雨与落花不是作为对立面出现的，它们共同组成了春天的富丽图景。赏春和惜春交织在一起，这正是诗人对春光的一种典型感受。

孟浩然（689—740），唐代襄州襄阳（今湖北襄樊市襄阳区）人。他早年隐居鹿门山，四十岁到长安，应进士不第，还归故乡。晚年被张九龄辟为从事。他是唐代著名的山水田园诗人，与王维齐名，并称『王孟』。其诗冲淡清旷，富有韵味。有《孟浩然集》。

宿建德江

移舟泊烟渚，日暮客愁新。①

野旷天低树，江清月近人。②

①烟渚：烟气笼罩中的小洲。渚，水中的小块陆地。**客愁新**：新添了旅人的愁思。**②“野旷”句**：意思是说，原野空旷，远处的天空比树还低。

建德江即今新安江，源出安徽省，流经浙江建德，入钱塘江。作者夜宿建德江，日暮生愁思，以此诗抒写了自己的一段日暮客愁。诗中写天低于树，让人感到压抑沉闷；月近于人，更见游子孤寂。从写景中显出“客愁新”，此乃诗家情在景中之谓。

王维

鹿柴

空山不见人，但闻人语响。[1]

返景入深林，复照青苔上。[2]

①**但**：只。　②**返景**：指夕阳回照。景，同“影”。

鹿柴（zhài）是王维辋（wǎng）川别墅中的一个景点，这首诗描绘的是鹿柴附近傍晚时分的幽静景色。此诗上下两半各有侧重，似不连贯，实则前两句静中有动，后两句动中有静；前两句写人而不见人，后两句写景而人自在其中。针线细密，而又纯然天籁，后世推为“玲珑剔透”者，就是这类诗篇。

王维（701?—761），字摩诘，唐代蒲州（今山西永济）人。唐玄宗开元九年（721）进士。曾官给事中。安禄山陷长安后受伪职，乱平后被降为太子中允。后官至尚书右丞，故世称王右丞。中年后购得蓝田辋川别墅，过着半隐半仕的悠闲生活。

他多才多艺，在诗歌、绘画、音乐、书法等方面都有较高的造诣。其诗与孟浩然齐名，世称『王孟』。尤其擅长山水诗，体物精细，状写传神，达到了『诗中有画，画中有诗』的境界。有《王右丞集》。

竹里馆

王维

独坐幽篁(huáng)里，弹琴复长啸。①

深林人不知，明月来相照。

①**幽篁里**：指竹林深处。篁，竹丛。**长啸**：撮口发出长而清越的声音。

这首诗描写诗人在幽静的竹林深处独自弹琴长啸，四周空寂无人，只有皎洁的月光透过竹林照在他的身上。写景物是“幽篁”“深林”“明月”，写人的活动是“独坐”“弹琴”“长啸”，都是一时清景与诗人兴致相汇合，故虽写景色，而诗人幽静恬淡的胸怀亦从中可见。读者从诗里所感受到的不仅是大自然的幽美静谧，更有诗人那超尘脱俗、宁静恬淡的心境。

王维

鸟鸣涧

人闲桂花落，夜静春山空。①

月出惊山鸟，时鸣春涧中。②

①**人闲**：指寂静无人声。闲，安静。　②**惊山鸟**：惊醒栖息的山鸟。

这首诗的前两句所写的是月出前春山的静默，以静写静。后两句则是月出后春山在山鸟时或一鸣中所显示出来的静谧，以动衬静，愈见其静。两种手法，表现两种不同的静的境界。动在一定条件下可以衬静，那就是全局是静的，这动只是静中之动。

辛夷坞①

王维

木末芙蓉花，山中发红萼(è)。②

涧(jiàn)户寂无人，纷纷开且落。③

①辛夷坞：作者别墅“辋川山庄”的景点之一。辛夷，一种有香气的落叶乔木，俗称木笔树。坞，四面高中间低的地方。 **②木末**：树梢。**芙蓉花**：指辛夷花。**发**：开放。**红萼**：红花。 **③涧户**：山涧中的人家。

王维信奉佛教，精通禅理，他的诗往往融韵味与禅意于一体，给人以独特的感受。这首诗前两句写山中辛夷花开，大朵的红花绽开在辛夷树的梢头。后两句写辛夷花落，它们就在这空寂静谧的山谷中纷纷开放之后，又纷纷落下。诗人描绘了自开自落的辛夷花，似乎感悟到人生本来就应该这样自由自在，自圆自足。禅趣的融入，使诗人描写的客观景物给人以更高一层的美感。

王维

杂诗（其二）

君自故乡来，应知故乡事。

来日绮(qǐ)窗前，寒梅著花未？①

①**来日**：指从故乡动身的那天。**绮窗**：雕镂花纹的窗户。**著花未**：开花了没有。未，疑问词。

王维作诗善于以简驭繁，以少总多，善于处理“一”与“多”的辩证关系，这一首小诗就反映了这种情况。故乡久别，钓游之地，朋酒之欢，处处皆萦怀抱，而诗人却独忆窗外梅花。这株寒梅，它已经为思乡之情所浸染，成了故乡的象征，比起众多的一般事物，更能引起对故乡情事的诗意联想。只问寒梅，比开一个长长的问题清单更能体现诗人思乡之切，更能让人悠然神会。

王维

相思

红豆生南国，春来发几枝？①

xié

愿君多采撷，此物最相思。②

①**红豆**：又叫相思子，朱红色，有的一端黑色，或有黑色斑点。古人常用以象征爱情或相思。**南国**：指南方。红豆多生长在我国南方的广东、广西等地。 ②**君**：您。**采撷**：采摘。撷，摘。

此诗首句以“红豆”起兴，在平淡中透露出淳朴气息；次句轻轻一问，最风神摇曳。后面两句意在劝“君”多采相思物，珍惜相思之情，希望对方毋忘故人。全诗托物抒情，言近意远，将相思之情写得韵致缠绵。这种情意可以施诸男女、朋友，乃至人们对一个时代的感受。所以当时这首诗就曾被谱入管弦，成为梨园弟子爱唱的歌词之一。天宝乱后，著名歌者李龟年流落江南，经常为人演唱此诗，听者无不动容。

王维

山中

荆(jīng)溪白石出，天寒红叶稀。①

山路元无雨，空翠湿人衣。②

①**荆溪**：本名长水，又称浐（chǎn）水，源出陕西蓝田县西南秦岭中，北流至长安东北入灞（bà）水。 ②**元**：原本。**“空翠”句**：写山色浓翠欲滴，好像要将人的衣服弄湿。

苏轼曾说：“味摩诘之诗，诗中有画；观摩诘之画，画中有诗。”所谓“诗中有画”，指诗人不仅融画法入诗，而且能够发挥诗歌表情达意的特长，熔诗情、画意于一炉。这首诗的前二句写清水白石、苍山红叶，色彩鲜明和谐，景物错落有致，极富画意。后二句进一步描写绿树浓荫，翠色欲滴，通过绿色的冰凉感和润湿感，表现了山中难以言状的“空翠”，对光线和色彩的感受达到非常高妙的境地。

李白（701—762），字太白，号青莲居士，祖籍陇西成纪（今甘肃静宁西南），出生于碎叶（今吉尔吉斯斯坦北部托克马克附近）。幼时随父迁居绵州昌隆（今四川江油）青莲乡。二十五岁出蜀，漫游各地。天宝初供奉翰林，但遭权贵谗毁，仅一年即离开长安。安史之乱时，因参加永王幕府而被流放夜郎。中途遇赦东还。晚年飘泊困苦，死于当涂。李白是我国文学史上继屈原之后最伟大的浪漫主义诗人，其诗雄奇豪放，想象丰富，语言流转自然，音律和谐多变，具有浓郁的艺术感染力。有《李太白集》。

静夜思

李白

床前明月光，疑是地上霜。[1]

举头望明月，低头思故乡。[2]

①**疑**：好像，仿佛。　②**举**：抬。

月夜思乡是古今诗人笔下一个永恒的主题，《静夜思》就是其中最为人传诵的诗篇。诗人夜深不寐，洒照在床前的月光好像是地上的霜，于是心中生出天寒久客之感，顿生乡思。二十字天成偶语，似弹丸脱手，妙绝千古。

李白

秋浦歌（其十五）

白发三千丈，缘愁似个长。[1]

不知明镜里，何处得秋霜。[2]

①**缘**：因为。**个**：这样。　②**何处**：何时。**秋霜**：比喻白发。

李白是运用夸张艺术手法的能手，如写雪花是“燕山雪花大如席”，写瀑布是“飞流直下三千尺”，写愁绪是“白发三千丈”。因照“明镜”而见白发，忽然生感，倒装说入，便显得极其突兀。后世有人认为“白发三千丈”一句，“其句可谓豪矣，奈无此理何”！诗人借白发之长来展示自己愁思之深，虽悖于事理，却含有至情。

李白

劳劳亭①

天下伤心处，劳劳送客亭。

春风知别苦，不遣柳条青。②

①**劳劳亭**：三国吴时所建，旧址在今江苏南京市西南，是古代送别之地。劳劳，忧愁的样子。 ②**遣**：使，让。

劳劳亭本古时送别之所，李白歌咏此亭，为的是表达人间的离别之苦。前两句冠以“天下”二字，仿佛这个离亭每次演绎的都是天下最为悲伤的送别故事，加重了“伤心”的分量。后两句从折柳赠别的角度申述上意：春风深知离别之苦，所以故意不吹到柳条，故意不让它返青。诗中将春风拟人化，渲染“伤心”之意又进了一层。

李白

独坐敬亭山[1]

众鸟高飞尽，孤云独去闲。[2]

相看两不厌，只有敬亭山。

①敬亭山：在今安徽宣城北。 **②闲**：安闲。

不同于鸟与云之易舍，是人不厌山；不同于鸟与云之暂对，是山不厌人，所以说“尽”字、“闲”字是“不厌”之魂。后两句写自己独坐所感，“相看”下着“两”字，我不厌山，山亦爱我，将敬亭山人格化，从不独处写出“独”字。“只有”二字，表现出“愿遗世独立，索知音于无情之物”的气格，“独坐”二字之神，跃然纸上。

夜宿山寺

李白

危楼高百尺，手可摘星辰。①

不敢高声语，恐惊天上人。

①**危楼**：高楼。这里指建在山顶的寺庙。危，高，高耸。

这首诗相传为李白所作。通篇用大胆奇特的想象和夸张手法来形容楼之高迥。首句“高百尺”是从正面描写，次句以“摘星辰”作侧面衬托，前者说楼距地面很远，后者则说楼离天上很近，描绘的角度则各不相同。后两句刻画心理活动，通过神奇的想象，不仅进一步夸张了楼之高，而且还展现了高楼上环境的静谧。诗人将一座高楼写得如此不同寻常，读者则能遐想出心中之楼的奇光异彩，具有很强的艺术魅力。

崔颢

长干曲四首（其一）①

君家何处住？妾住在横塘。②

停船暂借问，或恐是同乡。③

①**长干曲**：乐府曲名。长干，地名，在今江苏省南京市南。　②**君家**：您。**妾**：古代妇女对自己的称呼。**横塘**：在今南京市西南。　③**或恐**：也许。

这首诗是女子问询之辞。姑娘热情得异乎寻常，不但问男方家住什么地方，还坦白了自己住在横塘，并解释借问的原因：或恐是同乡。原来这是开朗大方的船家女对其属意已久的小伙子的试探，初次交谈，不便多问，只是借“同乡”的话题交流情感，将爱悦之情藏于“亲不亲，故乡人”的话题之下，深得民歌精髓。

崔颢（hào）（？—754），唐代汴州（治今河南开封）人。开元十一年（723）中进士。曾为太仆寺丞、司勋员外郎。早期诗体浮艳，多闲情之作。后游历边塞，风格变为慷慨豪迈，气势雄壮。有《崔颢诗集》。

绝句二首（其一）

杜甫

迟日江山丽，春风花草香。①

泥融飞燕子，沙暖睡鸳鸯（yuānyāng）。②

①迟日：春天的太阳。　**②“泥融”句**：写春暖花开，冻土融化，燕子飞来衔泥筑巢。

唐诗五言绝句多以散起散结、一气流注、自成首尾者为正法。如果四句皆对，似乎是律诗的中联，则不见首尾呼应之妙。那么，怎样才能看出这首诗中的起承转合呢？诗人写江山丽而花草香，从自然说向物情，这是一起一承；从花草说到飞燕，这是转折处；而鸳鸯、飞燕又与江山相对应，这就是收合。全诗摹写春色，极其工秀，有惜春之意，有感物之情，而出语浑成，乃化工之笔。

杜甫（712—770），字子美，生于河南巩县（今河南巩义西南）。早年长期漫游南北各地，和大诗人李白等结识。曾寓居长安（今陕西西安）近十年，未能有所施展。靠献赋始得官。安史之乱时，颠沛流离于陕西南部地区。后寄寓四川，被剑南节度使严武奏为检校工部员外郎。晚年携家出蜀，病死湘江途中。杜甫的诗内容极其广泛深刻，全面反映了唐代社会由盛到衰的急剧变化，赢得了『诗史』的称誉。杜诗无体不精，集前人之大成，形成了『沉郁顿挫』的独特艺术风格。有《杜工部集》。

杜甫

绝句二首（其二）

江碧鸟逾（yú）白，山青花欲然。①

今春看又过，何日是归年。②

①**逾**：更加。**欲**：好像。**然**：同“燃”。 ②**“何日”句**：意谓不知道什么时候才能回故乡。

这首诗在描绘成都草堂前的景物的同时，抒发了对故乡的怀念之情。诗人选择了“江”“鸟”“山”“花”四种景物，在碧蓝的江水衬托下，水鸟愈显洁白；而鲜花生于葱郁的青山中，更加火红。对比极其强烈，着色极为鲜艳。杜甫长期漂泊异乡，“今春看又过”，内心凄苦无以言表；“何日是归年”，则饱含着作者因战乱不息而颠沛流离的热泪。

功盖三分国，名成八阵图。①

江流石不转，遗恨失吞吴。②

①**“功盖”句**：指诸葛亮辅佐刘备建立蜀汉，与魏、吴三分天下，功业盖世。
②**“遗恨”句**：指刘备不听诸葛亮的劝阻，于公元222年率大军攻打东吴，结果大败。遗恨，遗憾。失，失策。

诸葛亮是杜甫反复歌咏的一位先贤。大历元年（766），杜甫流寓夔（kuí）州，见到孔明当年布下的石阵（即八阵图），从中生发出无限感慨。诸葛亮当年隆中初见刘备时，已有“东连孙权，北拒曹操”的对策，他终不能谏止刘备吞吴，为终身憾事。全诗写诸葛精神，炳然千古，读之有金石之声。

逢雪宿芙蓉山主人

刘长卿

日暮苍山远，天寒白屋贫。①

柴门闻犬吠(fèi)，风雪夜归人。②

①**苍山**：青山。**白屋**：茅草盖的房子。　②**柴门**：篱笆门。

这首诗仅二十个字，却将雪夜宿山人家的一段情事描绘得历历如在目前。前两句由远及近，写山行及投宿所见之景。日暮天寒、苍山白屋，构成了一幅寒冬旷野图。后两句由近及远，写所闻之声，展现了一个在孤寂的风雪夜晚忽闻犬吠人归的场面，传达了人们旅途常有却不易说出的生活感受。

刘长卿（？—约789），字文房，河间（今属河北）人。唐玄宗天宝年间中进士，曾任转运使判官、睦州司马、随州刺史等职。其诗气韵流畅，音调谐美。刘长卿尤其擅长五言诗，以『五言长城』自负。有《刘随州诗集》。

卢纶

塞下曲六首（其二）

林暗草惊风，将军夜引弓。①

平明寻白羽，没在石棱(léng)中。②

①**草惊风**：古人说“云从龙，风从虎”，老虎出来有风相随。“草惊风”指有虎出没。**引弓**：拉弓。　②**平明**：黎明。**白羽**：箭杆上的白色羽毛，这里指箭。**没**：陷入。**石棱**：突出的石头。

这首诗写的是将军夜出行猎或夜出巡边的情形。首句用“暗”“惊”二字，将黄昏林草中的环境渲染得异常紧张，不言虎而宛如猛虎欲出。次句于“夜引弓”之后留下悬念。三、四句笔锋一转，以平明寻箭，舒缓中引出石棱饮羽，反挑悬念，从而使将军之神勇跃然纸上。

卢纶（约742—约799），字允言，唐代河中蒲（今山西永济西南）人。多次考进士不中，后因受到宰相元载的赏识，任阌（wén）乡尉，官至检校户部郎中。他是『大历十才子』之一。有《卢纶诗集》十卷。

卢纶

塞下曲六首（其三）

月黑雁飞高，单（chán）于夜遁（dùn）逃。①

欲将（jiàng）轻骑（jì）逐，大雪满弓刀。②

①月黑：指没有月光。**单于**：匈奴首领的称号。这里指当时经常南侵的契丹等族首领。 **②将**：率领。**轻骑**：轻装快速的骑兵。

卢纶虽时处中唐，其边塞诗却直追盛唐。这首诗写将军雪夜破敌的情景。首二句是说兵威所震，强虏潜逃，月黑雁飞，写足昏夜潜遁之状。“夜”一作“远”，一字之差，则语意相去甚远。乘月黑而夜遁，方见单于久在围中，如果逃远而后才逐，有何意义？后二句说一支轻骑将要追赶，刹那间将士的弓刀上落满了大雪。以侧锋写雪夜闻警、列队点兵、准备追击这一最富于包孕的片刻，将唐军勇猛之势渲染得犹如虎蹲鹘（hú）盘，劲健无比。

江南曲

李益

嫁得瞿（qú）塘贾（gǔ），朝朝误妾期。①

早知潮有信，嫁与弄潮儿。②

①瞿塘：瞿塘峡，长江三峡之一。**贾**：商人。**期**：指约定的归期。 **②潮有信**：潮涨潮落有一定的时间。**弄潮儿**：在潮水中戏水的年轻人。

诗中用“嫁得”“朝朝”等语，在平实的叙述中已显示思妇不胜其怨。后两句写思妇由盼生怨、由怨而悔的心理：早知道潮水有信而郎去不归，不如当时就嫁给弄潮儿。荒唐之想，写怨情却极真切。

李益（748—约829），字君虞，陇西姑臧（今甘肃武威）人。大历四年（769）进士。曾在西北边地从军长达二十余年。唐宪宗时，召为秘书监。文宗大和初，以礼部尚书致仕。李益的边塞诗颇具盛名，当时即被谱入管弦，广为传唱。其因七言绝句被誉为『开元以下第一人』，多篇可与李白、王昌龄诗媲美。有《李君虞诗集》。

孟郊

古怨

试妾与君泪，两处滴池水。

看取芙蓉花，今年为谁死！①

①**看取**：验看。**芙蓉花**：荷花。

孟郊这里提出了一个测量感情的办法，即双方各将泪水滴入芙蓉池中，谁的泪更多，谁的泪更苦涩，则芙蓉花就将为谁而死。相传武则天有诗说："不信比来常下泪，开箱验取石榴裙。"孟郊说得更为斩绝，如此奇异的设想，将怨情的表达推向极致。

孟郊（751—814），字东野，湖州武康（今浙江德清）人。贞元十二年（796）进士，曾任溧阳县尉等小官。他一生穷愁潦倒，耿介寡合。孟郊诗现存四百余首，其中绝大多数是倾诉穷愁孤苦的作品。诗风朴实深挚，善用白描手法写景抒情，苏轼赞其『诗从肺腑出，出辄愁肺肠』。有《孟东野诗集》。

新嫁娘词三首（其一）

王建

三日入厨下，洗手作羹（gēng）汤。①

未谙（ān）姑食性，先遣小姑尝。②

①“三日”句：古时习俗，女子婚后第三天就要下厨房做菜。厨下，厨房。 **②谙**：熟悉。**姑食性**：婆婆的口味。**遣**：让。**小姑**：丈夫的妹妹。

古代习俗，女子出嫁后三日，应下厨做羹汤以奉翁姑，以表明她做媳妇职责的开始，这就是“三日入厨下，洗手作羹汤”。诗的后两句描写了这位新嫁娘乖巧玲珑的心思，极富生活情趣。因为不熟悉婆婆的食性，而小姑容易亲近，所以先让最熟悉婆婆口味习性的小姑品尝，然后奉上，就不至于有错了。诗写得入情入理，朴素生动。

王建（约767—约830），字仲初，唐代许川（治今河南许昌市）人。曾任县丞、侍御史等职。晚年为陕州司马，又从军塞上。擅长乐府诗，与张籍齐名，世称『张王』。所作《宫词》百首颇为人传诵。有《王司马集》。

白居易

问刘十九

绿蚁新醅(pēi)酒，红泥小火炉。①

晚来天欲雪，能饮一杯无？②

①**绿蚁**：指酒面上淡绿色的浮渣。**醅**：未过滤的酒。②**无**：意同“否”，表示询问的语气词。

傍晚时分，眼看一场大雪就要飘扬而下，诗人心里却温暖如春，他正忙于饮酒赏雪前的准备工作，要邀请那位“忘形到尔汝”的朋友前来煮酒论文。诗中流露出来的浓浓的友情和好友们饮酒赏雪的甜美与温馨，深深地感动着每一位读者。

白居易（772—846），字乐天，晚号香山居士。唐代下邽（guī）（今陕西渭南北）人。贞元十六年（800）进士。曾任翰林学士、左拾遗等职，因上书言事获罪，被贬为江州司马，后又任杭州、苏州等地刺史，官至刑部尚书。晚年辞官，闲居洛阳。他是新乐府运动的主要倡导者，主张『文章合为时而著，歌诗合为事而作』。其诗政治倾向强烈，艺术形象鲜明，语言通俗，读者众多。有《白氏长庆集》。

悯农二首（其二）

李绅

锄禾日当午，汗滴禾下土。[1]

谁知盘中餐，粒粒皆辛苦。

①**锄禾**：给禾苗松土去杂草。

中唐诗坛掀起了关心民瘼的高潮，李绅是其中一位重要的作者，白居易称赞他的创作是“不虚为文”。这首诗表现的是农夫耕作的苦辛，前两句写农夫在炎炎烈日下锄禾，汗水滴在土地上；后两句强调粮食来之不易，隐含诗人对奢侈和浪费的谴责。该诗议论警策，以意取胜，遂成为千古传诵的名诗。

李绅（772—846），字公垂，唐代无锡（今属江苏）人。元和元年（806）进士。曾为宰相，后出任淮南节度使，死于任上。早年曾积极参加新乐府运动，写过《乐府新题》二十首，受到白居易和元稹的赞赏，原作今已失传。现存诗作中，《悯农》二首最为后世传诵。

柳宗元

江雪

千山鸟飞绝，万径人踪灭。①

孤舟蓑(suō)笠翁，独钓寒江雪。②

①**绝**：尽。这里指绝迹。**径**：小路。**踪**：脚印。
②**蓑笠翁**：披蓑衣、戴斗笠的老人。

渔翁正是柳宗元自身的写照，渔翁所处的环境是一个大雪覆盖的酷寒世界，他却不畏严寒，孤舟独钓，支撑他的无疑是内在的精神力量。这首诗突出地表现了诗人在险恶的环境中保持人格独立的情操。全诗采用层层推进的手法，由远而近，由大到小，最后集中到孤舟独钓的渔翁形象上。

柳宗元（773—819），字子厚，唐代河东解（今山西运城西南）人。贞元九年（793）进士。永贞元年（805），柳宗元参加了以王叔文为首的革新派，任礼部员外郎。革新失败后，被贬为永州司马，再贬为柳州刺史。他是唐代著名的思想家和文学家，在散文和诗歌创作上，具有很高的造诣。其诗歌运思精密，寓情于景，独具一格。有《河东先生集》。

元稹（779—831），字微之，唐代洛阳（今属河南）人。幼年丧父，家境贫困。十五岁明经及第，二十五岁举书判拔萃科。曾任监察御史，因得罪宦官及守旧官僚，遭到贬斥。唐穆宗长庆中曾任宰相。最后因暴疾死于武昌军节度使任所。与白居易友善，常相唱和，是新乐府运动的积极倡导者，文学观点和创作风格跟白居易非常相近，世称『元白』，但成就不及白居易。有《元氏长庆集》。

元稹

行宫①

寥落古行宫，宫花寂寞红。②

白头宫女在，闲坐说玄宗。③

①行宫：皇帝巡行外地时的住所。 **②寥落**：冷落。 **③玄宗**：李隆基，世称唐明皇。

这首小诗于二十字中，将开元、天宝由盛而衰、风流天子先治后乱的经过，全都包含在内。行宫久已寥落，而宫花偏偏长红；宫女则已白头，玄宗更是作古，却成了宫女的闲话对象，几乎每一句都可以与其他几句形成鲜明对比。故瞿佑《归田诗话》云："《长恨歌》一百二十句，读者不厌其长；元微之《行宫》词才四句，读者不觉其短，文章之妙也。"

贾岛

剑客

十年磨一剑，霜刃未曾试。①

今日把示君，谁有不平事？②

①**霜刃**：形容剑刃锋利，寒光闪闪。　②**把示君**：拿给你看。

诗人以剑客的口吻，着力刻画“剑”与“剑客”的形象，托物言志，抒写自己兴利除弊的政治抱负。诗中“剑客”是诗人自喻，“剑”则比喻诗人自己的才能，通过巧妙的艺术构思，把自己的理想含而不露地融入“剑”和“剑客”的形象里。

贾岛（779—843），字阆仙，唐代范阳（治今河北涿州）人。早年为僧，名无本。后还俗，屡举进士不第。曾任长江主簿、普州司仓参军等小官。其诗喜写荒凉枯寂之境，颇多寒苦之辞。注重锤词炼句，诗风清淡朴素。与孟郊齐名，人谓『郊寒岛瘦』。有《长江集》。

贾岛

寻隐者不遇

松下问童子，言师采药去。①

只在此山中，云深不知处。②

①**童子**：指隐者的弟子。**言**：告诉，说。　②**处**：地方。

全诗将不遇之意写得一波三折：有心寻访隐者，却仅遇见童子；童子又恰是隐者之弟子，则隐者可遇；问之，“言师采药去”，则不可遇；“只在此山中”，不往别处，离得很近，又可以遇；正喜形于色，童子又说“云深不知处”，则隐者终不可以遇。一遇一不遇，可遇而终不遇，中间有多少曲折！

张祜

宫词二首（其一）

故国三千里，深宫二十年。①

一声《何满子》，双泪落君前。②

①故国：指故乡。　**②《何满子》**：唐教坊曲名，是唐玄宗时歌者何满子临刑时谱写的曲子，声调极其哀怨。**君**：君王。

中唐有很多诗人以宫廷生活为创作题材，张祜就擅长宫词。此曲以悲声见长，“故国”是思念的对象，“深宫”为积怨所在；“三千里”极远，“二十年”极长，突出了宫女深长的思念和怨愤。“一声《何满子》，双泪落君前”，悲苦积郁既深且久，因歌感触，所以一声才发，双泪难禁。

张祜（hù）（约785—约852），字承吉，唐代贝州清河（今河北清河西）人。初寓姑苏，后至长安，为元稹排挤，遂至淮南，隐居丹阳。其诗多描写漫游生活以及宫女求宠不遇的幽怨心情。有《张承吉文集》。

李贺（790—816），字长吉，唐代福昌（今河南宜阳西）人。出身于没落的王室贵族家庭，因避父亲『李晋肃』的名讳，不能参加进士考试，堵塞了仕进之路，仅做过三年奉礼郎的小官。李贺心情抑郁，作诗刻苦，去世时年仅二十七岁。其诗充满了浪漫主义色彩，想象丰富奇特，构思新颖独到，语言缤纷诡异，意境幽奇瑰丽。有《昌谷集》。

李贺

马诗二十三首（其五）

大漠沙如雪，燕（yān）山月似钩。①

何当金络脑，快走踏清秋。②

①燕山：燕然山，即今蒙古国境内的杭爱山。 **②何当**：何时得到。**金络脑**：金饰的马络头。**走**：跑。

诗的前两句以雪喻沙，以钩喻月，展现了大漠孤月的疆场图景。三、四两句借马写意，什么时候才能披上威武的鞍具，在清秋的沙场上驰骋呢？“何当”二字透露出强烈的企盼之情。全诗抒发了自己盼获知遇而一展才华的理想。

李商隐

乐游原

向晚意不适，驱车登古原。①

夕阳无限好，只是近黄昏。

①**向晚**：傍晚。**意不适**：心里不痛快。**古原**：指乐游原。

李商隐（约813—约858），字义山，号玉谿生，唐代怀州河内（今河南沁阳）人。开成二年（837）进士。曾任县尉、秘书郎和东川节度使判官等职。因受牛李党争影响，屡遭排挤，潦倒终身。其诗深情绵缈，情调感伤，多用象征手法创造朦胧境界。七律、七绝二体成就尤高。有《李义山诗集》。

乐游园是唐代著名的登览胜地，在长安东南，地势高敞，可俯瞰长安全城。诗人登上古原，纵目眺望，但见夕阳绚烂，暮色苍茫，一时百感交集，思绪纷来。“夕阳无限好，只是近黄昏”，诗人以上句激赏夕阳无限美好，反衬下句近黄昏的惋惜怅惘。通常人们运用这联名句时，多用来形容历史上某一昌盛王朝的衰落，或慨叹人生晚景匆匆即逝，只不过是选取了其深广内涵之一端而已。

春怨

金昌绪

打起黄莺儿，莫教(jiāo)枝上啼。①

啼时惊妾梦，不得到辽西。②

①教:使，让。　**②辽西**:辽河以西，在今辽宁省西部。

辽西是唐代边疆要塞，多少征人长年驻守边疆，失去与家人团聚的机会。诗中由“梦”生“怨”，为“怨”思“梦”，这样把“梦”与“怨”紧紧相扣。诗的题目叫《春怨》，诗中却无一“怨”字，刻骨相思全从侧面落笔。不说“怨”，而爱怨之情自明，正是“深于怨者”。全诗四句蝉联而下，有一气相生之妙。

金昌绪，浙江余杭人。生平事迹不详。《全唐诗》仅存其诗一首。

范仲淹

江上渔者

江上往来人，但爱鲈(lú)鱼美。①

君看一叶舟，出没风波里。②

①**但爱**：只是喜爱。 ②**一叶舟**：像一片树叶似的小船。

诗人感叹人们只知品尝鲈鱼美味，却不知江上渔者（捕鱼的人）和风浪搏斗的辛苦。诗中采用对比手法，以江上与舟中两种环境相比照，“往来”与“出没”两种动作相比照，吃鱼和捕鱼两种生活相比照，效果强烈，表达了诗人对冒着生活危险出没风波的捕鱼者的关怀和同情。

范仲淹（989—1052），字希文，宋代苏州吴县（今江苏苏州）人。大中祥符八年（1015）进士。为官清正，以『先天下之忧而忧，后天下之乐而乐』为怀。庆历年间，与富弼、欧阳修等推行新政，兴修水利，被人中伤，罢政。后出任陕西四路宣抚使，守边御敌，颇有威名。卒谥文正。有《范文正公集》。

王安石（1021—1086），字介甫，晚号半山，抚州临川（今江西抚州）人。宋仁宗庆历二年（1042）进士。宋仁宗嘉祐三年（1058）上万言书，提出变法主张。宋神宗熙宁二年（1069）任参知政事，推行新法，后因遭到保守派的强烈反对而失败。晚年退居江宁（今江苏南京）半山园，封舒国公，旋改封荆国公，世称荆公。其诗清新雄健，尤擅绝句，有『荆公绝句妙天下』之誉。有《王文公文集》《临川先生文集》。

王安石

梅花

墙角数枝梅，凌寒独自开。①
遥知不是雪，为有暗香来。②

①凌寒：冒着严寒。　**②暗香**：梅花的幽香。

诗的一、二句写数枝梅花地处墙角，其位幽微，却凌寒独开，点明其倔强坚贞的品格。三、四句写梅花洁白的色泽和清幽的香气，显示其高洁幽雅。“凌寒”一句倾注了诗人对梅花的感情，梅花成了人品格性情的象征。

李清照

夏日绝句

生当作人杰，死亦为鬼雄。①

至今思项羽，不肯过江东。②

①**人杰**：杰出的人物。**鬼雄**：鬼中的英雄。 ②**项羽**：即西楚霸王，秦末农民起义军领袖，曾摧毁秦朝主力军。在与刘邦争夺天下的战争中，兵败垓（gāi）下，自杀于乌江。**江东**：指江南。长江在芜湖至南京一段为西南—东北走向，习惯上称自此以下的南岸地区为江东。

李清照不但填词倜傥有丈夫气，作诗也往往议论纵横，巾帼不让须眉。这首诗的一、二两句概括了仁人志士的生死观，言词间正气凛然，撼人心魄。三、四两句表达对项羽在生死关头舍生取义的英雄本色的向往。北宋亡后，南宋小朝廷渡江南逃，苟且偷安，李清照怀念和赞美项羽，其目的是讽刺南宋统治者的投降主义路线。

李清照（1084—约1151），号易安居士，齐州章丘（今山东章丘西北）人。宋代杰出的女词人。金兵入据中原时，流寓南方，晚境凄苦。其词清丽婉约，颇具情致。其诗仅存十余首，大多抒发爱国感情，立意新奇，平易自然。有《李清照集》。

在狱咏蝉

骆宾王

西陆蝉声唱，南冠客思深。①

不堪玄鬓（bìn）影，来对白头吟。②

露重（zhòng）飞难进，风多响易沉。③

无人信高洁，谁为表予心？④

①**西陆**：指秋天。《隋书·天文志》："日循黄道东行……行西陆谓之秋。" **南冠**：囚犯。**客思**：客中思乡的情绪。 ②**玄鬓**：指蝉。**白头**：指作者自己。**吟**：指蝉鸣。 ③**重**：浓厚。**响**：指蝉鸣声。 ④**高洁**：古人认为蝉"饮露而不食"，是清高的象征。这里是作者自喻。

唐高宗仪凤三年（678），骆宾王因上书言事，触怒武后，不幸含冤下狱，他在狱中写下了这首抒写遭诬的郁愤和人世不平的哀怨之作。前两联因蝉兴感，物我分写，着重抒写因蝉而引起的独特的主观感受。后两联则借蝉自喻，物我合一，此时的蝉已经转化为诗人自身的象征。全诗咏蝉形神兼备，更贵在寄托深远。

和晋陵陆丞早春游望①

杜审言

独有宦(huàn)游人，偏惊物候新。②

云霞出海曙(shǔ)，梅柳渡江春。③

淑(shū)气催黄鸟，晴光转绿蘋(pín)。④

忽闻歌古调，归思欲沾巾。⑤

①晋陵：今江苏常州。**陆丞**：姓陆的县丞。丞，县令的属官。 **②宦游**：在外做官。**物候**：景物变化的征象。**③曙**：天刚亮。 **④淑气**：温暖的气候。**蘋**：一种多年生水草。**⑤古调**：指陆丞的诗。**沾巾**：流泪。

这是一首和诗，明朝人胡应麟曾赞为“初唐五言律第一”。首联点题，抒发离乡宦游者对景物季节的变化尤为敏感的情怀。起笔超拔警绝，不同凡响。中间二联紧承“物候新”，具体描绘早春游望时所见所感，能状难写之景如在目前。尾联呼应首联，由陆诗绾到自身。全诗兴象超妙，对仗工致，韵律严整。

杜审言（约645—708），字必简，祖籍襄阳（今湖北襄樊市襄阳区），迁居河南巩县（今巩义西南）。杜甫的祖父。咸亨元年（670）进士。中宗时，因受张易之兄弟牵连，被流放峰州。后官至修文馆直学士。年轻时与李峤、崔融、苏味道齐名，称『文章四友』。其五言律诗格律谨严，已达到成熟境地。有《杜审言诗集》。

王勃（650或649—676），字子安，绛州龙门（今山西河津）人。唐高宗麟德年间应举及第，曾任虢（guó）州参军。后往交趾探父，溺水受惊而死，年仅二十七岁。王勃少时即才华洋溢，与杨炯、卢照邻、骆宾王齐名，并称『初唐四杰』。其诗多描写个人生活，也有少数抒发政治感慨之作，风格清新秀丽。有《王子安集》。

送杜少府之任蜀州①

王勃

城阙（què）辅三秦，风烟望五津。②

与君离别意，同是宦（huàn）游人。③

海内存知己，天涯若比邻。④

无为在歧（qí）路，儿女共沾巾。⑤

①**少府**：指县尉。**之任**：赴任。之，往。**蜀州**：即今四川。②**城阙**：城郭宫阙。**辅三秦**：以三秦为辅。辅，护持。三秦，泛指长安附近的关中之地。长安地处三秦之地。**五津**：代指蜀川。岷江从灌县到犍为的一段有五个渡口，名为白华津、万里津、江首津、涉头津、江南津。③**宦游人**：外出求官、做官的人。④**海内**：国境之内。**天涯**：天边。指极远的地方。**比邻**：近邻。⑤**无为**：不要。**歧路**：岔路。这里指分别的地方。**沾巾**：沾湿手巾。形容落泪之多。

此诗一反送别诗的传统情调，变凄凉、离愁而为豪放、乐观，写出了志在四方的襟怀抱负，给人以深深的感染。全诗清新刚健，是初唐诗歌向盛唐诗歌发展的一缕灿烂的曙光。

杨炯

从军行

烽火照西京，心中自不平。①

牙璋(zhāng)辞凤阙(què)，铁骑绕龙城。②

雪暗凋旗画，风多杂鼓声。③

宁(nìng)为百夫长，胜作一书生。④

①**烽火**：古代用来报警的火堆。**西京**：指京城长安。②**牙璋**：古代调遣军队用的兵符。**凤阙**：皇宫。**铁骑**：精悍的骑兵。**绕**：包围。**龙城**：汉代匈奴人集会祭天的地方。这里借指敌人的首府。 ③**凋旗画**：指军旗上的图画模糊不清。 ④**宁为**：宁愿做。**百夫长**：指下级军官。

杨炯是“初唐四杰”之一，他的边塞诗雄健激昂，富有气势。这首诗借乐府旧题描写书生投笔从戎、赴边参战的情景，抒发诗人立功边疆、为国效力的雄心壮志。全诗以“不平”二字为情感核心，对仗工整，刚健爽朗，为盛唐边塞诗开了先河。

杨炯（650—？），唐代华阴（今属陕西）人。十岁举神童，授校书郎，武后时官盈川令。『初唐四杰』之一，擅长五言律诗。其边塞诗警劲豪放，抒发建功立业的理想抱负。有《盈川集》。

望月怀远

张九龄

海上生明月，天涯共此时。①
情人怨遥夜，竟夕起相思。②
灭烛怜光满，披衣觉露滋。③
不堪盈手赠，还寝梦佳期。④

①**天涯**：天边。 ②**情人**：有怀远之情的人。**遥夜**：长夜。**竟夕**：整夜。 ③**怜**：爱。**滋**：产生。 ④**不堪**：不能。**盈手**：满手。**寝**：卧室。**佳期**：指相会的时候。

诗题为“望月怀远”，所以首联写月，其中自然隐含“望”的意思，意境雄浑阔大。颔联申明“怀远”之意，“怨”“竟夕”二词是全诗之纲。颈联正面写望月怀人。尾联真有柔情似水、佳期如梦之感，写得一往情深。

张九龄（673或678—740），字子寿，韶州曲江（今广东韶关西南）人。唐玄宗时的著名宰相，以直言敢谏著称。后受权奸李林甫的毁谤和排挤，被贬为荆州大都督府长史。其诗和雅清淡，对岭南诗派的开创起了启迪作用。有《曲江集》。

孟浩然

过故人庄①

故人具鸡黍（shǔ），邀我至田家。②

绿树村边合，青山郭外斜。③

开轩（xuān）面场圃（pǔ），把酒话桑麻。④

待到重阳日，还来就菊花。⑤

①**过**：访问。 ②**具**：置办。**鸡黍**：指饭菜。黍，黄米。 ③**合**：环绕。**郭**：外城。④**轩**：窗户。**场**：打谷的场地。**圃**：菜园。**把酒**：指饮酒。**话桑麻**：泛指闲谈农事。⑤**重阳日**：指农历九月九日。**就**：接近，引申为赏玩。

孟浩然的诗歌平淡而浑融。这首诗写到老朋友的村子作了一次客，享受了一顿鸡黍宴，题材是平淡无奇的；诗中没有什么极度的兴奋喜悦，感情是安恬平淡的；绿树、青山、场圃、桑麻等景物也是普通平常的；首、尾分别说应邀与预约，中间两联叙述在故人庄所见所闻，结构平平直直；语言就像是对面谈家常。但全诗浑然一体，能形成一个完整的意境，让人觉得别有一种深厚、隽永的情味，感到字里行间充溢着一股朴实淳厚的农村生活气息，一种混和着泥土芳香和桑麻气味的令人陶醉的情调。

望洞庭湖赠张丞相

孟浩然

八月湖水平，涵虚混太清。①

气蒸云梦泽，波撼岳阳城。②

欲济无舟楫(jí)，端居耻圣明。③

坐观垂钓者，徒有羡鱼情。④

①**平**：指湖水与岸齐平。**涵虚**：指水映天空。涵，包容。虚，指天空。**太清**：天空。②**云梦泽**：古代水泽名，包括今湖北南部、湖南北部一带低洼之地，洞庭湖也在其中。**岳阳城**：即今湖南岳阳市。③**济**：渡。**楫**：船桨。**端居**：安居。**耻**：羞愧。④**羡鱼情**：比喻自己想从政的愿望。语出《淮南子·说林训》："临河而羡鱼，不如归家织网。"

这首诗题中的"张丞相"，一般认为是指张九龄，他在唐玄宗时任中书侍郎同中书门下平章事（相当于丞相）。孟浩然希望得到他的援引而作此诗。首联直叙八月中的洞庭湖，水涨湖平，水天一色。颔联描写湖上的景色，水汽从湖面上蒸发出来，波浪冲激着岳阳城。这两句写景壮阔，兴象、风骨兼备，是描写洞庭湖气象的名句。后四句转入抒情，写企求援引之意。妙在第五句转得自然，一个"济"字，语意双关。尾联用典，从正面透露出仕的愿望。

王维

山居秋暝①

空山新雨后，天气晚来秋。

明月松间照，清泉石上流。

竹喧归浣（huàn）女，莲动下渔舟。②

随意春芳歇，王孙自可留。③

①**暝**（míng）：黄昏。 ②**浣女**：洗衣服的女子。 ③**随意**：任凭。**春芳**：春天的花草。**歇**：消失。**“王孙”句**：《楚辞·招隐士》：“王孙兮归来，山中兮不可以久留。”这里作者反其意而用之，暗寓自己愿归隐山林之意。

首联从大处落墨，烘托出了山村秋晚清新爽朗、空明澄净的氛围，是对山村总的印象的描写。中间两联是具体的描绘刻画：月照松间，泉流石上，翠竹中传出浣女的笑语，莲塘里荷花摇动，驶下缓缓的渔舟，像是四幅两两成对的画图。尾联又回过头来写自己的感受和情绪，但和开头的总写不同，这里已经有了诗人的理念，因为他发现了比“春芳”更美的秋景。

观猎

王维

风劲角弓鸣，将军猎渭(wèi)城。①

草枯鹰眼疾，雪尽马蹄轻。②

忽过新丰市，还(xuán)归细柳营。③

回看射雕处，千里暮云平。④

①**角弓**：用兽角装饰的硬弓。**鸣**：拉弓放箭时发出的声音。**渭城**：即咸阳故城，在长安西北渭水北岸。　②**疾**：敏锐。　③**新丰市**：地名，在今陕西临潼县。**还**：立即。**细柳营**：在今陕西长安县。相传汉代名将周亚夫曾在此驻扎军队。　④**雕**：一种凶猛的鸟，飞得高而快，不易射中。

王维的诗歌工于发端。此诗首联点题，上句写疾风呼啸，角弓鸣响，渲染紧张的射猎气氛，为下句将军的出场蓄足情势。颔联刻画猎景，着一“疾”字，如见苍鹰拏云下攫之势；“轻”字则写出骏马乘风疾驰之状。颈联是流水对，“新丰”与“细柳营”相距甚远，“忽过”“还归”极言将军纵辔驰骋，来去迅速。尾联赞誉将军，以景收结，将军射技之高超、自负之情以及猎获之喜悦，尽在不言中。

王维

终南山

太乙近天都，连山接海隅（yú）。①

白云回望合，青霭（ǎi）入看无。②

分野中峰变，阴晴众壑（hè）殊。③

欲投人处宿，隔水问樵（qiáo）夫。④

①**太乙**：终南山的主峰，代指终南山。**天都**：指唐朝的都城长安。**海隅**：海边。②**霭**：雾气。**入**：进入，接近。③**分野**：古人把天上的星宿和地上的区域联系起来，地上的某一区域都划定在星空的某一范围之内。**中峰**：指终南山的主峰太乙峰。**壑**：山沟。**殊**：不同。④**人处**：有人居住的地方。

终南山即秦岭，在陕西省西安市南面，绵延八百余里。王维的这首诗以雄壮的笔力从不同的角度描摹了终南山的宏伟气象。首联用“近天都”“到海隅”夸张山之高远，发端气势宏大。颔联写登山过程中的云气雾霭瞬息万变，以云的飘缈变幻渲染山的高峻幽深。颈联说终南山极其广大，一峰之隔便属不同的分野；同一时间内，各山谷间的阴晴明晦也不相同，有尺幅万里之势。尾联写诗人与樵夫的对话，从侧面烘托山的空旷和幽远。

汉江临泛①

王维

楚塞三湘(xiang)接，荆(jīng)门九派通。②

江流天地外，山色有无中。

郡邑(yì)浮前浦，波澜动远空。③

襄(xiāng)阳好风日，留醉与山翁。④

①**汉江**：即汉水，源出陕西宁强，流经湖北襄阳等地，至汉口入长江。**临泛**：临流泛舟。　②**楚塞**：楚国的边界。**三湘**：湖南湘水的总称，合漓湘、潇湘、蒸湘而得名。**荆门**：山名，在今湖北宜都西北。**九派**：九条支流。派，支流。　③**郡邑**：泛指汉水两岸的城镇。**浦**：水滨。　④**风日**：风光。**山翁**：指晋代山简。他曾任征南将军，镇守襄阳，经常携酒出游，喝得大醉而归。这里借指当时襄阳的地方长官。

这首诗写襄阳城外汉水中泛舟的观感。首联从大处落笔，写汉水流经楚塞、荆门，南通三湘，东连九江。颔联写眺望中江身的绵长：江水奔涌而来，其充沛劲健之势，直要流向天地之外；在江流的远处、青山隐隐，若有若无。颈联写汉江的水势，境界更加开阔。尾联说襄阳如此风和日丽，正好供自己醉酒赏玩。诗中很自然地运用了山简的典故，展现了对汉江美景的陶醉。

过香积寺

王　维

不知香积寺，数里入云峰。

古木无人径，深山何处钟。

泉声咽(yè)危石，日色冷青松。①

薄暮空潭曲，安禅制毒龙。②

①**“泉声”句**：指泉水流过高险的山石发出幽咽的声音。**“日色”句**：指照到深山里的松树上的阳光都带着寒意。　②**安禅**：指身心安然地进入清寂宁静的境界。**制毒龙**：比喻克服妄想。

香积寺在今陕西省长安市南，作者初次游赏，故以“不知”二字发端。进得山来，已有数里，但见古木夹道，寂无人迹，唯闻远处钟声。诗的前四句一气盘旋而下，挥斥自如。颈联进一步用泉声、日色烘托出深山密林的幽僻，下一“咽”字，则幽静之状恍然；着一“冷”字，则深僻之景若见，诗人刻画可谓精细。以上六句写寻寺，处处从侧面烘染，勾勒出寺院的环境。尾联妙用佛典，说傍晚至寺，静对清澈的潭水，一切妄念顿然消失。全诗写佛寺的幽寂境界，引人入胜，有出神入化之妙。

使至塞上[①]

王维

单车欲问边，属国过居延。[②]

征蓬出汉塞，归雁入胡天。[③]

大漠孤烟直，长河落日圆。[④]

萧关逢候骑，都护在燕然。[⑤]

①**使**：出使。**塞**（sài）**上**：边塞。 ②**单车**：指轻车简从。**问边**：慰问边塞将士。**属国**：典属国的简称，代指使臣。这里是作者自指。**居延**：城名，在今甘肃张掖。③**征蓬**：随风飘泊的蓬草。此句与下句的“归雁”都是喻指自己。 ④**孤烟**：指古代边塞报警的烽火和燧烟。**长河**：指黄河。 ⑤**萧关**：在今宁夏回族自治区固厚东南。**候骑**：担负侦察任务的骑兵。**“都护”句**：是说都护打了胜仗。都护，镇守边疆的都护府长官。这里指河西节度使。燕然，山名，即今蒙古国境内的杭爱山。东汉窦宪击败北匈奴，登燕然山，勒石纪功而归。

开元二十五年（737），王维奉命出使河西节度使幕府，途中作此诗。首联点题，写出使塞上。“单车”而欲“问边”，暗含着唐代声威远振，疆域辽阔的自豪之情。颔联以“征蓬”自喻，“归雁”写春天时令，二者恰成巧对。颈联写塞外荒漠雄浑的景象，“孤烟”因一望无际的大漠的衬托，显得更“直”；“落日”贴近一线贯穿的“长河”，故而更“圆”。这一联显示出诗人构图、造境的艺术功力。尾联以“勒石燕然”之典暗颂边事的胜利。全诗气象浑成，是典型的盛唐之音。

李白

访戴天山道士不遇①

犬吠(fèi)水声中，桃花带露浓。

树深时见鹿，溪午不闻钟。②

野竹分青霭(ǎi)，飞泉挂碧峰。③

无人知所去，愁倚两三松。

①**戴天山**：又叫大匡山、大康山，在今四川江油。 ②**“溪午”句**：暗示道士外出未归。午，中午。 ③**霭**：云气。**飞泉**：指瀑布。

这是李白十八九岁时的诗作，是今存李白最早的诗篇之一。全诗紧扣“访”和“不遇”来写，前三联写景，重在“访”。首联从听觉和视觉两个角度写初访，“带露”一词表明时间是清晨。颔联、颈联描写进入深山所见之景，时间是中午，描绘出戴天山幽美的山水景色，色彩和谐，动静相间，以幽静的环境衬托山中人的淡泊情怀。尾联写“不遇”，“无人知所去”，是寻访不遇，“愁倚两三松”，表现了诗人的惆怅心情。诗中无一字说道士，无一字说不遇，却句句是不遇，句句是访道士不遇。

李白

渡荆门送别

渡远荆门外，来从楚国游。①

山随平野尽，江入大荒流。②

月下飞天镜，云生结海楼。③

仍怜故乡水，万里送行舟。④

①渡远：乘船远行。**从**：向。**楚国**：今湖北一带地区，先秦时期属楚国。 **②大荒**：广阔的原野。 **③月下**：月落。**海楼**：海市蜃楼，一种因光线折射而产生的幻景。 **④怜**：爱。**故乡水**：指长江。作者从小生活在蜀地长江边，故称。

李白第一次离开故乡东游时，创作了这首名篇佳作。首联点题，诗人乘船远游，从巴蜀来到湖北一带。荆门山在湖北宜都西北，地貌上属于由三峡的崇山峻岭到丘陵平原的过渡地带，所以颔联生动地描述了这种过渡变化的形势。楚蜀山脉至荆州始断，大江自万山中来，至此千里平原，江流初纵，后顾则群山渐远，前望则一片混茫。这两句写得气象壮阔，历来广为传诵。颈联写江中所见，以天镜喻月之光明，以海楼喻云之奇特，江天高旷，故有此美景。尾联叙别意。全诗对仗工丽，且有英爽之气。

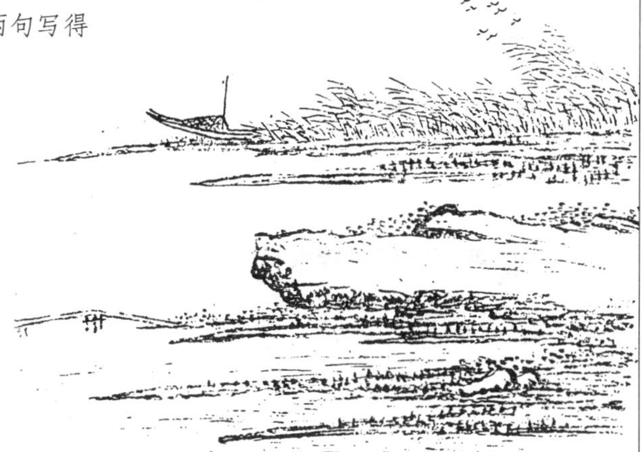

送友人入蜀

李白

见说蚕丛路，崎岖不易行。①

山从人面起，云傍马头生。②

芳树笼秦栈，春流绕蜀城。③

升沉应已定，不必问君平。④

①**见说**：听说。**蚕丛**：传说中古代蜀国的国王。这里借指蜀地。 ②**从**：向。**傍**：靠着。 ③**芳树**：泛指佳木。**秦栈**：从秦（陕西）入蜀的栈道。 ④**“升沉”句**：指前途早已定局。升沉，仕途的得失。**君平**：汉代严遵的字。他隐居不仕，曾在成都卖卜为生。

从诗题看，“送别”和“入蜀”是这首诗所要表达的两个方面的内容，诗人能巧妙地将“送别”之意寓于“入蜀”之中。前两联写蜀道艰难崎岖，拔地高峰，忽然当人而立；万山环合，处处生云。写景中为行者分忧。颈联用“芳树”“春流”来点缀秦栈和蜀城的可爱。尾联妙用蜀地掌故，说仕途升沉已定，不必问卜，都是在写“入蜀”中为行者作慰藉劝解之辞。

赠孟浩然

李白

吾爱孟夫子，风流天下闻。①

红颜弃轩冕（xuānmiǎn），白首卧松云。②

醉月频中圣，迷花不事君。③

高山安可仰，徒此揖（yī）清芬。④

①**孟夫子**：指孟浩然。夫子，古代对男子的敬称。**风流**：洒脱放逸。 ②**红颜**：指少年。**轩冕**：指官位爵禄。轩，车子。冕，官帽。**白首**：指年老。**卧松云**：指隐居山林。 ③**中圣**：酒醉的隐语。 ④**“高山”句**：语本《诗经·小雅·车舝（xiá）》：“高山仰止，景行（háng，景行指大路）行（xíng）止。”这里是表示对孟浩然品格的敬慕。**揖**：致敬。**清芬**：喻指高洁的德行。

孟浩然年长李白十二岁，是李白所景仰的盛唐诗人。这首诗生动地表达了李白对这位前辈诗人的钦佩之情。首联直抒其情，总起全篇，“吾爱孟夫子”是典型的李白式的表达方式。中间两联具体描写孟浩然那种超尘脱俗的诗酒风流。尾联将开头的“吾爱”之情推向高潮，对孟浩然的敬意可谓无以复加。

李白

送友人

青山横北郭，白水绕东城。①

此地一为别，孤蓬万里征。②

浮云游子意，落日故人情。③

挥手自兹去，萧萧班马鸣。④

①**郭**：外城。 ②**孤蓬**：比喻飘泊在外的旅人。蓬，蓬草，遇风飞转不定。**征**：远行。 ③**游子**：离家远游的人。这里指友人。**故人**：指作者自己。 ④**兹**：此。**萧萧**：马的鸣叫声。**班马**：离群的马。

首联写送别的环境，对仗中色彩鲜明，挥洒自如。颔联写送别兼及抒情，表达对朋友漂泊生涯的关怀，散行流走，舒畅自然。颈联景中寓情，“浮云”飘忽游移，喻指“游子”行踪不定；“落日”与大地相依相偎，象征“故人”的惜别之情。景真情真，脍炙人口。尾联正面写分别，“萧萧马鸣”衬托离情别意。全诗节奏明快，情感真挚而又乐观豪迈，体现了李白送别诗的特质。

李白

塞下曲

五月天山雪，无花只有寒。[①]
笛中闻折柳，春色未曾看。[②]
晓战随金鼓，宵眠抱玉鞍。[③]
愿将腰下剑，直为斩楼兰。[④]

①**天山**：山名，在今新疆维吾尔自治区。　②**折柳**：即《折杨柳》，古代乐曲名。③**金鼓**：指战鼓。　④**楼兰**：汉朝时西域的一个小国，在今新疆维吾尔自治区羌若境内。这里泛指敌军首领。

李白的五律诗往往不拘常套，兴之所之，极洒脱之致。这首诗的前四句一气直下，不受声律的束缚。首联说边塞酷寒，颔联承上意，又更翻进一层，写边地闻笛，从笛声中令人想见塞上的肃杀环境。这在律诗的写法上是起笔，以四句而开篇，别具一格。颈联极写紧张的军旅生活，天刚破晓即出征作战，夜幕降临仍要抱鞍而眠。尾联语气慷慨，情调激昂，与王昌龄的《从军行》（青海长云暗雪山）可谓异曲同工。

秋登宣城谢朓北楼①

李白

江城如画里，山晚望晴空。②

两水夹明镜，双桥落彩虹。③

人烟寒橘(jú)柚(yòu)，秋色老梧桐。④

谁念北楼上，临风怀谢公。⑤

①**宣城**：今安徽宣城。**谢朓**（tiǎo）（464—499）：南朝齐诗人，字玄晖，陈郡阳夏（今河南太康）人。曾任宣城太守，故后世又称谢宣城。他的诗多描写自然景色，风格清俊，成就较高，颇为李白推重。谢朓北楼是谢朓担任宣城太守时所建。 ②**江城**：指宣城。 ③**两水**：指宣城东郊的宛溪和句溪。**双桥**：指宛溪上的凤凰、济川两座桥。 ④**人烟**：炊烟。 ⑤**念**：想到。**临风**：迎风。**谢公**：指谢朓。

李白“一生低首谢宣城”，非常推崇谢朓，曾一再在诗中表示对谢朓的赞赏与追慕。这首诗就是作者专门歌咏谢公楼风景的佳作。谢朓北楼下临宛溪、句溪两水，风景优美，诗的前四句让人如置身画中，悠然神往。颈联点明题中“秋”的季节，“寒”“老”二字，传神地勾勒出当时的环境。尾联从写景转入抒情，抒发对南齐诗人谢朓的怀念向往之情，令人产生两位大诗人异代同调之感。

次北固山下①

王湾

客路青山外，行舟绿水前。②

潮平两岸阔，风正一帆悬。③

海日生残夜，江春入旧年。④

乡书何处达，归雁洛阳边。⑤

①**次**：停宿。**北固山**：在今江苏镇江。 ②**客路**：指外乡的路。 ③**风正**：风顺。 ④**残夜**：夜将尽、天快亮的时候。 ⑤**乡书**：家信。

“海日生残夜，江春入旧年”是千古传诵的名句，它将空间里极为光明、极为新鲜的事物安排在残夜、旧年这样旧的时间躯壳里，显示出生生不已、旧去新来的趋势。这一切又出现在长江中下游那广阔的画卷中，给人无穷的展望。全诗充满欣欣向荣、辞旧迎新的情绪，作者无意于歌唱新时代，但又分明能让人感觉到开元盛世的时代脉搏。

王湾，洛阳（今属河南）人，唐玄宗先天年间进士。曾任荥阳（今河南荥阳）主簿，后参加朝廷校理群书的工作，官终洛阳尉。他是开元时期的著名诗人之一，文名早著，但作品大多失传，《全唐诗》仅录其诗十首，《次北固山下》为宰相张说所激赏，曾亲笔题写于政事堂，令能文之士奉为楷式。

杜甫

房兵曹胡马①

胡马大宛(yuān)名，锋棱(léng)瘦骨成。②

竹批双耳峻，风入四蹄轻。③

所向无空阔，真堪托死生。④

骁(xiāo)腾有如此，万里可横行。⑤

①**房兵曹**：名不详。兵曹，兵曹参军的省称，主要辅佐府的长官管理军事。②**大宛**：汉代西域国名，在今乌兹别克斯坦共和国境内。**锋棱**：形容骏马骨骼劲挺。③**“竹批”句**:形容马的双耳像斜削的竹筒一样高耸着。这是良马的特征。批,削。峻,高耸。**轻**：轻快。 ④**无空阔**：指没有不能逾越的地方。**堪**：胜任。**托死生**：指能靠着它临危脱险。 ⑤**骁腾**：勇猛快捷。

杜甫写过很多咏马诗，大多有所寄托。这首诗表面上是赞扬胡马，实际上是抒写自己的怀抱，为自己写照。首联写胡马来自大宛，瘦骨见棱，骨相奇异，是良种名马。颔联刻画马的形态，上句说马形雄俊，下句说马行迅捷。颈联由马的驰骋千里写到它的无畏之勇，又能与人一心，临危堪托。尾联由马的骁腾无比写出对其主人的期待。全诗四十字中，其种其相，其才其德，无所不备。

杜甫

月夜

今夜鄜(fū)州月，闺中只独看。①

遥怜小儿女，未解忆长安。②

香雾云鬟(huán)湿，清辉玉臂寒。③

何时倚虚幌(huǎng)，双照泪痕干。④

①**鄜州**：今陕西富县。**闺中**：女子住的房间。这里代指作者的妻子。 ②**解**：明白。**长安**：作者当时被安禄山的叛军扣留在长安，这里代指自己。 ③**云鬟**：古代妇女梳的环形发髻。**清辉**：指月光。 ④**虚幌**：透光的帷幔。

这首诗是诗人在长安因思念寄身鄜州的妻子而作的。诗中用虚笔从对方写来，不说自己如何望月思家，却说家人如何望月想念自己。首联设想妻子“看”月思己。颔联说小儿女还未知母亲此时此刻的心情，也不懂得思念远在长安的父亲，更深一层地写“独看”。颈联正面描摹妻子“独看”的形象，语丽而情悲。尾联从想象回到实境，又生发出对未来重逢时悲喜交集情景的设想，以“双照”回应“独看”，意境深远，韵味悠长。

杜甫

春望

国破山河在，城春草木深。①

感时花溅泪，恨别鸟惊心。②

烽火连三月，家书抵万金。③

白头搔(sāo)更短，浑欲不胜簪(zān)。④

①**国**：指京城长安。 ②**感时**：感伤时事。**花溅泪**：看见花就流泪。**恨别**：怅恨离别。**鸟惊心**：听到鸟鸣就心惊。 ③**烽火**：指战争。**连三月**：连续三个月不间断。**抵**：值。④**白头**：白发。**搔**：抓。**浑欲**：简直要。**不胜**：承受不了。**簪**：别住发髻的用具。

至德二年（757）三月，杜甫被困在沦陷区长安，作此诗。“望”字是贯穿全篇的线索。首联从大处落笔，总写望中所见。颔联极力渲染诗人忧国思家的痛苦心情，可以理解为触景生情（看花流泪、闻鸟心惊），也可以理解为移情于物（花流泪、鸟惊心），对仗工整，互文见义。颈联“烽火”紧扣“感时”，“家书”紧扣“恨别”，上句突出战火的绵延不断，下句极言家书之珍贵。尾联以正面描绘诗人的自我形象作结。全诗将时代的巨变、长安的春天和个人的处境紧密结合在一起，具有强烈的感人力量。

月夜忆舍弟①

杜甫

戍(shù)鼓断人行，边秋一雁声。②

露从今夜白，月是故乡明。

有弟皆分散，无家问死生。

寄书长不达，况乃未休兵。③

①**舍弟**：对人称自己弟弟的谦词。　②**戍鼓**：边防驻军的鼓声。**断人行**：禁止人行走。**边秋**：边塞的秋天。**一雁**：孤雁。　③**长**：一直。**达**：收到。**况乃**：何况。**休兵**：停止战争。

乾元二年（759）秋，杜甫流寓秦州，作此诗怀念沦陷区的弟弟。前四句写月夜之景，后四句抒忆弟之情。“戍鼓”“雁声”“露白”“月明”等用来烘托环境气氛，表面上是写景，实际上是以景托情。兄弟分散，音讯不通，战乱不止，更增添对亲人的关怀与思念。时逢白露，使人更添思乡怀人之情。回想当年，兄弟团聚，而今“有弟皆分散，无家问死生”，故而觉得当年的月夜更加秀丽明媚，更加令人神往。全诗语浅情深，感情细腻，伤心折肠之语，令人读之不能终篇。

杜甫

春夜喜雨

好雨知时节，当春乃发生。①

随风潜入夜，润物细无声。②

野径云俱黑，江船火独明。③

晓看红湿处，花重（zhòng）锦官城。④

①**当春**：遇到春天。**乃**：就。**发生**：指下雨。 ②**潜**：悄悄地。 ③**野径**：田间的小路。 ④**红湿处**：指枝头的花红润一片。**花重**：指沾着雨水的花显得饱满而沉甸甸。**锦官城**：即成都。

这首诗描写的是成都春夜普降好雨的情景，流露出诗人欢快喜悦的情绪，“喜”是这首诗的基调。首联点题，春雨应时而降，自然激起“穷年忧黎元”的诗人无比喜悦。这两句无一言“喜”，而“喜”在其中。颔联正面写雨，“随风”二字形容雨的飘洒，“无声”二字形容雨的轻微。颈联写诗人雨夜所见，幽美的夜景与作者的心情融为一体。尾联以晓晴后有“红湿”点缀“锦官城”，进一步写春雨的可爱。全诗以景收结，而情在其中。

旅夜书怀①

杜甫

细草微风岸，危樯（qiáng）独夜舟。②

星垂平野阔，月涌大江流。③

名岂文章著，官应老病休。④

飘飘何所似？天地一沙鸥。⑤

①旅夜：旅途中的夜晚。 **②危**：高。**樯**：桅杆。 **③“月涌”句**：指月亮从江面上升起来。大江，指长江。 **④“名岂”句**：有点名声，哪里是因为文章写得好呢。这里是愤激的反话。**“官应”句**：年老多病，理应辞官。这也是愤激的反话。 **⑤飘飘**：飘泊不定的样子。

永泰元年（765）五月，杜甫率家离开成都草堂，乘船东下，旅夜有所感触而作此诗。前四句写旅夜之景，“独”字渲染出凄清的氛围，“垂”字衬托出平野的广阔，“涌”字烘托出大江滔滔奔流的气势。后四句抒写诗人抑郁苍凉的情怀，颈联用反问语和反语抒发对命运的愤慨不平，尾联将自己长年漂泊的命运与沙鸥浮泛江海的形象合而为一，构成一个含有悲剧意味的形象，令人产生深深的同情与共鸣。

杜甫

天末怀李白①

凉风起天末，君子意如何？②

鸿雁几时到？江湖秋水多！③

文章憎命达，魑魅(chī mèi)喜人过。④

应共冤魂语，投诗赠汨(mì)罗。⑤

①天末：天边。 **②君子**：指李白。**意**：心情。 **③鸿雁**：喻指书信。 **④“文章”句**：意谓有文才的人往往多遭挫折。憎，忌恨。达，通达。**魑魅**：传说中害人的怪物。**⑤共**：与。**冤魂**：指屈原。**汨罗**：江名，在今湖南湘阴，传说是屈原投江自沉的地方。

李白因参加永王李璘幕府，被唐肃宗以“附逆”罪流放夜郎（今贵州桐梓一带）。杜甫作此诗深情怀念李白。首联以“凉风”起兴，以问句提顿，将作者感物怀人的心情表达得悠然不尽。颔联写盼望故人音信和对李白处境的险恶表示关怀与担忧。颈联情感愤激沉痛，概括了千百年来封建社会对才能之士的压抑与打击。尾联说应当写诗作赋，与屈原的冤魂共诉悲愤。以李白与屈原异代同悲，同情之中寓含赞美。

水槛遣心二首（其一）①

杜甫

去郭轩楹（xuānyíng）敞，无村眺（tiào）望赊（shā）。②

澄（chéng）江平少岸，幽树晚多花。③

细雨鱼儿出，微风燕子斜。

城中十万户，此地两三家。④

①**水槛**（jiàn）：临水的栏杆。**遣心**：散心。　②**去郭**：指远离成都市。郭，城郭。**轩楹**：堂前的廊柱。这里指堂廊。**赊**：远。　③**澄江**：清澈的江水。**幽树**：生长在僻静处的树木。　④**城中**：指成都市内。

这首诗作于成都草堂时期。“遣心”二字是一篇之骨。仇兆鳌说：“咏雨后晚景，情在景中，八句排对，各含‘遣心’。”首联写水亭周围平阔宽敞，诗人闲静怡悦之情即在言外。中间两联写景，欢愉之情流于笔端。尾联以“十万户”比照“两三家”，突出环境的清幽，衬托出诗人心情的恬静。“细雨”一联状物逼真，描写生动，既显示了自然万物的生机，也流露出诗人流连赞美的情致。

杜甫

江汉①

江汉思归客，乾坤一腐儒。②

片云天共远，永夜月同孤。③

落日心犹壮，秋风病欲苏。④

古来存老马，不必取长途。⑤

①**江汉**：长江和汉水。　②**乾坤**：天地间。**腐儒**：迂腐的读书人。此处是作者自指。③**永夜**：长夜。　④**苏**：痊愈。　⑤**“古来”句**：用老马识途的典故说明自己仍然有所作为。存，养。

这首诗是杜甫死前两年（大历三年，公元768年）秋天，在湖北一带漂泊时所作。首联写自己久客异乡的痛苦心情。“思归”的实际含义是想回到朝廷，这层含义贯穿全篇。“腐儒”二字有自嘲自伤的含义。颔联上句写自己漂泊异地远方，下句写自己的孤孑落寞的处境。颈联写自己执着的人生态度。尾联借老马识途之典来暗喻自己在政治上仍可有所作为。这种在逆境中焕发出来的用世精神和永不衰歇的政治热情，是杜甫崇高的人格美的突出表现。

杜甫

登岳阳楼①

昔闻洞庭水，今上岳阳楼。

吴楚东南坼(chè)，乾坤日夜浮。②

亲朋无一字，老病有孤舟。③

戎马关山北，凭轩涕泗(sì)流。④

①**岳阳楼**：在今湖南岳阳城西，下临洞庭湖。 ②**吴楚**：指春秋时期的吴国和楚国两地，吴国在洞庭湖的东面，楚国在洞庭湖的南面。**坼**：裂开。**乾坤**：天地。这里指日月。 ③**字**：指书信。 ④**“戎马”句**：指北方战乱未定。戎马，指战争。**凭轩**：靠着窗户。**涕泗**：眼泪鼻涕。

大历三年（768）暮冬，杜甫漂泊到岳阳，登上岳阳楼，写下了这首触景兴感、雄视千古的名作。首联通过今昔对照。既写出如愿以偿之喜，也暗寓“万方多难此登临”的感慨。颔联描写登楼纵目看到的壮观景象，“坼”“浮”二字，同时也含有时局动荡与漂零无依的感受。颈联写孤舟漂泊，一“有”一“无”，同样令人悲伤。尾联抒写对国家多难的感伤。全诗沉郁顿挫，写景偏于壮，写时代和个人身世偏于悲，构成了一种悲壮之美。

韦应物

淮上喜会梁州故人①

江汉曾为客，相逢每醉还。②

浮云一别后，流水十年间。③

欢笑情如旧，萧疏鬓(bìn)已斑。④

何因不归去？淮上有秋山。

①**淮上**：淮水边，在今江苏淮阴一带。**梁州**：在今陕西郑县东。 ②**江汉**：长江和汉水。 ③**浮云**：比喻聚散无常。**流水**：比喻岁月流逝。 ④**萧疏**：稀少。

诗写与故人相会时的心情。首联忆昔，当年一起作客楚江，少年气盛，对歌纵酒，不醉无归。颔联抒发久别的伤感，浮云踪迹，各奔东西，弹指光阴过十年。颈联写喜会，虽笑语风情不异往日，但双鬓斑白，容颜已衰，喜中有悲。尾联以反诘作转，以景色作结。

韦应物（约737—791），京兆万年（今陕西西安）人。少年时豪放不羁，做过唐玄宗的侍卫。后来发奋读书，中进士。曾任滁州、江州和苏州刺史，世称『韦苏州』。韦应物的诗大多描写田园山水和隐逸生活，在艺术上深受陶渊明、王维影响，形成了一种自然淡远、秀朗澄澈的艺术风格。韦应物是中唐初期的重要诗人之一。有《韦苏州集》。

喜见外弟又言别[1]

李益

十年离乱后，长大一相逢。

问姓惊初见，称名忆旧容。

别来沧海事，语罢暮天钟。[2]

明日巴陵道，秋山又几重。[3]

①**外弟**：表弟。　②**沧海事**：喻指世事变化很大。　③**巴陵**：唐郡名，治所在今湖南岳阳。

亲人们在乱世离别十年，一朝相逢，是何等惊喜；但马上又要分手，又是何等悲怆。此诗就写了这种情感。首联写久别重逢，“十年”与“一”形成强烈对比，其间有长期的离乱，有长大后二人容颜已改的事实。颔联承接上句，写重逢时那戏剧性的一幕。颈联“沧海事”和“语罢”囊括十年离乱，举重若轻，又以“暮”字逗引即将分别。尾联语别，以景结情，由喜到悲，无限惆怅。

常建

题破山寺后禅院①

清晨入古寺，初日照高林。

竹径通幽处，禅房花木深。②

山光悦鸟性，潭影空人心。

万籁(lài)此都寂，但余钟磬(qìng)音。③

①破山寺：又名兴福寺，在今江苏常熟虞山北麓。**禅院**：即寺院。 **②禅房**：僧侣的住处。 **③万籁**：各种声响。**钟磬音**：寺院里诵经或斋供时敲钟、击磬的声音。

此诗着眼于表现禅寺深幽寂静的环境。首联总起，交代游寺。颔联写进入禅寺的后院，给人一种经过寻觅，佳境突现之感，写景之中寓含禅意。颈联以鸟声潭影写禅院的幽静，用的是倒装句法。尾联写万籁俱寂中只留下钟磬之声，表示自己对眼前幽境的感受，达到了余韵悠长的效果。

常建，唐代长安（今陕西西安）人。开元十五年（727）与王昌龄同榜进士。一生仕宦很不得志，曾任盱眙（xūyí）尉。他的诗以田园、山水为主要题材，善于运用凝炼简洁的笔触，表达清寂幽邃的意境。有《常建集》。

赋得古原草送别①

白居易

离离原上草，一岁一枯荣。②

野火烧不尽，春风吹又生。

远芳侵古道，晴翠接荒城。③

又送王孙去，萋(qī)萋满别情。④

①**赋得**：按规定题目作诗，题目前要加“赋得”二字。 ②**离离**：繁茂的样子。 ③**远芳**：远处的芳草。**侵**：蔓延。**晴翠**：草在阳光照耀下呈现出的碧绿色。 ④**王孙**：本指贵族子弟，这里指作者的朋友。**萋萋**：草生长茂盛的样子。

据唐人张固《幽闲鼓吹》记载，白居易入京应举，投谒诗人顾况。顾况开玩笑说：“长安米价正贵，居亦不易。”后披卷见此诗，赞叹说：“能做出这样的好诗，居亦易矣。”这是一首以古原草比喻别情的送别诗。首联点题，写古原草荣枯代谢，生生不息。颔联进而写其生命力的顽强旺盛，咏物和言志相结合，韵味与哲理共生发，对仗精工又流利自然。颈联与首联呼应，具体描摹古原草繁茂的情景。尾联正面写出送别之意，以咏草收束别情。全诗情韵缠绵，含蕴不尽。

贾岛

题李凝幽居①

闲居少邻并，草径入荒园。②

鸟宿池边树，僧敲月下门。

过桥分野色，移石动云根。③

暂去还来此，幽期不负言。④

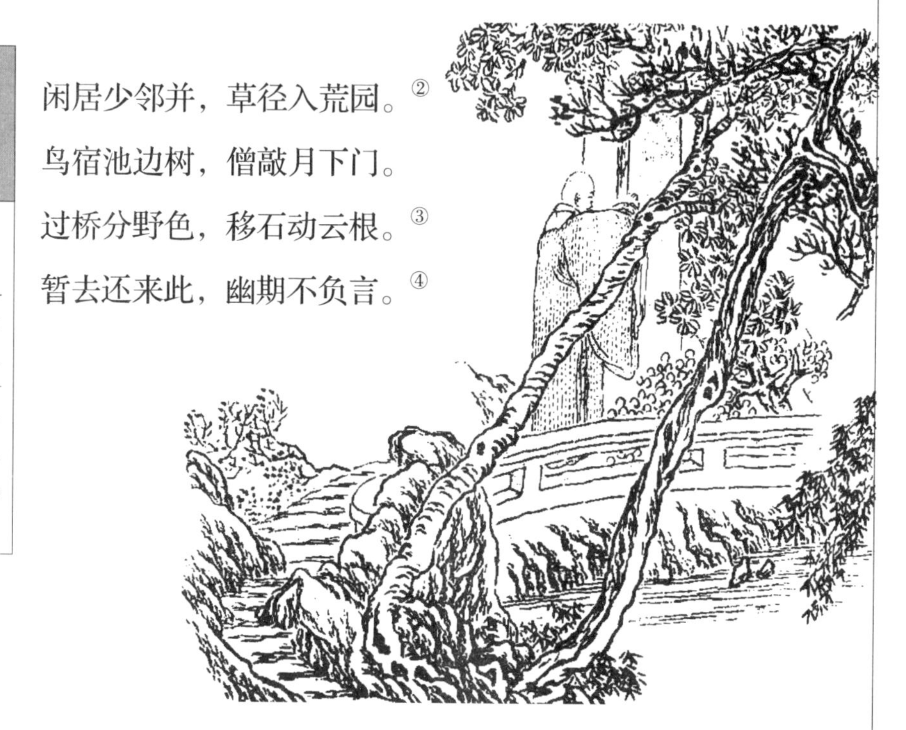

①**李凝**：作者的友人。**幽居**：僻静的居处。 ②**邻并**：邻居。 ③**云根**：云彩。 ④**幽期**：隐居的期约。**负言**：违背诺言。

据《唐诗纪事》记载，贾岛入京师赴试，一日在驴背上得“鸟宿池边树，僧敲月下门”之句，开始欲着“推”字，继而又欲着“敲”字，再三未定，时时引手作推敲之势，不觉冲撞了韩愈的车驾。韩愈非但没有怪罪，反而和他一起商讨，认为作“敲”字优，便定为“僧敲月下门”，于是产生了关于“推敲”一词的一段佳话。“敲”字更能体现以声衬静愈见其静的特点，这种炼字的功夫正是贾岛诗歌的本色。

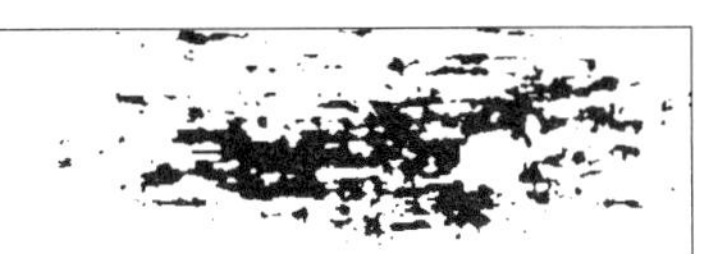

贾岛

忆江上吴处士①

闽国扬帆去，蟾蜍（chán chú）亏复团。②

秋风生渭水，落叶满长安。③

此地聚会夕，当时雷雨寒。④

兰桡（ráo）殊未返，消息海云端。⑤

①**江**：长江。**处士**：隐居不仕的人。 ②**闽国**：今福建一带。**蟾蜍**：指代月亮。古代传说月亮里面有三条腿的蟾蜍。**亏**：缺。这里形容弯月。 ③**渭水**：渭河。④**夕**：晚上。 ⑤**兰桡**：兰舟。桡，船桨。**殊**：犹。**海云端**：海云升起的地方。

“秋风生渭水，落叶满长安”也是贾岛的名句，这里也有一段诗人“骑驴冲大尹”的故事。《唐摭言》说贾岛曾骑驴横过长安大街，看到秋风凄紧，落叶满地，得“落叶满长安”句。又正沉思对句，得“秋风生渭水”。正大为高兴，不觉冲撞了京兆尹刘某，被关了一夜。这一联既写出了秋天的典型景象和气氛，又形象地烘托出自己怀念朋友的心情。

温庭筠

商山早行①

晨起动征铎（duó），客行悲故乡。②

鸡声茅店月，人迹板桥霜。③

槲（hú）叶落山路，枳（zhǐ）花明驿（yì）墙。④

因思杜陵梦，凫（fú）雁满回塘。⑤

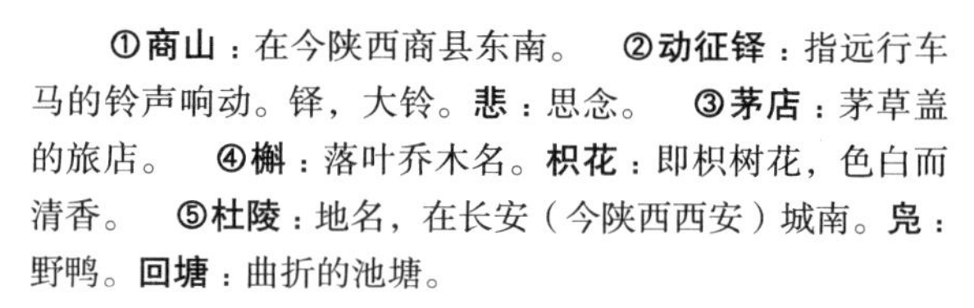

①商山：在今陕西商县东南。 **②动征铎**：指远行车马的铃声响动。铎，大铃。**悲**：思念。 **③茅店**：茅草盖的旅店。 **④槲**：落叶乔木名。**枳花**：即枳树花，色白而清香。 **⑤杜陵**：地名，在长安（今陕西西安）城南。**凫**：野鸭。**回塘**：曲折的池塘。

诗写旅店早起赶路，并抒发乡思之情，写景紧扣“早行”二字，言情则围绕“悲”字着笔。首联点题。颔、颈二联写足早行景色，不言行，不言悲，而行迹、悲感尽在其中。尾联回想长安客居情景，感到依稀似梦，与首联相照应。“鸡声茅店月，人迹板桥霜”两句全用名词，无一动词，就构成一幅山村清晨的鲜明图画，足以唤起每个有早行经验的人的类似感触。

温庭筠（yún）（?—866），本名岐，字飞卿，唐代太原（今山西太原西南）人。出身没落官僚家庭，多次考进士不中，终身困顿，只做过方城尉、国子助教之类的小官。才思敏捷，每入试，按官韵作诗，八叉手而成八韵，时人称为『温八叉』。其诗设色浓艳，辞藻华丽，风格和李商隐相近，因而有『温李』之称。有《温庭筠诗集》。

晚晴

李商隐

深居俯夹城，春去夏犹清。①

天意怜幽草，人间重晚晴。②

并添高阁迥(jiǒng)，微注小窗明。③

越鸟巢干后，归飞体更轻。④

①**深居**：僻静的住处。**俯**：下临。**夹城**：两层城墙，中有通道。 ②**幽草**：生长在暗处的小草。 ③**并**：更。**迥**：远。**注**：（阳光）射入。 ④**越鸟**：指南方的鸟。

这首诗和作者著名的五绝《登乐游原》一样，所瞩目的也是夕阳余照。首联点出览眺景物的立足点和初夏节令。颔联抒写对晚晴的主观感受：雨后晚晴，天似有情而爱怜幽草，使之得以生长；人间也因云开日出，夕辉照映而分外珍重晚晴。其中寓含着珍重人生的态度，诗情与哲理融为一体。颈联写高阁临眺时视野更远，而夕阳的返照给阁窗注进一片光明。尾联写远眺所见，“巢干”点“晴”，“归飞”点“晚”。轻盈的飞鸟掠过晴空，正是诗人心情的写照。

齐己

早梅

万木冻欲折，孤根暖独回。①

前村深雪里，昨夜一枝开。

风递幽香出，禽窥素艳来。②

明年如应律，先发望春台。③

①**木**：树。**孤根**：指梅树。 ②**递**：传送。**禽**：飞鸟。③**应律**：应合历象。**望春台**：喻指京城。

诗题为“早梅”，所以诗人在刻画梅花时处处紧扣“早”字。首联的孤根独暖是早，颔联的一枝独开是早，颈联写“禽窥素艳”亦因花开得早，尾联期待明年“先发”仍归结到早。“昨夜一枝开”句更有一段诗坛佳话。据说齐己以诗往谒郑谷，原作“昨夜数枝开”。郑谷说：“‘数’非早也，未若‘一’佳。”齐己非常佩服，遂改，并拜郑谷为“一字师”。“一枝开”表明梅花从无到有，刚刚开放，更能体现“早”。

齐己（约860—约937），唐末五代僧人。本姓胡，名得生。潭州益阳（今属湖南）人。出家后栖居衡岳东林，自号衡岳沙门。有《白莲集》。

鲁山山行①

梅尧臣

适与野情惬（qiè），千山高复低。②

好峰随处改，幽径独行迷。

霜落熊升树，林空鹿饮溪。③

人家在何许？云外一声鸡。④

①鲁山：又名露山，在今河南鲁山县东北。 **②“适与”句**：意谓此处与我喜爱山野景色的情趣恰好相合。惬，相合。 **③升树**：爬上树。 **④何许**：何处。**云外**：形容遥远。

梅尧臣诗工于平淡，自成一家，这首诗写出对鲁山景物的感受，是淡而有味的佳作。首联点“山行”之题，说此行正好满足野外流连的情趣。中间两联写山行感受和山中所见景色。尾联化用杜牧“白云深处有人家”诗意，以远处的鸡鸣声衬托山中的静谧气氛，境界优美，情味盎然。全诗句句如画，引人入胜。

梅尧臣（1002—1060），字圣俞，宣州宣城（今属安徽）人。宣城古名宛陵，故世称『宛陵先生』。少时举进士不第，历任州县官属。宋皇祐初年赐进士出身，授国子监直讲，官至尚书都官员外郎。作诗主张『意新而语工』，内容多反映社会现实和民生疾苦，风格闲淡朴素，与欧阳修同为北宋前期诗文革新运动领袖。有《宛陵先生文集》。

别云间[1]

夏完淳

三年羁（jī）旅客，今日又南冠。[2]
无限河山泪，谁言天地宽。
已知泉路近，欲别故乡难。[3]
毅魄归来日，灵旗空际看。[4]

①**云间**：松江县的古称。此诗是作者被俘后辞别故乡松江所作。　②**羁旅客**：在外奔波的人。这里是作者自指。**南冠**：指囚犯。典出《左传·成公九年》："晋侯观于府，见钟仪，问之曰：'南冠而絷者谁也？'有司对曰：'郑人所献楚囚也。'"（南冠，楚国人戴的帽子。）　③**泉路**：黄泉路，指死亡。　④**毅魄**：指英灵。**灵旗**：战旗。

夏完淳是明清之际的爱国诗人，清顺治四年（1647）夏被捕，九月十九日在南京就义，年仅十七岁，这首诗是作者被捕后被押解往南京时所作。诗中高度概括地反映了作者抗清复明的斗争经历和结局，悲壮激越，感染力极强。

夏完淳（1631—1647），字存古，明末松江华亭（今上海松江区）人。九岁能诗文，十四岁跟随父亲夏允彝、老师陈子龙起兵抗清。事败，其父和老师先后殉难。夏完淳又进入吴易军中，参谋军事。吴易军败，他仍为抗清而奔走。后因人告发被捕，凛然就义，年仅十七岁。其诗忠愤满怀，悲歌慷慨。有《南冠草》《续幸存录》。

贺知章（659—约744），字季真，自号四明狂客，越州永兴（今杭州萧山区南）人。早有文名，与李白友善。武则天证圣元年（695）中进士，官至秘书监。晚年归隐镜湖。其诗以绝句见长，清新通俗。有《贺秘监集》。

贺知章

咏柳

碧玉妆成一树高，万条垂下绿丝绦(tāo)。①

不知细叶谁裁出，二月春风似剪刀。②

①**碧玉**：形容柳树枝叶的颜色。**妆**：装饰，打扮。**绿丝绦**：绿色的丝带。 ②**裁**：剪裁。

贺知章的这首七绝是历代咏柳诗中的佼佼者。首句用“碧玉”这个工巧的比喻来形容柳树的轮廓，碧玉而又“妆成”，使人从玲珑剔透的晶莹之玉想到风华流美的“碧玉小家女”（肖绎《采莲赋》）。三、四两句写柳叶被春风吹拂，以剪刀比拟春风，奇思妙喻出人意表，且于丰富的想象中还有一种细腻熨贴之情，宜为千古名句。

贺知章

回乡偶书二首（其一）①

少小离家老大回，乡音无改鬓（bìn）毛衰（cuī）。②

儿童相见不相识，笑问客从何处来。③

①**偶书**：随意写下来。　②**少小**：年幼。**老大**：作者此时已经八十多岁。**乡音**：家乡的口音。**鬓毛**：耳边的头发。**衰**：疏落。　③**儿童**：指作者童年时的伙伴。

天宝三年（744），贺知章以八十六岁高龄告老还乡，距他离开家乡已有五十多年。这首诗是作者还乡时所作，生动地表达了一个久客他乡的普通人的真情实感。前两句写尽管少小离家，但乡音未改，有游子归乡的自豪之情；老大还乡容颜衰老，又有久客伤老的深沉之意。后两句写出一个充满生活情趣的戏剧性场面，从天真的童心中暗传出诗人对岁月世事变迁的无穷感慨。全诗语言质朴无华，而诗情浓郁，有极大的感染力。

凉州词[1]

王之涣

黄河远上白云间，一片孤城万仞(rèn)山。[2]

羌(qiāng)笛何须怨杨柳，春风不度玉门关。[3]

①**凉州词**：唐乐府《凉州歌》的唱词。凉州即今甘肃武威。 ②**万仞山**：形容山势极高。古代八尺为一仞。 ③**羌笛**：古代羌族的一种乐器。**杨柳**：即乐府横吹曲《折杨柳歌》。**度**：越过。**玉门关**：在今甘肃敦煌西，是古代通往西域的交通要道。

这首诗给读者展示了西北高原壮阔辽远的景象，在莽莽苍苍的境界之中透出一种孤寂与荒凉。对于以保卫国家边疆为己任的戍边将士来说，边地的荒凉孤寂是意料中事，尽管春风不度、杨柳不生，但崇高的责任感使他们觉得无须怨、不必怨。不仅如此，他们反而欣赏西北边塞这种特有的荒寒的壮美。盛唐时代的诗人已经将荒寒而壮阔的边塞诗化了，宜其旗亭画壁，推为绝唱。

王昌龄

从军行七首（其一）①

烽火城西百尺楼，黄昏独坐海风秋。②

更吹羌（qiāng）笛关山月，无那金闺万里愁。③

①**从军行**：乐府《相和歌辞·平调曲》旧题，多写军旅生活。 ②**烽火城**：设有烽火台的边城。**海风秋**：指从青海湖上刮来的秋风。 ③**关山月**：汉乐府横吹曲名，歌词多写征戍离别之情。**无那**：无奈。**金闺**：闺阁的美称，这里指征人的妻子。

王昌龄是盛唐边塞诗派的代表诗人之一，又专攻绝句，其边塞诗多表现某一类人物的普遍的感情。此诗前三句采取层层深入的手法，反复渲染，为最后一句蓄势。边疆烽火不息，黄昏独上百尺高楼，满耳瑟瑟秋风，此时更闻羌笛吹出幽怨呜咽的《关山月》曲，叫人怎能不生关山万里之愁！这种愁绪，可指戍边之征人，可指金闺之思妇，亦可两者兼指，极尽惝恍迷离之美。由于运笔雄阔苍莽，虽写思乡望远之情，却无凄苦之意，读来自是盛唐气息。

王昌龄（？—约756），字少伯，京兆万年（今陕西西安）人。开元十五年（727）进士。曾任校书郎、汜水尉等官。后被贬为江宁丞、龙标尉等。安史之乱中，为刺史闾丘晓所杀。其诗以七绝见长，言少意多，耐人寻味，被誉为『七绝圣手』。其中尤以气势雄浑、格调高昂的边塞诗最为感人。有《王昌龄集》。

王昌龄

从军行七首（其二）

琵琶起舞换新声，总是关山旧别情。[1]

撩乱边愁听不尽，高高秋月照长城。[2]

①**换新声**：更换新的曲子。**总是**：全都是。**关山**：指边塞。 ②**撩乱**：纷乱，杂乱。

这首诗通过写军中宴乐表现戍边将士内心深沉的思绪。琵琶弹奏的新声，仍是撩人情思的怨曲，满怀离愁别绪的征戍者，实在无以忍受这种纷乱边愁。第三句"撩乱边愁"而结上"听不尽"三字，以下似乎已无语可续，言情似乎已到尽头了，诗人却巧妙地接上"高高秋月照长城"，以景结情，即景寓情。这样就让前面那些复杂难遣的情感归入微茫月色之中，似脱实黏，最是诗家上乘笔法。

王昌龄

从军行七首（其四）

青海长云暗雪山，孤城遥望玉门关。[①]

黄沙百战穿金甲，不破楼兰终不还。[②]

①**青海**：即青海湖，在今青海西宁西。**长云**：连绵不断的云。**雪山**：指祁连山，在今甘肃省境内。**玉门关**：在今甘肃敦煌西。　②**穿**：磨破。**金甲**：铁甲。**楼兰**：汉朝时西域的一个小国，在今新疆维吾尔自治区羌若境内。这里泛指侵扰西北的敌人。

青海湖和玉门关虽然同在西北边疆，但一东一西，相距千余里，中间隔着千重山脉和万里云海，这是此诗前两句给我们展示的一幅广袤无垠、气象浑融的万里边关图。三、四两句构成鲜明对照。黄沙漫漫，环境如此艰苦，战斗如此频繁严酷，却丝毫没有消磨将士们誓扫边陲战尘、以身报国的豪情壮志。最后一句是全诗思想感情的凝聚点，它不是廉价的乐观、浮浅的表白，也不是单纯的少年豪气，这是久经沙场的将士发自内心的声音。

王昌龄

从军行七首（其五）

大漠风尘日色昏，红旗半卷出辕(yuán)门。①

前军夜战洮(táo)河北，已报生擒吐谷(yù)浑。②

①**大漠**：广阔的沙漠。**风尘**：风沙。**日色**：日光。**辕门**：军营的门。 ②**洮河**：在今甘肃省境内，是黄河上游的支流之一。**吐谷浑**：古族名。鲜卑慕容部的一支，原居徒河之青山（在今辽宁义县境内），西晋末年（公元4世纪初），首领吐谷浑率部西迁至今甘肃、青海间，从事游牧，用汉文。这里泛指敌军首领。

这首诗写唐军后续部队出城作战，未曾交手，而前军已传捷报。前两句抓住天气的极端恶劣与部队纪律的高度严明这两个特点，着意刻画，写得声情激昂。后面两句写前军大捷，名王就缚。诗人不写前军怎样战斗，而说“已报”；不写胜利后的喜庆，而说“生擒”，其凯旋可期之感自不待言。全诗在结构上有张有弛，前半极其紧张，节奏急促，后半非常轻松，虚中有实，把事件的高潮隐含在余韵中，沉雄英爽，为盛唐高调。

王昌龄

采莲曲二首（其二）①

荷叶罗裙一色裁，芙蓉向脸两边开。②

乱入池中看不见，闻歌始觉有人来。③

①**采莲曲**：乐府旧题，多描写江南水乡风光。 ②**罗**：质地轻软的丝织物。**芙蓉**：荷花的别称。 ③**乱入**：混入。

梁元帝《采莲曲》诗说："莲花乱脸色，荷叶杂衣香。"王昌龄这首诗前两句就从此化出，说荷叶与罗裙一色，莲花共人面难分。诗中着"向脸"二字，则荷花亦似有情。后两句用"乱""看""觉"等字眼，从听觉、视觉和感觉三个方面错综写出情味。本已"不见"，忽而"闻歌"，方知"有人"，却又人花莫辨，这真是一幅描绘江南少女充满青春活力的意境优美的采莲图，洋溢着浓郁的生活气息。

王昌龄

出塞二首（其一）[1]

秦时明月汉时关，万里长征人未还。[2]

但使龙城飞将在，不教胡马度阴山。[3]

①**出塞**：乐府《横吹曲》旧题。塞，边塞。　②**“秦时”句**：意思是说，明亮的月光仍和秦汉时一样照着关塞。　③**但使**：只要。**龙城飞将**：指西汉名将李广。这里泛指英勇善战的将领。**不教**：不让。**胡马**：代指敌军。**度**：越过。**阴山**：在今内蒙古自治区南部。

王昌龄的《出塞》诗是盛唐边塞诗的代表作。首句发兴高远，从眼前的明月、关塞联想到遥远的秦汉，表现出对民族历史的自豪感。次句由古及今，蕴含着尖锐的边塞问题。三、四两句写希望能有李广那样的名将镇守边疆。这首诗的意蕴极为丰富，反映出朝廷用将非人的现实以及战士对自己处境的不满。他们尽管向往和平生活，却并不反对战争；尽管感到边防空虚，存在胡马入侵的危机，却又坚信和平生活可以用自己的力量来捍卫。小篇具有大篇的容量，无怪乎被后人推为唐人七绝的压卷之作。

王昌龄

闺怨

闺中少妇不知愁，春日凝妆上翠楼。[①]

忽见陌(mò)头杨柳色，悔教夫婿觅封侯。[②]

①**凝妆**：盛妆打扮。**翠楼**：青漆涂饰的豪华精致的楼房。 ②**陌头**：路边。**夫婿**：丈夫。**觅封侯**：指从军。古代以军功封侯赐爵。

王昌龄擅长创作反映夫妇离愁别恨的闺怨诗。此诗中的女主人公由不知愁而知愁而怨，关键在第三句的转折，“忽见”二字，准确地传达出少妇内心深处片刻间所引起的强烈震撼，见柳色而顿生悔心，写来生动有致。它抓住了闺中少妇心理发生微妙变化的一刹那，作了集中的描写，使读者从偶然中领悟到必然，从突变中联想到渐进，从一刹那中窥见全过程。短短四句诗，几乎给我们提供了这位闺中少妇感情发展史的一个片断。

王昌龄

芙蓉楼送辛渐二首（其一）①

寒雨连江夜入吴，平明送客楚山孤。②

洛阳亲友如相问，一片冰心在玉壶。③

①**芙蓉楼**：在今江苏镇江。**辛渐**：作者的朋友。 ②**连江**：满江。**吴**：这里的“吴”跟下句中的“楚”都泛指镇江一带。**平明**：清晨。 ③**冰心**：像冰一样莹洁的心。

王昌龄在开元二十七年（739）被贬岭南，归来后任江宁丞，后又被贬到更远的龙标，一直处在众口交毁的恶劣环境中。这首诗是诗人任江宁丞时借送友以自抒胸臆。开元初宰相姚崇曾作《冰壶诫》，告诫官吏要廉洁奉公，像冰壶一样内清外润，“以此清白，遗其子孙”。此后，“清如玉壶冰”就成为唐代进士诗赋中一个常用的题目。这里作为结尾寄语，对洛阳亲友来说，既表明了高洁的自誓，也是坚持亮节的互勉；对统治者和谗毁众小而言，则完全是人格的自信和品德的自誉，是对谤议的反击。

王昌龄

送柴侍御①

流水通波接武冈，送君不觉有离伤。②

青山一道同云雨，明月何曾是两乡？③

①柴侍御：作者的朋友。此诗大约写于作者被贬龙标（今湖南黔阳）尉时。 **②通波**：即流水。**武冈**：今湖南武冈。是柴侍御的目的地。 **③一道**：一片。**两乡**：两个地方。

初唐诗人王勃的送别诗中既有“海内存知己，天涯若比邻”（《送杜少府之任蜀州》）这样的千古名句，又曾写过“谁谓波澜才一水，已觉山川是两乡”(《秋江送别》)。王昌龄的这首诗却说“明月何曾是两乡”？正是因为双方有着深厚的情谊，才能人分两地而情同一心，化“两乡”为“一乡”。送别不作悲伤之音，转为一种深情的体贴与安慰，诗味尤为绵邈无尽。

凉州词

王翰

葡萄美酒夜光杯，欲饮琵琶马上催。①

醉卧沙场君莫笑，古来征战几人回？

①**夜光杯**：《海内十洲记》载："周穆王时，西胡献夜光常满杯。杯受三升，是白玉之精，光明夜照。"这里指精美的酒杯。**催**：指饮酒时奏乐助兴。

这是一首广为流传的边塞诗。诗歌以豪放的情调，描写了军中将士设酒作乐的情景，表现了戍边将士奔放不羁的激情。那浓郁芳醇的美酒和精致华美的酒杯，烘托出将士宴饮场景的热闹、欢快。铮铮琮琮的琵琶，又为将士们开怀畅饮平添了几分激越、几许豪情。明日沙场鏖战，生也好，死也罢，不妨尽付诸今日一醉。诗人以壮语写悲情，愈显沉痛、悲慨。

王翰，生卒年不详，字子羽，晋阳（今山西太原西南）人。景龙进士。张说为相时，任秘书正字、通直舍人、驾部员外郎等职。后出为汝州长史。官终道州司马。生性豪迈，能文善诗，尤以边塞诗为后世称道。《全唐诗》存其诗一卷。

高適

别董大二首（其一）①

千里黄云白日曛（xūn），北风吹雁雪纷纷。②

莫愁前路无知己，天下谁人不识君？③

①**董大**：董庭兰，当时著名的音乐家。②**白日**：白天。**曛**：昏暗。 ③**君**：指董大。

此诗写离别的场景是黄云千里，北风猛烈；再加上漫天飞雪，大笔勾勒，极雄阔苍茫之致，却并不让人感到骨折心惊。后两句临别赠言，声情慷慨，与王勃的名句“海内存知己，天涯若比邻”（《送杜少府之任蜀州》）有异曲同工之妙，尽现诗人开阔的胸襟和达观的情怀。这种豪壮的离别，在唐代送别诗中是别具一格的。

高適（shì）（约700—765），字达夫，渤海蓨（tiáo）（今河北景县）人。早年很不得志，过了多年流浪生活，对边塞风光和军旅生活了解颇多。后任节度使和州刺史等职，官终散骑常侍。高適是盛唐时期的著名诗人，尤以边塞诗见长。他的边塞诗意境雄浑，气势高昂，与岑参齐名。有《高常侍集》。

少年行四首（其一）[1]

王维

新丰美酒斗十千，咸阳游侠多少年。[2]

相逢意气为君饮，系马高楼垂柳边。

①**少年行**：乐府《杂曲歌辞》，多述少年任侠，轻生重义，慷慨以立功名事。②**新丰**：在今陕西临潼东北。**斗十千**：一斗酒价值十千文钱，极言美酒价贵。斗，酒器。**咸阳**：指唐朝京城长安。**游侠**：古代指豪爽重义、救人急难的人。**少年**：古代指青年男子。

这首诗再现了唐人任侠豪迈的风尚。少年游侠，意气相倾，邂逅相逢，系马痛饮，酒酣耳热，披肝沥胆，意气横生。从中可以想见他们既风流倜傥，又英武豪迈的情致。那春风中摇曳的垂柳，恰是侠少们风华正茂的精神风采的象征。写游侠，不单写他们的豪武，而且写他们的风流，这正是“少年”游侠的特点，从他们的身上，人们可以感受到盛唐时代生气勃勃的精神面貌。

九月九日忆山东兄弟①

独在异乡为异客，每逢佳节倍思亲。②

遥知兄弟登高处，遍插茱萸(zhū yú)少一人。③

①九月九日：重阳节。**山东**：指作者的故乡蒲州（今山西永济），因在华山以东，故称山东。 **②异乡**：他乡。**异客**：作客他乡的人。**倍**：更加。 **③遥知**：遥想。**登高**：古代风俗，重阳节要外出登高。**插茱萸**：古代风俗，重阳节这天人们头上插戴茱萸，以避邪消灾。茱萸，一种香气浓烈的植物。

王维的这首诗用质朴无华的语言，抒发了自己在重阳佳节思亲怀乡的真实感受和深挚感情。佳节之际，家家户户团团圆圆，老老少少乐乐融融，唯有身处异乡的诗人孤孑无依，寂寞难耐，怎能不生思亲之情和故乡之恋！人人心中皆有的情感一经诗人道出，遂成为万口传诵的名句。千载而下，每逢佳节，人们总是吟诵这首诗以寄托对亲人的思念。

送元二使安西①

王维

渭城朝(zhāo)雨浥(yì)轻尘，客舍青青柳色新。②

劝君更尽一杯酒，西出阳关无故人。③

①**元二**：作者的朋友。**安西**：唐代置安西都护府，治所在今新疆维吾尔自治区库车县。 ②**渭城**：古县名，在今陕西西安市西北，渭水北岸。**浥**：湿润。**客舍**：旅店。这里指饮酒告别的地方。 ③**更尽**：再喝完。**阳关**：在今甘肃敦煌西南。**故人**：老朋友。

朝雨浥尘，客舍青青，柳色如洗，环境越美，让人越不忍离别，也就更衬出依依惜别的情绪。三、四两句剪取了饯行宴席上一刹那间的情景，这“一杯酒”代表了自己珍贵的感情，是友谊的象征，同时多饮一杯，就是多挽留对方一刻。诗人把一种具有普遍性的感情——友谊，表现得极其饱满深挚，自然朴素，使这首诗获得了永久的艺术生命力，成为送别曲、友谊曲，更成为离筵别宴的绝唱。

李白

清平调词三首（其一）

云想衣裳花想容，春风拂槛(jiàn)露华浓。①

若非群玉山头见，会向瑶台月下逢。②

①**想**：好像。**槛**：栏杆。**露华浓**：带露的牡丹艳丽无比。华，同“花”，这里指牡丹花。　②**群玉山**：传说中女神西王母居住的地方。**会向**：应在。**瑶台**：传说中西王母的宫殿。

唐明皇与杨贵妃于兴庆池沉香亭畔赏牡丹，明皇道：“赏名花，对妃子，焉用旧乐调！”遂召李白作《清平调》词三章，谱入乐府。这是第一章。首句以云与花比喻杨妃的衣裳、容貌之美，二“想”字下得极妙。次句以花喻人，“春风拂槛”想其绰约，“露华浓”想其芳艳。说花即说人，因此后两句极赞其人：美丽的贵妃如果不是在群玉山头出现过的女神，应就是在瑶台月下出现过的仙女。想象瑰奇浪漫，风韵绝世，深受唐玄宗喜爱。

峨眉山月歌①

李白

峨眉山月半轮秋，影入平羌(qiāng)江水流。②

夜发清溪向三峡，思君不见下渝(yú)州。③

①**峨眉山**：在今四川峨眉山市西南。 ②**半轮**：半圆形。**平羌**：即青衣江，在峨眉山东北。 ③**清溪**：即清溪驿，在峨眉山附近。**三峡**：指长江中的瞿塘峡、巫峡和西陵峡。**君**：指友人。**渝州**：今重庆一带。

这首诗是李白初次离开蜀地所作。风华正茂的诗人此时仗剑去国，辞亲远游。壮美的峨眉山上高悬着半轮秋月，皎洁明亮的月影倒映在平羌江里，随着江水奔流。秋夜里从清溪出发驶向三峡，江水狭窄，两岸高山插天万仞，仰眺碧落，天空只剩一线，连这半轮明月亦不复可见，而轻舟已直下渝州，这蜀中的月色是多么令人留恋！诗中五用地名，因诗人浩气喷薄，使笔如风，令人浑然不觉。

李白

赠汪伦[1]

李白乘舟将欲行，忽闻岸上踏歌声。[2]
桃花潭水深千尺，不及汪伦送我情。[3]

①**汪伦**：李白在皖南游历时结识的一位朋友。 ②**将欲**：将要。**踏歌**：唱歌。③**桃花潭**：在今安徽泾县西南。**不及**：赶不上。

天宝中，李白游泾县（今属安徽）桃花潭，村人王伦常用美酒款待他，临别，又亲至水边相送。李白感其情，作此诗以赠之。前两句叙事，写欲行未行，分外惊喜的情状，妙在有神有致的“将”“忽”二字。后两句抒情，言汪伦相送情深。若直以汪伦之情比于桃花潭，则索然无味，妙在用“不及”两字从反面勾勒，便有不尽曲折之意。以眼前潭水来比友谊，极其亲切，脍炙人口，传诵千载而不衰。

闻王昌龄左迁龙标遥有此寄[1]

李白

杨花落尽子规啼，闻道龙标过五溪。[2]

我寄愁心与明月，随风直到夜郎西。[3]

①**左迁**：贬官。古人尚右，王昌龄被贬为龙标尉是降职，故称左迁。**龙标**：今湖南黔阳。　②**子规**：杜鹃鸟。**“闻道”句**：这句是说，听说龙标比五溪更远，去龙标要经过五溪。足见道路遥远，路途艰辛，表达了作者对友人的牵挂之情。五溪，指辰溪、酉溪、巫溪、武溪、沅溪，在今湖南西部一带。　③**与**：给。**夜郎**：在今湖南芷江县境。龙标在夜郎的西南方向。

诗人王昌龄因事被贬为龙标尉，李白遂写了这首遥寄他的同情与关切的诗。首句用杨花落尽和子规哀啼写景兼表春末夏初的时令，暗寓漂泊之感；次句以“过五溪”见出贬地之荒远。三、四两句极写关怀之切，构想奇特。曹植《怨诗》：“愿作东北风，吹我入君怀。”齐澣《长门怨》：“将心寄明月，流影入君怀。”李白熔裁其意，出以摇曳之笔，语意一新。全诗一片神行，情深语挚。

李白

黄鹤楼送孟浩然之广陵[1]

故人西辞黄鹤楼，烟花三月下扬州。[2]

孤帆远影碧空尽，唯见长江天际流。[3]

①**黄鹤楼**：旧址在今湖北武昌的黄鹤矶上。**之**：往。**广陵**：今江苏扬州。 ②**故人**：老朋友，这里指孟浩然。**烟花**：指春天的美景。 ③**唯见**：只见。**天际**：天边。

李白与孟浩然的这次分别是盛唐两位风流潇洒诗人的一场极富诗意的离别。对生性浪漫、喜爱游历的李白来说，他向往繁华富贵温柔明丽的扬州，也崇拜“风流天下闻”（李白《赠孟浩然》）的孟浩然，所以又是带着向往心情的离别。这种浓郁的别意被李白用绚烂的阳春三月的景色，用放舟苍茫空阔的长江的画面，用目送孤帆远影的传神细节，极为成功地表现了出来。

山中问答

李白

问余何意栖(qī)碧山，笑而不答心自闲。①

桃花流水窅(yǎo)然去，别有天地非人间。②

①**余**：我。**何意**：为什么。**栖**：居住，停留。**碧山**：山名，在今湖北安陆。

②**窅然**：远去的样子。**天地**：指境界。

李白在人们心目中除了天马行空、豪放飘逸的形象外，还有幽人独往来的一面。这首诗结构颇为奇特，先有一问，次则“笑而不答”，最后两句忽然写景，其实这幽山之中花随流水、窅然远逝的境界即诗人的回答。所谓此景此情可与智者道，难为俗人言；所谓悠然心会，妙处难与君说。前人称赞此诗淡而愈浓，近而愈远，是羚羊挂角、无迹可求的逸品，是非常有道理的。

李白

春夜洛城闻笛[1]

谁家玉笛暗飞声，散入春风满洛城。[2]

此夜曲中闻折柳，何人不起故园情。[3]

①**洛城**：即洛阳。　②**谁家**：何处。**玉笛**：笛子的美称。　③**折柳**：即《折杨柳》，内容多表达离情别绪。**故园情**：指思念故乡的感情。

这是一首著名的闻笛诗，全诗紧扣一个“闻”字，抒写诗人闻笛的感受。春宵人静，不知谁家笛声悠扬，已引人幽绪。及聆听其曲调，乃是吹奏饱含离别行旅之苦的《折杨柳》曲。听此哀怨之音，何人能不触动乡国之思！在结构上，全诗着力在前面两句，其中又以“散入”二字最妙，能够引得起下两句。

李白

早发白帝城[1]

朝辞白帝彩云间，千里江陵一日还。[2]

两岸猿声啼不住，轻舟已过万重山。[3]

①**发**：出发。**白帝城**：旧址在今重庆奉节县白帝山上。　②**辞**：离开。**彩云间**：白帝城建在山上，地势很高，好像在云端里一样。**江陵**：今湖北江陵。从白帝城到江陵约一千二百里。　③**轻舟**：轻快的船。

乾元二年（759），李白因永王李璘事件被流放夜郎，行至白帝城，遇赦东归，喜极而作此诗。四句诗都集中地表现“快”：首句通过初发时的瞬间感受造成快速的悬念；次句以“一日”与“千里”构成时空上的强烈反差，表现速度感；三、四两句以听觉和视觉的位移对比，来衬托舟行的神速。写归舟之“快”，又无处不是诗人心情之“快”。因有第三句的点睛与铺垫，遂使全诗精神飞扬。诗人用笔一气奔放，如轻舟直下，惊风雨而泣鬼神，故被后人推为唐人七绝的压卷之作。

李白

客中作①

兰陵美酒郁金香，玉碗盛来琥珀(hǔ pò)光。②

但使主人能醉客，不知何处是他乡。③

①**客中**：指旅居他乡。 ②**兰陵**：今山东枣庄。**郁金香**：一种香草，古人用来浸酒，浸后酒带金黄色。**琥珀**：一种树脂化石，色泽晶莹。 ③**但使**：只要。

李白此诗一反乡思作品中那种留恋与怀归的情绪，极力表现自己放浪嗜酒的独特个性。前两句极言名酒之美。兰陵产美酒，又是用郁金香草调制而成，这种散发着醉人香气的酒，用玉碗盛着，酒的颜色在玉碗中呈现出琥珀一般美丽的光彩。如此美酒，怎不叫人“会须痛饮三百杯”！因此后两句就表达了这种渴望痛饮的感情：只要主人能盛情款待，开怀畅饮，那么客人也就不知道什么地方是他乡异地了。本色之语却尽现诗人飘逸浪漫的气质。

望天门山[1]

李白

天门中断楚江开，碧水东流至此回。[2]

两岸青山相对出，孤帆一片日边来。[3]

①**天门山**：在今安徽和县、当涂县西南的长江两岸，长江南岸的叫东梁山，长江北岸的叫西梁山。两山隔江相对如天门，故称。 ②**中断**：从中间断开。**楚江**：安徽一带曾是战国时楚国的领土，所以称流经这里的长江为楚江。**开**：通过。③**孤帆一片**：一条小船。

这是李白青年时代初次舟行经天门山时所写的作品。首句是一副铁壁中断、天门大开、江水劈江而过、奔涌而去的壮观图画。次句写江流至此回旋横流、碧波翻涌、浪花飞扬的奇特景观。第三句写两岸青山相对出迎，在流动之中传达出青山含情的神韵。第四句写极目远望，只见水天相接处，红日涌出江心，一叶扁舟扬帆驶来。此诗不但再现了天门山的壮美，同时也显出了诗人的神采，成为擅场一代的神品。

李白

望庐山瀑布二首（其二）①

日照香炉生紫烟，遥看瀑布挂前川。②

飞流直下三千尺，疑是银河落九天。③

①庐山：在今江西九江市南。　**②香炉**：即香炉峰，在庐山西北部。**紫烟**：指在阳光的照射下，水汽呈现出紫色的烟雾。**遥**：远远地。**挂前川**：从峰顶直挂到山前的水面上。　**③疑**：好像。**银河**：天河。**九天**：传说天有九层，九天指天的最高处。

这首具有浪漫主义风格的山水诗与传统山水诗大异其趣。首句写香炉峰，这是瀑布与山的全景。次句正面写瀑布。白色的瀑布和香炉峰的紫色烟雾相映衬，更显出色彩的绚丽多姿。这句是中景。第三句写瀑布飞泻而下的气势，可以看作对瀑布的特写。第四句为凝神欣赏瀑布时所产生的惊讶而又奇幻的感觉。瀑布雄伟飞动的气势、雄迈神奇的力量、永不停息的生命力，都仿佛是诗人豪迈不羁的性格和永不衰竭的生命力的一种象征和外化。

张旭，字伯高，苏州吴县（今江苏苏州）人。做过常熟县尉和金吾长史等小官。擅长草书，其草书与李白诗歌、裴旻剑舞并称『三绝』。张旭的诗今存六首，以写自然风光为主，构思精巧，意境幽深。

张旭

山中留客

山光物态弄春晖（huī），莫为轻阴便拟归。①

纵使晴明无雨色，入云深处亦沾衣。②

①“山光”句：意谓山中的景物映照在春天的阳光下。春晖，春天的太阳。**轻阴**：微阴的天色。**拟**：打算。 **②晴明**：晴朗。

客人想走，主人挽留，这种生活中常见的现象在唐人笔下被写得诗意盎然。这首诗抓住了山中云气变幻的特点，紧扣“留客”二字生发，面对春天如此美妙的山光物态，不必因为天上飘着些云气便欲归去。山中环境就是这样，纵使晴明不雨，云气亦会沾湿人衣。王维《山中》诗有“山路原无雨，空翠湿人衣”句，情理相似，但不如此句摇曳多姿。全诗清词妙意，令人回味不尽。

早梅

张谓

一树寒梅白玉条，迥(jiǒng)临春路傍(bàng)溪桥。①

不知近水花先发，疑是经冬雪未销。②

①**迥**：远。**临**：靠近。　②**疑**：仿佛。

这首诗刻画的是“早梅”，所以侧重点就在“早”字上。第一句用“白玉条”形容梅花盛开的枝条，写出了早梅凌寒独开的丰姿。第二句点出“一树寒梅”独开的环境。三、四两句以“不知”“疑是”两个词语传达出人们似真似幻的错觉和朦胧感。由于梅花的出现出人意料，在不知不觉之中就将“早”字贴切自然地印入读者的脑海。全诗笔致灵妙，语意隽永。

张谓（?—约778），字正言，唐代河内（治今河南沁阳）人。天宝二年（743）中进士。大历时官至礼部侍郎，后出为潭州刺史。《全唐诗》收录其诗一卷。

赠花卿①

杜甫

锦城丝管日纷纷，半入江风半入云。②

此曲只应天上有，人间能得几回闻？

①**花卿**：花敬定，成都尹崔光远的部将，曾参与平定梓州刺史段子璋的叛乱。后居功自傲，放纵宴乐。 ②**锦城**：今四川成都。**丝管**：吹弹的乐器。**江**：指锦江。成都在锦江边。

黄生《杜诗说》云："盖赞其曲之妙，应是当时供奉所遗，非人间所得闻耳。"后两句以天上的仙乐相夸，将乐曲的美妙赞誉到了极致，成为千古传诵的名句。仇兆鳌《杜诗详注》曰："此诗风华流丽，顿挫抑扬，虽太白、少伯无以过之。"确非过誉。

杜甫

江畔独步寻花七绝句（其六）

黄四娘家花满蹊（xī），千朵万朵压枝低。①

留连戏蝶时时舞，自在娇莺恰恰啼。②

①**黄四娘**：杜甫在成都草堂时的邻居。**蹊**：小路。　②**恰恰**：莺啼声。

草堂暂居，是杜甫生活中相对安定的时期，此诗是诗人信步成都锦江畔，赏玩春花时所作。前两句写春天花树夹道、繁花满枝的景象，看到的是一片花的世界。后两句写蝴蝶在花丛中起舞翻飞，莺鸟在天空中自由自在地啼鸣，以莺、蝶起兴，正见出繁花宜人，春光骀荡。全诗皆口语白描，以天然风致取胜，诗人那种清狂野逸之态，跃然纸上。

杜甫

绝句四首（其三）

两个黄鹂(lí)鸣翠柳，一行白鹭(lù)上青天。①

窗含西岭千秋雪，门泊东吴万里船。②

①**黄鹂**：即黄莺。**白鹭**：也叫“白鹭鸶”，一种春夏活动于水田或湖沼岸边、捕食小鱼的鸟。 ②**西岭**：岷山主峰，岷山在成都西面。**东吴**：指江南地区。

杜甫作七言绝句，每与盛唐诗人异调，这首描绘浣花溪优美景色的诗篇，就是一句一景，两两对仗。前两句写动态美：两个黄鹂婉转鸣叫于翠柳之中，一行白鹭悠然飞翔在青天之上。黄、翠、白、青，色彩淡雅协调，再现了大自然无限美好的生机。后两句刻画静态：一写雪岭，一写江船。用一“含”字,则“西岭千秋雪”仿佛成了嵌在“窗”中的画；以一“泊”字，就将辽远的“万里船”和自家宅院之“门”压在一个平面上来欣赏。四句好像不相连贯，诗人对这些景物的热爱之情，却很自然地构成了一个完整统一的意境，虽非正格，自是绝唱。

杜甫

江南逢李龟年①

岐王宅里寻常见，崔九堂前几度闻。②

正是江南好风景，落花时节又逢君。

①**李龟年**：唐玄宗时的著名音乐家。杜甫年轻时曾在洛阳听过他的演唱。

②**岐王**：唐玄宗李隆基的弟弟李范，被封为岐王。**寻常**：经常。**崔九**：指崔涤。他是中书令崔湜（shí）的弟弟，唐玄宗的宠臣。

李龟年是一个体现着盛唐时代风貌的杰出艺术家，是开元盛世的一种象征。诗中的“闻”是在开元承平时代，而“逢”是在天宝以后的乱离时代，一闻一逢之间，隔着几十年的岁月，其间时代、社会、人生都发生了沧桑巨变，“世运之治乱，年华之盛衰，彼此之凄凉流落，俱在其中”（孙洙批语）。短短二十八字中，包含的社会容量极其深广。全诗用“寻常”“几度”“正是”“又”等字眼，见风韵于行间，寓感慨于字里，艺术上沉郁顿挫，神味无穷，成为千秋绝调。

李华

春行即兴①

宜阳城下草萋萋，涧水东流复向西。②
芳树无人花自落，春山一路鸟空啼。

①即兴：对眼前景物有所感触，乘兴而作。　**②宜阳**：今河南宜阳县。**萋萋**：形容草长得茂盛的样子。**涧**：山间流水的沟。

李华在“安史之乱”中遭遇坎坷，这首诗作于叛乱平息后不久。诗人春天经过宜阳，即景寓情，在对眼前的景物描写中渗透了无限苍凉的情感。前两句写宜阳城下萋萋草满，城外流水东流复向西，绘景有天然之致。后两句是说路转春山，人迹罕至，故自一任鸟啼花落，送尽春光。四句说尽凋残荒凉，却不露乱离之事，于花落鸟啼中，寄寓了多少兴亡之感。

李华（约715—774），字遐叔，赵郡赞皇（今属河北）人。开元二十三年（735）中进士，后又中博学宏词科。曾任监察御史。安史之乱中受伪职。乱平，被贬为杭州司户参军。后因病辞官，客隐楚州。他是盛唐著名的散文家，与萧颖士齐名。诗作辞采流丽。有《李遐叔文集》。

山房春事二首（其二）

岑参

梁园日暮乱飞鸦，极目萧条三两家。①
庭树不知人去尽，春来还发旧时花。

①梁园：俗名竹园，西汉梁孝王刘武所建，故址在今河南省商丘县。**极目**：放眼望去。

梁园是西汉梁孝王建的大型宫苑，盛时文士豪杰宴集，每日车马喧嚷。如今却是暮鸦乱飞，人烟稀少，极目萧条。盛衰兴亡如此无常，而庭前的花树并不知晓人去楼空，每当春来依旧绽开昔年的绮丽繁花。以日暮乱鸦承接春树发花，萧条与绚丽相衬，更显萧条。诗人怀古之时，不说自己如何感伤，却说庭树无知，当春发花，用"不知""还发"感叹，非常含蓄婉转。

岑参（约715—770），江陵（今湖北荆州市荆州区）人。天宝三年（744）进士。曾两次前往西北，对边地的征战生活和塞外风光有长期的观察和体会。唐肃宗时，岑参受杜甫等举荐担任右补阙。他敢于直谏，不避权贵，官至嘉州刺史，故又称『岑嘉州』。岑参同高适一样，都是盛唐时代著名的边塞诗人。他的诗想象新奇，气势磅礴，具有昂扬奔放的浪漫主义色彩。有《岑嘉州诗集》。

逢入京使①

岑参

故园东望路漫漫，双袖龙钟泪不干。②

马上相逢无纸笔，凭君传语报平安。③

①**逢**：遇到。　②**故园**：指长安。岑参的家在京城长安。**漫漫**：遥远的样子。**龙钟**：沾湿的样子。　③**凭**：托。**君**：指入京使者。

天宝八年（749），岑参首次出使边塞，任安西节度使高仙芝幕府掌书记，这首诗即写于赴西域途中。第一次离开家乡，远离亲人，所以东望故园，不禁双袖龙钟，涕泪沾湿衣袖。后两句写与使者走马相逢，军事倥偬，没有纸笔，亦无须纸笔，捎上让家人最为挂怀的“平安”二字，足矣！“功名只向马上取，真是英雄一丈夫”，写思乡弹泪，正是大丈夫本色；马上传语，更显英雄报国的豪壮之美。

岑参

碛中作①

走马西来欲到天，辞家见月两回圆。②

今夜不知何处宿，平沙万里绝人烟。③

①**碛**（qì）：沙漠。 ②**走马**：骑着马跑。**欲**：好像。**“辞家”句**：意思是说，离开家已两个月了。 ③**绝**：没有。

岑参先后两次出塞，在新疆地区生活长达六年，他的边塞诗着意表现西北边疆奇特瑰丽的自然风光，充溢着浪漫主义的奇情异采，最能体现盛唐时代的精神风貌。此诗首句的“欲到天”三字形容沙漠中天地相连的奇观，用语卓异。末句“平沙万里”与开头相呼应，大漠之荒凉，从军之艰辛，如在目前。

月夜

刘方平

更深月色半人家，北斗阑(lán)干南斗斜。①
今夜偏知春气暖，虫声新透绿窗纱。②

①**北斗**：与后面的“南斗”都是星宿名。**阑干**：横斜的样子。　②**偏**：最，尤，特别。**新**：初。

这首诗写诗人在一个月夜里的所见、所闻、所感，写景幽深，含情言外。前两句着意描绘月夜的宁静：夜半更深，月光西斜，房舍庭院一半沉浸在月色之中，一半则笼罩在夜幕之下，仰望天空，北斗星和南斗星都已横斜。后两句写忽然响起一阵虫鸣，它透过绿色的窗纱，仿佛让人感受到了春回大地的温馨。以动衬静，使诗的境界更加静谧。

刘方平，洛阳（今河南洛阳）人。唐玄宗开元、天宝年间在世，善画工诗，隐居不仕。诗多悠远之思，笔意清新宛曲，以韵致胜。《全唐诗》录其诗二十六首，多为写景咏物之作，其中以绝句最为上乘。

张继

枫桥夜泊①

月落乌啼霜满天，江枫渔火对愁眠。②
姑苏城外寒山寺，夜半钟声到客船。③

①**枫桥**：在今江苏苏州城西。　②**江枫**：江边的枫树。**渔火**：渔船上的灯火。　③**姑苏**：苏州的别称。**寒山寺**：在今苏州市西枫桥镇。**客船**：指作者所乘的船。

这是张继的一首抒写行旅孤寂的诗作。全篇诗意从“愁眠”二字生发，却妙在不说出。前半写夜泊之景，残月啼乌、繁霜满天、江枫渔火，一切皆在客情水宿中得之，含愁俱在言外。后两句是点睛之笔。夜半钟声，非有旅愁者未必便能听到，以闻钟反衬不寐，情景都非常真切。张继因此诗名传千古，苏州的寒山寺也因之成了驰名中外的名胜古迹。

张继，字懿孙，襄州（今湖北襄阳）人。天宝十二年（753）进士，曾任盐铁判官和检校祠部员外郎等官。张继一生创作了不少旅游题咏诗，善于用白描手法描写自然风光。现存诗歌四十余首，《全唐诗》编为一卷。有《张祠部诗集》。

暮春归故山草堂

钱起

谷口春残黄鸟稀，辛夷花尽杏花飞。①

始怜幽竹山窗下，不改清阴待我归。②

①**春残**：指暮春。**辛夷**：一种有香气的落叶乔木，俗称木笔树。 ②**始怜**：只爱。

钱起效法王维诗风，诗歌创作体格新奇，理致清赡，此诗可见一斑。四句诗一气相生，诗题中无一字漏掉。春光欲尽，莺老花残，虽伤春之凋零空寂，却风韵含蓄，极洒脱之致。前面写鸟稀花尽，正以陪衬后面的幽竹。独山窗幽竹不改清阴，好待主人之归，这与“岁寒然后知松柏之后凋”为同一意致。

钱起（约720—约782），字仲文，吴兴（今浙江湖州）人。天宝十年（751）进士，官至考功郎中。他是『大历十才子』之一，其诗多送别酬赠之作，注重自然景物的描写。有《钱考功集》。

寒食①

韩翃

春城无处不飞花，寒食东风御柳斜。②

日暮汉宫传蜡烛，轻烟散入五侯家。③

①寒食：寒食节，在清明前两天。古代习俗这天禁止烟火，只吃冷食。 **②御柳**：宫苑中的柳树。 **③汉宫**：借指唐朝的宫殿。**传蜡烛**：指皇帝把点燃的蜡烛赐给宠爱的大臣。**五侯**：汉桓帝时五个同一天封侯的宦官。这里指受到皇帝赐蜡烛的大臣。

唐代定律，清明日取榆柳之火赏赐近臣，以示恩宠。此诗写京城寒食景象。一、二两句描绘春天的长安城和皇城风光，既切合清明插柳的习俗，更主要地传出了长安万紫千红、柳絮纷飞、春意盎然的春城神采。三、四两句写皇帝恩宠，那些豪门权贵首先得到了点燃的新火，托讽之意只用“五侯”二字微微点逗。唐德宗深赏此诗，朝廷选知制诰，时有两韩翃，德宗专门批示要给“春城无处不飞花韩翃”。“春城”一句也就成了广为传诵的名句。

韩翃（hóng），字君平，南阳（今属河南）人。天宝十三年（754）进士。历任幕府等职，德宗时官至中书舍人。他是『大历十才子』之一，其诗大多是送行赠别之作。有《韩君平诗集》。

江村即事

司空曙

钓罢归来不系船，江村月落正堪眠。①

纵然一夜风吹去，只在芦花浅水边。

①系船：用缆绳将船系在岸边。堪：可以。

这首诗写江村情事，摄取了生活的一个片段。首句从钓船而言，钓罢之后，正当系船，却以“不系船”承接，如此诗境翻空，出人意表。第二句写值此江村月落之时，安眠于船上，任其飘浮。三、四两句以“纵然”“只在”相呼应，交代“不系船”的原因：不要说船不一定会被风吹去，即使吹去了，也不过只在芦花浅水边。全诗语言浅显，在如画的境界中透露出一种自在之趣。

司空曙（约720—约790），字文明，洺州（治今河北永年东南）人。曾任洛阳主簿、虞部郎中等官。他是『大历十才子』之一，其诗多写身世羁旅、送别赠答，婉雅闲淡，情词真切。《全唐诗》存其诗二卷。有《司空文明诗集》。

闺情

李端

月落星稀天欲明，孤灯未灭梦难成。①
披衣更向门前望，不忿朝来鹊喜声。②

①**欲**：将要。 ②**更**：又。**不忿**：不恼恨。**鹊喜声**：古代有喜鹊报喜的民间传说。

这首诗刻画了一位闺中少妇急切盼望丈夫归来的情景，写得新警可喜。首句描绘黎明前的室外环境，为第二句蓄势：孤灯闪烁，自暮已至天明，女主人公渴望能做一个团圆的好梦，却事与愿违，彻夜未眠。黎明时分的一阵喜鹊鸣叫声，燃起了她的希望，于是披衣门前伫望，却不见丈夫归来，转而埋怨鹊声空报喜。这里不怨丈夫不归，却埋怨喜鹊的叫声不灵验，更深一层地反映了女主人公对丈夫的思念之情。

李端（?—约785），字正己，赵州（治今河北赵县）人。大历五年（770）进士。曾任秘书省校书郎、杭州司马等官职。他是『大历十才子』中才思敏捷的诗人，往往即席赋诗，顷刻而就。《全唐诗》录其诗三卷。有《李端诗集》。

小儿垂钓

胡令能

蓬头稚(zhì)子学垂纶(lún)，侧坐莓(méi)苔草映身。①

路人借问遥招手，怕得鱼惊不应人。②

①**蓬头**：头发散乱。**稚子**：小孩子。**垂纶**：钓鱼。纶，钓鱼用的线。**莓苔**：指草丛。 ②**借问**：询问。**招手**：打手势。**得**：语助词，无义。

这首诗极其传神地写出了儿童那种生动活泼的神态。“学”字是这首诗的诗眼。以成人经验而论，垂钓最宜安静，一点声音，或者是出现在水边的身影，都会使鱼儿逃散。这个孩童初学钓鱼，故而“侧坐”，为避免在水中映出形影，将身体匿于草色之中。不巧，有人问路，他离得很远就招手示意，以手代言，生怕惊走鱼儿。诗人用典型的戏剧化的细节，再现了儿童那种认真、天真的童心与童趣。

胡令能，生卒年、籍贯皆不详，大致生活在唐德宗贞元至唐宪宗元和年间。早年做过修理铁木器之类的工作，人称『胡钉铰』。后来受佛教影响，隐居福建莆田。《全唐诗》存其诗四首。

兰溪棹歌[①]

戴叔伦

凉月如眉挂柳湾，越中山色镜中看。[②]
兰溪三日桃花雨，半夜鲤鱼来上滩。[③]

①兰溪：在今浙江兰溪市西南。**棹**（zhào）**歌**：古代的一种船歌。 **②柳湾**：长有柳树的水湾。**越中**：今浙江一带。**镜**：喻指清澈平静的河水。 **③桃花雨**：指春雨。

这首诗以民歌的风调唱出了浙江兰溪一带的山水之美和物产之丰。一、二两句描写兰溪的环境。夜晚天空新月如眉,月上柳梢。一个“凉”字，写出了那种清澈的感受。一个“挂”字，令人从杨柳的婆娑中体会溪月的姿态。水光倒映山色，“镜中看”三字，使人如坠仙境一般。三、四句写兰溪的春潮鱼汛。春水渐长，鲤鱼为抢新水，纷纷跃上溪头浅滩。着一“上”字，显示出兰溪山水之中蕴含的无穷生机，极为生动传神。

戴叔伦（732—789），字幼公，唐代润州金坛（今属江苏）人。历官抚州刺史、容管经略使，晚年上表自请为道士。其诗大都以农村生活为题材，多表现隐逸生活和闲适情调，诗词创作主张余味深远，对后世神韵派有一定的影响。有《戴叔伦集》。

滁州西涧①

韦应物

独怜幽草涧(jiàn)边生，上有黄鹂(lí)深树鸣。②

春潮带雨晚来急，野渡无人舟自横。③

①滁（chú）州：今安徽滁县。**西涧**：在滁县城西。 **②怜**：爱。**幽草**：深草。**黄鹂**：黄莺。**深树**：枝繁叶茂的树。 **③野渡**：荒郊的渡口。

韦应物是唐代山水田园诗的重要作者，闲远高逸，对山水景物往往别有会心。这首诗写景清切，悠然意远，皆从“自”字生发：幽草涧边自生，黄鹂深树自鸣，春潮带雨自来，野渡孤舟自横。这些错综的野兴，深为情致闲雅的诗人所赏悦，故云“独怜”。运思用笔极为巧妙，分明是一幅图画。

戎昱

移家别湖上亭

好是春风湖上亭，柳条藤蔓系(xì)离情。①

黄莺久住浑相识，欲别频啼四五声。②

①好是：正是，恰是。 **②浑**：全。

故土难离，乃人之常情。诗人并不正面写自己如何难分难舍，却从湖上亭的柳条、藤蔓和黄莺着笔。那些沐浴在春风中的柳条与藤蔓轻柔飘拂，“似牵衣待话，别情无极”（周邦彦《六丑》）；和我相识已久的黄莺见我要离此而去，它们也依依惜别，都在不停地鸣叫。因为惜别，一切无知的外物都着上了人的情感和知觉，这其实是移情的手法。

戎昱（yù）（约744—约801），岐州（治今陕西凤翔）人。早年考进士不中，曾在颜真卿幕下做过事。德宗时任虔州刺史，遭人陷害，被贬为辰州刺史。戎昱的诗歌现实性较强，唐王朝的衰微和少数民族的侵扰都在他的诗歌中有所反映。其诗语言质朴，感情真挚。《全唐诗》录有其诗一卷，一百二十余首。宋人辑有《戎昱诗集》。

夜上受降城闻笛[1]

李益

回乐烽前沙似雪，受降城外月如霜。[2]

不知何处吹芦管，一夜征人尽望乡。[3]

①**受降城**：唐将张仁愿击败突厥后，在黄河以北地区修筑了东、西、中三个受降城，以防突厥再次入侵。这里指西受降城。　②**回乐烽**：回乐县的烽火台，故址在今宁夏回族自治区灵武县西南。　③**芦管**：指芦笛，西域的一种管乐器。**征人**：指驻守边地的士兵。

在苍茫夜月笼罩中，登上绝塞孤城，沙场似雪一般明亮，月华冷如凝霜，这是何等悲凉的境界！诗的前两句以对仗的方式描绘登城所见的月下景色。后两句进一步申足上面的意思，说芦管之声随着朔风奏起，引起多少戍边征人的乡思乡愁。写征人望乡，只一“尽”字，征戍之苦，离乡之久，全都包孕在内。这首诗曾被谱入弦管，天下传唱，成为名篇。

李益

汴河曲

biàn　　　　　　　　　què
汴水东流无限春，隋家宫阙已成尘。①
行人莫上长堤望，风起杨花愁杀人。

①汴水：即汴河，通常指隋炀帝时开凿的通济渠的东段，即从今河南荥阳北到江苏盱眙县入淮的一段。**隋家宫阙**：指隋炀帝建在汴水边的行宫。

诗的前两句写景，隋炀帝开凿的汴水依旧东流，而他的行宫别馆却早已化为灰尘。“无限春”“已成尘”，在强烈的比照中蕴含着深沉的岁月沧桑之感。后两句抒情，当年修筑的隋堤之上，春来唯有杨花随风飞舞，人行堤上，抚今追昔，感慨系之。诗人怀古意在鉴今，旨在让后人从隋亡的教训中警醒。

从军北征

李益

天山雪后海风寒，横笛偏吹《行路难》。[①]

碛(qì)里征人三十万，一时回首月中看。[②]

①《行路难》：乐府《杂曲歌辞》旧题，备言世路艰难及离别伤悲之意。 ②碛：沙漠。

这是一首意境苍凉雄阔的边塞佳作，诗人剪取了一个行军场景，从侧面展现了边塞将士心中的情感。诗中首先点明行军的地域、时间与气候，以见行军环境的无比艰辛。笛声叩开了征人的心扉，三十万在沙漠中跋涉的战士，不约而同地回首凝望那一轮明月。“征人三十万”而“一时回首”，用语夸张却又极真实，那场景确实具有震撼人心的力量。不说将士怎样闻笛怀乡，至“月中看”戛然而止，余音袅袅，含不尽之意，给人留下了丰富的想象空间。

孟郊

登科后①

wò chuò

昔日龌龊不足夸，今朝放荡思无涯。②

春风得意马蹄疾，一日看尽长安花。③

①**登科**：考中进士。 ②**龌龊**：局促失意。**夸**：称说。**放荡**：放纵，不受拘束。**涯**：边际。 ③**疾**：快。

唐代科举尤重进士科，有“五十少进士，三十老明经”之说。孟郊一生穷苦困厄，多次应试未中，直至四十六岁才金榜题名，必然抑制不住内心的喜悦。前两句以今朝之放荡横扫往昔之困顿局促，何其快哉！进士试于春天发榜，新进士们“满怀春色向人动，遮路乱花迎马红”（赵嘏诗）。“春风”两句写放榜后那种酣畅淋漓、神采飞扬的情态，意到神会，虽想象夸饰却不悖情理，成为后世人们喜爱的名句。

城东早春

杨巨源

诗家清景在新春，绿柳才黄半未匀。[1]

若待上林花似锦，出门俱是看花人。[2]

①诗家：诗人。**新春**：早春。　**②上林**：即上林苑。这里代指京城长安。

诗人要能够对生活保持新鲜、独特的感受。比如说春天，三春芳华总是美好的，绿芽才吐是一种美，万紫千红是一种美，落英缤纷同样是一种美。“诗家”则应该有独特的眼光，发众人所未发，在常人未察觉之时发现早春之美，而不能随波逐流。全诗从“诗家”独特的视角切入，强调艺术家的独创性，洞微鉴真，无意说理，却透露出令人思索的理趣。

杨巨源（755—?），字景山，河中（今山西永济）人。唐德宗贞元五年（789）进士，宪宗时任太常博士、凤翔少尹等职。穆宗长庆元年（821）为国子司业，以河中少尹退归乡里。《全唐诗》录其诗一卷。

崔护

题都城南庄①

去年今日此门中，人面桃花相映红。

人面不知何处去，桃花依旧笑春风。②

①都城：指唐朝都城长安。 **②笑春风**：形容桃花迎着春风盛开。

此诗写诗人重访一位美丽多情的少女而未遇的失望惆怅心情。前两句追忆往昔，描写那动人心魄的一幕。“人面桃花相映红”，这个传神之笔写出了少女的青春美丽和诗人的一见顿心。后两句是写今，“依旧”二字透出无限怅惘之情。全诗运用有异有同的对比与映衬手法，“人面桃花”前后呼应，回环往复，章法细密。这种今昔相形之感，表达了人们一种可遇而不可求的人生体验。

崔护（？—831），字殷功，蓝田（今属陕西）人。贞元十二年（796）中进士。官至岭南节度使。《全唐诗》存其诗六首。

秋思

张籍

洛阳城里见秋风，欲作家书意万重（chóng）。①

复恐匆匆说不尽，行人临发又开封。②

①意万重：意思是说，要表达的心意很多。 **②行人**：指带信的人。**临发**：即将出发。**开封**：拆开已封好的家信。

张籍是吴人，客居洛阳，见秋风起，遂生思乡之情。全诗只有首句点明地点和时间，以下三句专从心理方面进行刻画。诗人想要将这万重意绪寄托在家书之中，但修好家书，又觉千言万语难表寸心，于行人临发之际特地再打开信封，以便写入未尽之意。“临发又开封”，极言其怀乡之切。

张籍（约767—约830），字文昌，原籍苏州（今属江苏），后移居和州乌江（今安徽和县东北）。贞元十四年（798）进士，历任太常寺太祝、水部员外郎、国子司业等闲职。他擅长写乐府诗，与王建齐名，并称『张王乐府』。其诗语言平易流畅，白居易赞其『尤工乐府诗，举代少其伦』。有《张司业集》。

早春呈水部张十八员外①

韩愈

天街小雨润如酥，草色遥看近却无。②

最是一年春好处，绝胜烟柳满皇都。③

①水部张十八员外：即张籍。张籍曾任水部员外郎，在兄弟中排行十八。 **②天街**：京城的街道。**酥**：酥油，动物乳汁制品。 **③绝胜**：远远超过。**皇都**：指京城长安。

此诗歌咏早春风光。前两句选取两个富有代表性的意象来写早春的风光，天街之上春雨霏微，温嫩柔和，甘如酥油。在小雨的滋润下，那草野新芽远望嫩绿一片，近看却又朦胧迷离，似有若无。后两句说早春的雨景远远胜过晚春的烟柳，这是对早春的深情礼赞。

韩愈（768—824），字退之，河南南阳（今河南孟州南）人。唐德宗贞元八年（792）进士。宪宗时，随宰相裴度平定淮西藩镇之乱，升任刑部侍郎。后因上疏反对迎佛骨，被贬为潮州刺史。穆宗时官至吏部侍郎。韩愈和柳宗元同为唐代散文改革运动的倡导者，名列『唐宋八大家』之首。主张继承先秦两汉散文的传统，反对六朝以来的浮靡文风，其散文说理透辟，逻辑严密。其诗气势壮阔，笔力雄健，力求独创，自成一家，韩愈开『以文为诗』的风气，对宋诗影响很大。有《昌黎先生集》。

晚春

韩愈

草树知春不久归，百般红紫斗芳菲。[①]

杨花榆荚无才思，惟解漫天作雪飞。[②]

①**百般**：各种各样。**红紫**：红花和紫花。**斗芳菲**：争芳斗艳。 ②**杨花**：即柳絮。**榆荚**：即榆钱。榆树未生叶时，先在枝条间长出形似铜钱的榆荚，榆荚老时呈白色，随风飘落。**惟解**：只懂得。

这首诗用拟人化的手法，写百卉群芳得知春将归去，为让春暂留，故而百般争妍斗艳。那些杨花榆荚亦不甘寂寞，它们虽然没有百花之香艳色泽（无才思），却也知道因风起舞，漫天飘飞。这里描绘了人生的两种境界：“百般红紫斗芳菲”，固然催人奋发向上；而杨花榆荚不因“无才思”而自惭形秽，仍力争为“晚春”添光争彩，不失为一种异量之美！

刘禹锡

竹枝词二首（其一）①

杨柳青青江水平，闻郎江上唱歌声。
东边日出西边雨，道是无晴却有晴。②

①**竹枝词**：原为巴渝一带民歌，刘禹锡任夔州刺史时，依声作词，制成了新的《竹枝词》。 ②**道是**：说是。**晴**：跟“情”谐音，隐含了爱情的意思。

这首爱情诗写一对初恋情人颇具戏剧性的相会及微妙心理。前两句写女主人公的所见所闻：杨柳青青，春潮平堤，意中人的歌声撩起了少女的情思，描写以风韵摇曳见长。后两句妙用谐音双关，用天气的“晴”谐“情”，是说踏歌之情，费人猜测，表现出少女在捉摸不定的情况下的复杂微妙的心理状态。

刘禹锡（772—842），字梦得，洛阳（今属河南）人。贞元九年（793）进士，任监察御史。永贞元年（805）参加了王叔文等进行的政治革新。革新失败后，被贬为朗州（今湖南常德）司马，后又任连州、夔州、和州、苏州等地刺史，后任太子宾客，加检校礼部尚书。刘禹锡的诗歌善于从民歌中吸收营养，其《竹枝词》《杨柳枝词》等组诗语言生动，风格清新，在唐诗中别开生面，对后世影响很大。有《刘梦得文集》。

刘禹锡

元和十年自朗州承召至京，戏赠看花诸君子①

紫陌(mò)红尘拂面来，无人不道看花回。②

玄都观里桃千树，尽是刘郎去后栽。③

①元和十年：公元815年。**朗州**：治所在今湖南常德。**承召**：接到召回的命令。**②紫陌**：指京城长安的道路。**红尘**：繁华地区的灰尘。**拂面**：扑面。 **③玄都观**：道教的庙宇，故址在今陕西西安市南。**刘郎**：作者自指。**去**：离开。

元和十年（815），刘禹锡、柳宗元等参加“永贞革新”运动的同仁被贬十年后同时应召入京，诗人借描写人们去看玄都观桃花的情景，对朝中新贵作了辛辣的讽刺。此诗的前两句写桃花盛开且看花者纷纭喧嚣，这就类似于朝中新贵之多而趋炎附势者甚众。后两句直接把观中桃花比作满朝新贵，讽刺他们是在排挤自己出朝后才被提拔上来的。这首语含讥刺的诗触怒了当时的执政者，结果刘禹锡再次遭贬。

刘禹锡

再游玄都观

百亩庭中半是苔，桃花净尽菜花开。①

种桃道士归何处？前度刘郎今又来。②

①**庭**：指玄都观。**苔**：苔藓。　②**种桃道士**：传说玄都观中的桃树。是一个道士用仙桃种成的。**度**：次。**刘郎**：作者自指。

这首诗是前诗的续篇，是刘禹锡被贬连州刺史十四年后重回京城时所作。此番还朝，玄都观发生了很大变化：百亩之庭，半是青苔，当年盛极一时的桃花已荡然无存，只有一地菜花。“种桃道士”暗寓重用宦官迫害参与“永贞革新”人士的唐宪宗，他最后还是死于宦官之手。而诗人作为受迫害的当事人，经过长时间的忧患困厄，现在又回来了。这里面包含着诗人对执政者的辛辣讽刺，同时也表现了他桀骜不驯的精神。

竹枝词九首（其二）

山桃红花满上头，蜀江春水拍山流。①

花红易衰似郎意，水流无限似侬（nóng）愁。②

①上头：指山上。**蜀江**：长江在蜀地的部分。　**②郎**：古代女子称所爱的男子。**侬**：我。

夔州是竹枝词的故乡，刘禹锡任夔州刺史时对《竹枝词》产生了浓厚的兴趣，作有《竹枝词九首》，此诗是第二首。一、二两句是以写景兴起下文。仰望红满山桃，俯视绿满江水，那鲜艳夺目的“山桃红花”和奔流不息的“蜀江春水”引起了女主人公的无限感伤。当初相恋时，自己的情意有如江水般澎湃，“他”的热情也曾像山花一样烂漫。如今呢？郎情如花凋谢，而我则愁满春江。全诗妙用比兴，婉转相关，韵味悠然不尽。

刘禹锡

石头城[1]

山围故国周遭在，潮打空城寂寞回。[2]

淮水东边旧时月，夜深还过女墙来。[3]

①**石头城**：在今南京清凉山一带。战国时是楚国的金陵城，三国时吴国孙权重建并改名为石头城。 ②**故国**：旧都。石头城在六朝时期一直是国都。**周遭**：周围。③**淮水**：秦淮河。**旧时**：指六朝时。**女墙**：指城上的矮墙。

诗人纯用烘托渲染的笔法，写环绕着古城的沉寂青山，写拍打着古城的寂寞江潮，写夜深时照临古城的旧时明月，从而造成一种荒凉冷寂的气氛，使读者在这种荒凉的气氛中去追忆六朝的繁华，又进一步从今昔盛衰的对比中去追寻这种沧桑变化的原因。全诗内容特别空灵，表现极其含蓄。

刘禹锡

乌衣巷[1]

朱雀桥边野草花，乌衣巷口夕阳斜。[2]

旧时王谢堂前燕，飞入寻常百姓家。[3]

①**乌衣巷**：在今南京秦淮河南岸。本是东吴时乌衣营驻地，东晋时王导、谢安两大世族曾居住在这里。 ②**朱雀桥**：秦淮河上的一座桥，离乌衣巷很近。 ③**王谢**：指东晋宰相王导和谢安，是当时的名门大族。**寻常**：平常。

前两句是对眼前荒凉景色的描绘，朱雀桥、乌衣巷都是当日画舸雕鞍、花月沉酣之地，如今只剩有野草闲花与夕阳残照了。后两句写出盛衰巨变的现实，燕子依旧筑巢，而房屋却已易主，王、谢零落，豪华第宅已成为寻常百姓家。借燕寓感，小中见大。

白居易

大林寺桃花①

人间四月芳菲尽，山寺桃花始盛开。②

长恨春归无觅处，不知转入此中来。③

①大林寺：在庐山香炉峰顶。 **②芳菲**：花草。这里偏指花。 **③觅**：寻找。

大林寺在庐山香炉峰顶，这里山高地深，时节比外界晚。白居易做江州司马，游大林寺时作了这首诗。诗的前两句就写天时有早晚，地气有愆伏的差异，后两句写自己惜春、恋春的心情。“人间”两句最为人传诵，诗人在平淡的叙述中似乎蕴含着玄机与禅意。

暮江吟

白居易

一道残阳铺水中，半江瑟瑟（sè）半江红。①

可怜九月初三夜，露似真珠月似弓。②

①瑟瑟：碧色。 **②可怜**：可爱。**真珠**：即珍珠。

这首诗写长江上黄昏前后变幻不定的奇景，再现了大自然的神奇之美。前两句写夕阳西下时江面上呈现出半明半暗的景象。没有照到阳光的一边江水碧绿，照到阳光的那一边江水火红，色调构成强烈对比。后两句写明月东升、露水初下时的夜色。“露似真珠月似弓”，与其说是描绘，不如说是尽情地赞颂。全诗设色奇丽，丰神绝世，被后人誉为一幅着色秋江图。

与浩初上人同看山寄京华亲故[1]

柳宗元

海畔尖山似剑铓（máng），秋来处处割愁肠。[2]

若为化作身千亿，散向峰头望故乡。[3]

①**浩初上人**：浩初和尚，潭州（今湖南长沙）人。**京华**：指京城长安。 ②**剑铓**：剑锋。 ③**若为**：怎能。

柳宗元在"永贞革新"失败后政治上屡遭打击，窜身边地达十四年之久，最后身死异乡。这是诗人被贬柳州时所作的一首表达思乡之痛的名作。柳州一带山多耸削壁立，诗人把眼前的这些尖山比为利剑的锋芒，它们时时剜割着自己思归的愁肠。古乐府云"远望可以当归"，诗人于是幻想能够化身千亿，伫立无数的峰头，尽情地眺望故乡。"化身千亿"是因为浩初上人而用佛典，形容思归心切，贴切形象，不着痕迹。全诗沉郁感愤，酸情苦语，读之令人凄恻。

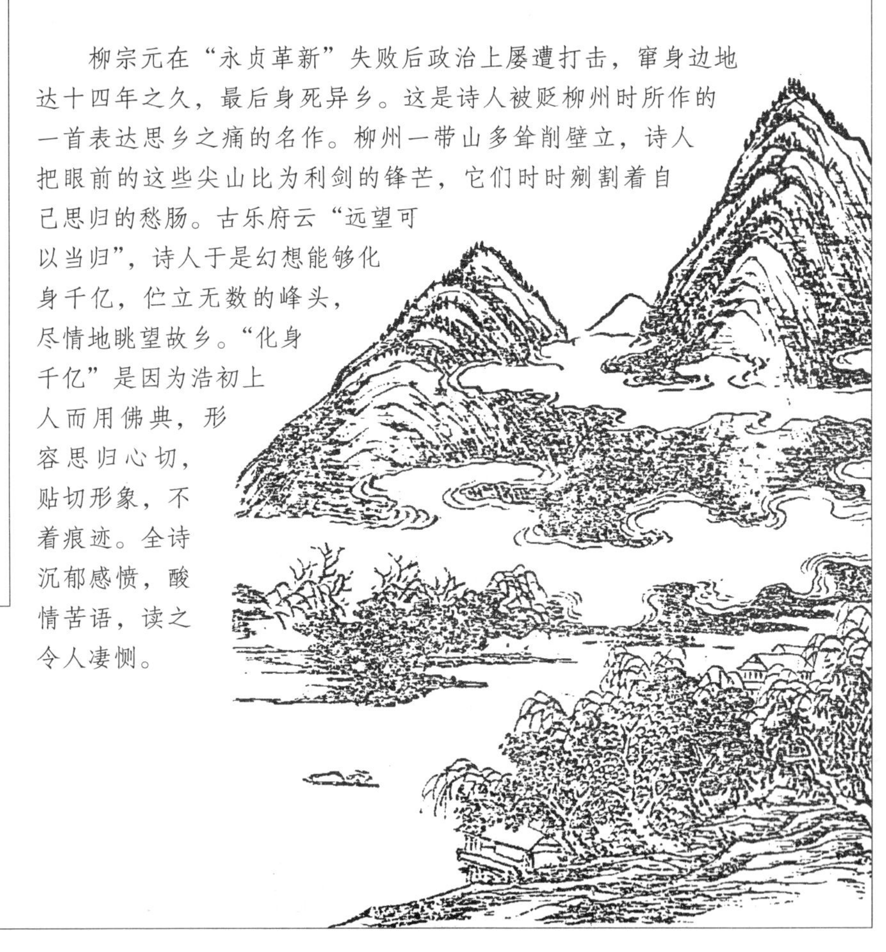

润州听暮角①

李涉

江城吹角水茫茫，曲引边声怨思长。②

惊起暮天沙上雁，海门斜去两三行。③

①润州：今江苏镇江。**角**：古代军中的吹奏乐器。**②曲引**：乐曲。**边声**：边地的音乐。这里指角声。 **③海门**：今江苏海门。

此诗是旅途即兴之作。诗的前两句正面写听角。因润州近江，那角声就像江水一样悠长无尽，引起了羁旅之人的愁怨。诗人巧妙地从形和声两方面，将心中的思归之情作了具体形象的刻画。后两句通过写暮角声起，惊得栖宿沙土的秋雁纷纷高飞，消失在远方。不说人惊而说雁惊，是所谓“不犯正位”的写法。这里极状暮角之哀厉，雁犹如此，则人何以堪之意自在言外。

李涉，自号清溪子，唐代洛阳（今属河南）人。早年隐居庐山。唐宪宗时，为太子通事舍人，后贬谪陕州司仓参军。文宗时，召为太学博士，不久以事流放南方，浪游桂林。其诗擅长七绝，语言通俗。《全唐诗》存其诗一卷。

元稹

闻乐天授江州司马①

残灯无焰影幢(chuáng)幢，此夕闻君谪(zhé)九江。②

垂死病中惊坐起，暗风吹雨入寒窗。③

①**乐天**：白居易的字。**江州**：今江西九江。**司马**：州刺史的助理。 ②**焰**：火苗。**幢幢**：形容影子摇晃的样子。**君**：指白居易。**谪**：贬职。 ③**垂**：将要。

元稹与白居易齐名，二人有着深厚的友谊。元和十年（815），元稹被贬为通州司马，白居易被贬为江州司马，此时正逢元稹卧病通州，听说好友贬放江州，写下了这首诗。第一句写景，再现了诗人所处的孤寂悲凉的环境。次句点题。第三句写自己在衰病困厄中听到故人被贬消息时那种感同身受之情。末句又写景，在首句残灯影暗中再加上风雨如晦之意，设境尤为凄厉。

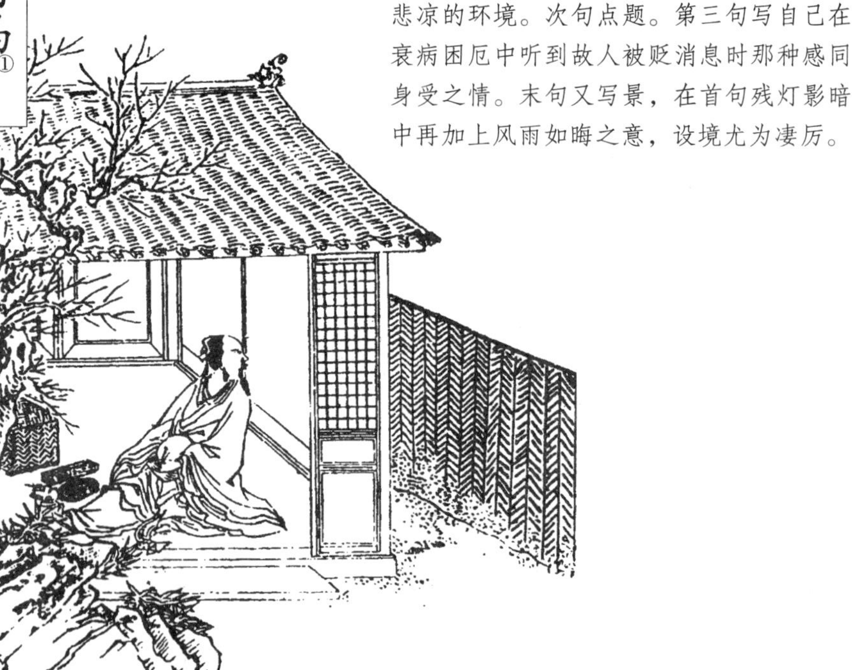

元稹

离思五首（其四）

曾经沧海难为水，除却巫山不是云。①

取次花丛懒回顾，半缘修道半缘君。②

①**曾经**：经历过。**沧海**：大海。语出《孟子·尽心上》："观于海者难为水。"**除却**：除了。**巫山**：指巫山之云。据宋玉《高唐赋序》说，巫山的云霞为神女所化，美若娇姬。②**取次**：随便。**缘**：因为。**君**：指作者的亡妻韦丛。

此诗的前半意思是说，经历过"沧海""巫山"，则其他的水和云都难以看中。实际上这是元稹悼念亡妻韦丛的至情之语。三、四句说自己信步走过花丛（喻女色）懒于回顾，这一半是因为"修道"一半是因为"思君"。元稹写过不少悼亡诗，以"曾经沧海"二句最为传诵。

李贺

南园十三首（其一）①

花枝草蔓（màn）眼中开，小白长红越女腮（sāi）。②

可怜日暮嫣（yān）香落，嫁与春风不用媒。③

①**南园**：作者家有南、北二园，南园是作者读书的地方。 ②**花枝**：指木本花。**草蔓**：指草本花。**小白长红**：意思是花儿白的少，红的多。**越女**：指美女。 ③**可怜**：可惜。**嫣香**：指娇艳的花朵。

李贺诗歌创作惨淡经营，全在于修辞设色。在明艳的春光中，南园百花竞放，娇艳的鲜花就像越地少女那种粉红丰腴的面颊。前两句写花开，诗人用“眼中开”三字，如同反镜头一般；“小白长红”更是用语俏丽，让人耳目一新。下面写花落，意思紧承“越女”而来，那飘落的鲜花，轻柔宛曼，婀娜多情，宛如到了婚期的少女，不用媒妁，便径自嫁给了春风。想象丰富奇特，富有童话氛围。

李贺

南园十三首（其五）

男儿何不带吴钩，收取关山五十州。[①]

请君暂上凌烟阁，若个书生万户侯？[②]

①**吴钩**：一种似剑的弯刃刀。**关山五十州**：指当时藩镇割据的黄河南北的五十余州。 ②**暂**：暂且，姑且。**凌烟阁**：建于长安的楼阁名。贞观十七年（643），唐太宗为表彰开国元勋，命人把魏徵等二十四人的像画在凌烟阁上。**若个**：哪个。**万户侯**：指高官显爵。

唐玄宗元和年间，用兵河朔，打击藩镇割据势力，李贺感时而动，顿生投笔从戎的豪情。诗的前两句即表明自己应当奔赴沙场，报效国家。“何不”二字，反诘自问，令人想见诗人那种出于义而急于难的情状，那种“少年心思当拏云”的形象跃然纸上。后两句仍然用设问语气，观凌烟阁之像，有哪个是以书生封侯的呢？在壮志凌云的表达中，流露出诗人一股磊落不平之气。全诗情激调急，读来横奇倜傥，英气逼人。

朱庆馀

近试上张水部①

洞房昨夜停红烛，待晓堂前拜舅姑。②

妆罢低声问夫婿，画眉深浅入时无？③

①题目一作“闺意献张水部”。**张水部**：张籍，曾官水部郎中。 ②**洞房**：新婚夫妇的卧室。**停**：点燃。唐人口语。**待晓**：等待天明。**舅姑**：公婆。 ③**夫婿**：丈夫。**入时无**：是否合乎时尚。

古代风俗，洞房花烛夜的次日清晨，新妇要拜见公婆。诗中写新娘严妆后仍不放心，就低声问新郎：画眉深浅合不合时下的习惯？这是表面上的意思，实际上别有寓意。唐代士子参加进士考试前多向名人投谒，以期获得赞扬和推荐。朱庆馀临考前，担心自己的作品不一定符合考官的要求，就给赏识自己的张籍写了这首诗，以征询张籍的意见。以新妇自比，以新郎比张籍，以公婆比考官。全诗纯用比体，自然巧妙，在风神旖旎中显出矜庄之美，正是不失身份处。张籍作《酬朱庆馀》诗以回答：“越女新妆出镜心，自知明艳更沉吟。齐纨未足时人贵，一曲菱歌抵万金。”也用比拟手法，对其才华表示欣赏和鼓励，千百年来传为诗坛佳话。

朱庆馀，名可久，唐代越州（治今浙江绍兴）人。唐文宗宝历二年（826）进士，官秘书省校书郎。其诗辞意清新，描写细致。有《朱庆馀诗集》。

忆扬州

徐凝

萧娘脸下难胜泪，桃叶眉头易得愁。①
天下三分明月夜，二分无赖是扬州。②

①**萧娘**：南朝以来，诗词中称男子所恋的女子为萧娘，称女子所恋的男子为萧郎。**桃叶**：东晋王献之的爱妾。这里代指所思念的女子。　②**无赖**：可爱。

唐代谚语称“扬一益二”，说的是天下之盛，扬州为一而蜀次之。这首诗的前两句为忆情，说扬州女子难胜泪，易觉愁，是那样地多情善感，从怀人的角度见出此地的可爱。后两句总括，天下良宵美景，扬州独占三分之二，极言扬州的风流繁华。写三分二分，写月明无赖，想象奇特，令人对扬州顿生如痴如醉的向往之情。中唐另一诗人张祜《纵游淮南》：“十里长街市井连，月明桥上看神仙。人生自合扬州死，禅智山光好墓田。”可以帮助我们理解唐人对扬州的感情。

徐凝，睦州（治今浙江建德东北）人。元和中官至侍郎，与白居易、元稹等有诗酒往来。《全唐诗》录其诗一卷。

杜牧

过华清宫绝句三首（其一）①

长安回望绣成堆，山顶千门次第开。②

一骑(jì)红尘妃(fēi)子笑，无人知是荔(lì)枝来。③

①华清宫：唐玄宗和杨贵妃的游乐之地，在今陕西临潼骊山上。　**②绣成堆**：骊山左右两侧分别叫西绣岭和东绣岭，上面遍植花木，好像一片锦绣。**千门**：形容宫门众多。**次第**：依次。　**③骑**：指骑着马的驿使。**红尘**：车马扬起的灰尘。**妃子**：指杨贵妃。

唐玄宗为了博得杨贵妃的欢心，命岭南官员每年以鲜荔枝驰驿送长安，送者人马僵毙，相望于道。华清宫地处骊山，此地正是周幽王亡身灭国之所。周幽王为了博得宠姬褒姒一笑，不惜点燃烽火，戏弄诸侯，最后亡国殒身，为天下笑。诗人将这两件事联系起来，以讽刺唐玄宗荒淫误国，一“笑”字背后隐含多少人间血泪。

杜牧（803—853），字牧之，唐代京兆万年（今陕西西安）人。唐文宗大和二年（828）中进士，曾任黄、池、睦、湖等州刺史，官终中书舍人。杜牧是晚唐重要诗人，与李商隐齐名，世称『小李杜』。其诗清丽俊爽，情韵悠远，其中七言绝句尤为出色。有《樊川文集》。

江南春

杜牧

千里莺啼绿映红，水村山郭酒旗风。[1]

南朝四百八十寺，多少楼台烟雨中。[2]

①**山郭**：泛指江南一带的山城。 ②**南朝**：公元 4 世纪至公元 6 世纪，宋、齐、梁、陈四朝分别在我国南方建立政权，历史上称为南朝。**四百八十寺**：指佛寺很多。南朝历代君主笃信佛教，先后建有大量寺庙。**楼台**：指寺院的建筑。

此诗缩千里于尺幅，为我们描绘了这样一幅图景：千里江南，到处是莺啼燕语，到处是绿树红花，到处是依山傍水的村郭。和煦的春风里，酒旗飘拂；烟雨迷濛中，掩映着南朝遗留下来的壮丽的佛寺楼台。全诗层层布景，色彩明丽。结尾缀以“烟雨中”三字，遂使金碧辉煌、庄严宏大的佛寺楼台隐现在江南一片空濛烟雨之中，让画面平添了一种朦胧迷离的情致。“多少”二字，在赞美欣赏中寓有诗人飘缈如烟的轻微感慨，是历代传诵的写景名篇。

杜牧

赤壁[1]

折戟(jǐ)沉沙铁未销，自将磨洗认前朝。[2]

东风不与周郎便，铜雀春深锁二乔。[3]

①**赤壁**：在今湖北赤壁市西北、长江南岸，相传三国时孙权和刘备联军曾在此大败曹操的军队。 ②**戟**：一种古代兵器。**销**：销蚀。**将**：拿起。 ③**周郎**：即周瑜，孙吴军队的统帅。**铜雀**：铜雀台，曹操的姬妾歌伎居住的地方。故址在今河北临漳县西。**二乔**：指东吴美女大乔和小乔。大乔嫁给了孙策，小乔嫁给了周瑜。

杜牧咏史，喜欢做翻案文章，在这首诗中，诗人从出土的一柄断戟生发议论，带着调侃的语气说：假如周瑜不是得了东风之便，赤壁之战的结局将完全相反，连东吴的著名美女大乔、小乔也会成为曹操铜雀台的新宠。这里的“东风”实际上成了某种有利的客观条件的代称。他要翻的是传统的以成败论英雄的偏见，这种思想是新颖且发人深省的。

杜牧

泊秦淮[1]

烟笼寒水月笼沙，夜泊秦淮近酒家。[2]

商女不知亡国恨，隔江犹唱《后庭花》。[3]

①秦淮：秦淮河，流经南京，进入长江。 **②笼**：笼罩。 **③商女**：歌女。**不知**：不管，不问。**江**：指秦淮河。**犹**：还。**《后庭花》**：乐曲《玉树后庭花》的简称。南朝陈后主（叔宝）荒淫腐化，耽于声色，终至亡国。后人便把他最喜欢演奏的乐曲《玉树后庭花》看作亡国之音。

秦淮河穿过六朝都城建康，杜牧途经此地，感事伤时，创作了这首著名的诗篇。首句写秦淮夜景，次句点明夜泊，而以“近酒家”三字引起后两句。“不知”“犹唱”，彼此呼应，感慨最深。第三句并非责备商女，真正“不知亡国恨”的是那些纸醉金迷、醉生梦死的座上客。第四句是说这帮人既无视历史教训，又无视现实危机，竟用这种亡国之音来寻欢作乐，从而流露出诗人对国家命运的深切忧虑与感伤。

杜牧

寄扬州韩绰判官①

青山隐隐水迢(tiáo)迢，秋尽江南草木凋。②

二十四桥明月夜，玉人何处教吹箫。③

①**韩绰**（chuò）：杜牧的朋友。**判官**：唐观察使、节度使的下属。 ②**隐隐**：连绵的样子。**迢迢**：遥远的样子。 ③**二十四桥**：唐时扬州城内共有二十四座桥。**玉人**：美人，指韩绰。**教**：使。

杜牧曾在淮南节度使幕中任掌书记，在扬州生活三年。离开扬州后，他写过很多诗篇抒发自己的眷恋之怀，此诗是其中之一。前两句在写景中寄托了对友人的怀念，后两句专写扬州夜景，"二十四桥"与"明月夜"搭配，构成清雅明丽的背景。在这一背景上写风流倜傥的"玉人"（韩绰）与歌妓吹箫作乐，再现了唐代扬州富于诗意的生活。"何处"二字，化实为虚，自有怀念不尽之致。

杜牧

赠别二首（其一）

娉（pīng）娉袅（niǎo）袅十三余，豆蔻（kòu）梢头二月初。①

春风十里扬州路，卷上珠帘总不如。②

①**娉娉袅袅**：形容姿态轻柔美好。**豆蔻**：多年生草本植物，春末开花，色淡红，极鲜艳。此处比喻少女。**梢头**：枝头。　②**总**：都。

杜牧早年放浪不羁，纵情声色。这首诗写自己早年的游冶闲情，前两句描绘自己正值妙龄的意中人天生丽质，仿佛二月初那含苞待放的鲜艳的豆蔻花。后两句说春风中扬州十里长街的珠帘之下，无人能与自己的意中人比美。借扬州所有的美人来突出一人之美，有众星拱月的效果。全诗境界空灵清妙，虽写闲情，却非后世恻艳轻佻之作可比，故能成为佳作。

杜牧

赠别二首（其二）

多情却似总无情，唯觉樽[zūn]前笑不成。[1]

蜡烛有心还惜别，替人垂泪到天明。

①却似：倒好像。**樽**：酒杯。

这首诗写恋人之间的离别之情。一、二两句写因为彼此爱得深沉，知心的话语一时无从吐露，反倒像无情的人一样；在分离的宴席上，想要强作欢笑，却怎么也笑不出来。三、四两句转写宴席上的蜡烛。蜡烛燃烧时流淌的油脂，仿佛是替他们在流泪。诗人通过移情与想象，更进一层地表达了双方不忍分离的缠绵悱恻的情思。

杜牧

秋夕①

银烛秋光冷画屏，轻罗小扇扑流萤。②

天阶夜色凉如水，坐看牵牛织女星。③

①秋夕：秋天的晚上。 **②轻罗小扇**：轻而薄的丝制团扇。**流萤**：飞动的萤火虫。**③天阶**：皇宫中的石阶。**牵牛织女**：天上的两个星座。神话里把它们说成是牛郎和织女。

唐诗中描写宫女愁思怨情的佳作甚多,此诗即其中之一。首句着一“冷”字，点出深宫的岑寂。扇子本来是天热时扇凉所用，此时只用来扑流萤，既见出宫人的百无聊赖，又令人想见她被遗弃的命运。三、四句写宫女夜深不寐，坐看牵牛、织女双星。牛郎织女一年中犹有七夕相会之时，而自己只能幽闭深宫，永无欢期，从侧面托出愁思。

杜牧

清明[1]

清明时节雨纷纷，路上行人欲断魂。[2]

借问酒家何处有，牧童遥指杏花村。[3]

①**清明**：农历二十四节气之一。　②**行人**：游子。**断魂**：魂销神往。形容深情或哀伤。　③**杏花村**：杏花深处的村庄。

这纷纷霏霏的清明雨，这梦幻式的江南春天的气氛，使人感到一种带有伤感色彩的诗意陶醉。于是，路上的行人不知不觉地想到了酒，想到了乡村的小酒店。就在此时，迎面来了一个骑在牛背上悠悠然的牧童，打听之际，牧童顺手一指：就在前面的杏花村里。“牧童遥指杏花村”，是一个富于包孕的片刻，那霏霏细雨中的杏花村，因为这一指一问，此刻对行人产生了莫大的魅力，真是言有尽而意无穷。

山行

杜牧

远上寒山石径斜，白云生处有人家。[①]

停车坐爱枫林晚，霜叶红于二月花。[②]

①**寒山**：深秋时的山。**白云生处**：指深山。　②**坐**：因为。**霜叶**：经霜的树叶，指枫叶。

诗中将“霜叶”与“二月花”相比较，令人自然联想到它的绚烂热烈、充满生机，正与春花相似，于萧条秋色中写出绚丽之景，极为赏心悦目。霜叶之红，是一种经过风霜的洗礼考验后所显示出来的充满顽强生命力和战斗气息的火红，一种历经磨炼后成熟的火红。说它“红于二月花”，是指其内在品格胜似春花，具有傲霜的风姿品性，这就于无形中将对枫叶的赞美升华到了一种哲理的境界。

陈陶

陇西行四首（其二）①

誓扫匈奴不顾身，五千貂（diāo）锦丧胡尘。②

可怜无定河边骨，犹是春闺梦里人。③

①**陇西行**：乐府旧题，主要写边塞战争。陇西，即今甘肃宁夏陇山以西的地方。 ②**貂锦**：汉代羽林军穿的服装，这里借指精锐部队。**胡尘**：指敌军。 ③**无定河**：黄河中游的支流，在今陕西北部。**春闺**：指家中妻子。

唐代的边塞诗中，盛唐高唱与晚唐苦语截然分明，此乃时代使然。这首诗的前两句由扬到抑，后两句由抑到扬。“河边骨”与“梦里人”形成现实与梦境的强烈对比和错位，再以“可怜”“犹是”唱叹出之，使人觉得从生人到白骨可悲，若知征人成为白骨更可悲，不知征人成为白骨而竟夜夜梦之，极其可悲。本诗是晚唐边塞诗中的代表作。

陈陶（约803—约879），字嵩伯，长江以北人。因举进士不第，遍游名山大川。唐大中三年（849）隐居于洪州（今江西南昌）西山。其诗多散佚，后人辑有《陈嵩伯诗集》。

江楼感旧

赵嘏

独上江楼思渺（miǎo）然，月光如水水如天。①

同来望月人何处？风景依稀似去年。②

①渺然：广阔深远的样子。　**②依稀**：仿佛。

抚今追昔，感旧念怀，是诗歌中一个说不完的话题。诗人独上江边高楼，思同来之友；见水月连天，思去年之景。以今日独上之孤寂映去年同来之欢畅，“依稀”二字，又转而从思去年欢畅中反跌今日独上之凄然。全诗针线细密，却一气呵成，有水到渠成之效，虽是唐诗七绝佳作，已暗逗词中婉约消息。

赵嘏（gǔ）（约806—约852），字承祐。唐代楚州山阳（今江苏淮安市楚州区）人。会昌四年（844）进士，做过渭南尉。

其诗清畅多采，情景交融。尤其擅长七律，笔法清圆熟练，时有警句。有《渭南诗集》。

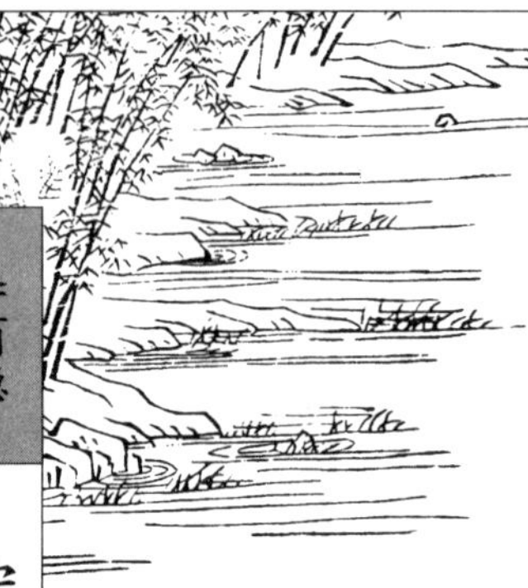

李商隐

宿骆氏亭寄怀崔雍崔衮

竹坞无尘水槛(jiàn)清，相思迢(tiáo)递隔重城。[①]
秋阴不散霜飞晚，留得枯荷听雨声。

①**竹坞**：指长着竹子的池边高地。**水槛**：临水的栏杆。**迢递**：遥远的样子。**重城**：高城。

崔雍、崔衮（gǔn）是兄弟俩，是作者的表兄弟。此诗抒写对远隔重城的好朋友的思念之情，前两句将怀人之情写得非常真切，后两句以枯荷雨声渲染相思不寐，情景交融，浑涵无迹。纪昀说："'相思'二字微露端倪，寄怀之情全在言外。"全诗空灵宛曲，神韵悠然。

李商隐

夜雨寄北[1]

君问归期未有期，巴山夜雨涨秋池。[2]

何当共剪西窗烛，却话巴山夜雨时。[3]

①**寄北**：这首诗是作者在蜀地寄怀长安友人的。诗题一作“寄内”，误。作者的妻子卒于其赴蜀之前，此后未娶。 ②**君**：指友人。**巴山**：泛指作者旅居的四川山地。③**何当**：何时。**却话**：重谈。

这首诗的前两句写客中情况，情绪是递降的；后两句写对重聚的渴望，情绪是递升的。由降到升，把客中的寂寞孤独以及寂寞中的强烈希望，表现得很有层次，极富感染力。全诗在音调与章法上有回环映带之妙，极好地表现了时间与空间循环往复的意境之美。

李商隐

代赠二首（其一）

楼上黄昏欲望休，玉梯横绝月如钩。①

芭蕉不展丁香结，同向春风各自愁。②

①**休**：停止。**绝**：断。　②**展**：开放。

诗的前两句说暝色渐合，徒劳远望，玉梯虽高，亦难攀月，写相思而不能相见的愁怀。后两句即景兴感，借物写愁，芭蕉之心不展，丁香之结未舒，在黄昏清冷的春风中各自哀愁无限。物犹如此，则相思之人情何以堪。此诗妙在移情入景，用拟人化的手法将那种固结的愁怀形象化，巧妙地展现了彼此脉脉含愁无言相对的情景。

李商隐

霜月

初闻征雁已无蝉，百尺楼高水接天。①

青女素娥俱耐冷，月中霜里斗婵娟。②

①**征雁**：由北向南飞的雁。 ②**青女**：神话里主管霜雪的女神。**素娥**：即嫦娥，月中仙子。**斗**：比赛。**婵娟**（chán）：姿态美好的样子。

李商隐作诗最长于以心象融铸物象，将本难直接表现的心象，渗透或依托于物象之中。此诗的首句写时令已到深秋，次句写秋夜登楼遥望。三、四句大胆想象霜月竞辉是青女和素娥在争妍斗美，所以才有如此皎洁明净的秋夜之景。以青女、素娥之耐冷，反衬自己所处之高寒绝俗，从而使霜月成为具有内在生命力和精神美的一种象征。

李商隐

嫦娥[1]

云母屏风烛影深，长河渐落晓星沉。[2]

嫦娥应悔偷灵药，碧海青天夜夜心。[3]

①**嫦娥**：神话中的月中仙女。相传她原是后羿（yì）的妻子，因偷吃了丈夫从西王母处得来的不死药，就飞到月宫去了。　②**云母屏风**：云母石镶制的屏风。云母，一种颜色透明的矿物。**长河**：银河。　③**灵药**：指不死药。

李商隐诗歌由于融合比兴与象征，寄托深而措辞婉。这首七绝的前两句写嫦娥独处，凄清悲凉，长夜难寐。后两句是诗人的揣测想象，嫦娥想必后悔偷吃了仙药，以致碧海青天中夜夜独守冷月，凄冷孤寂。这里显然并非专咏嫦娥，而别有寄托，当以何焯“自比有才调，翻致流落不偶”之说最接近诗意。嫦娥所处的既高远澄洁又孤独寂寞的境界，与诗人那种孤高不能谐俗、流落不偶的心境是相通的。

温庭筠

瑶瑟怨

冰簟(diàn)银床梦不成，碧天如水夜云轻。①
雁声远过潇湘(xiāo xiāng)去，十二楼中月自明。②

①**冰簟**：凉席。簟，竹席。**银床**：华丽的床。 ②**潇湘**：指湖南的湘江。**十二楼**：传说昆仑山上有五城十二楼，是仙人居住的地方。这里借指诗中女主人公居住的高楼。

《楚辞·远游》中有“湘灵鼓瑟”句，这首诗即借用此典来写一位女子秋闺独处的怨思。巧妙的是诗人无一语写怨，只在首句“梦不成”中微露闺情；无一语及瑶瑟，只于第三句“潇湘”中暗逗。全诗纯写秋闺之景，不着迹象，却自有一种清怨，不言愁而愁与秋宵皆深长难耐。境界清绝，空灵婉转，为晚唐诗中佳境。

山亭夏日

高骈

绿树阴浓夏日长，楼台倒影入池塘。

水精帘动微风起，满架蔷薇一院香。[1]

①**水精帘**：用水晶做成的帘子。**蔷薇**：落叶灌木，开白色或淡红色花，有芳香。

古诗中伤春悲秋的多，写夏日的甚少。这首诗形容山亭夏日的风光，描绘出一片清凉沁人的胜境。绿树浓阴、楼台倒影、池塘水波、满架蔷薇，共同构成了一幅夏日山亭引人入胜的画面。四句诗每句都暗含有荫凉之意，又以微风吹动衬托夏日幽静，既有视觉之美，兼有嗅觉之香，读来令人心驰神往。

高骈（pián）（821—887），字千里，唐代幽州（治今北京城西南隅）人。世代为禁军将领。唐僖宗时任淮南节度使、诸道行营都统等职，镇压过黄巢起义军。后割据扬州，终为部将所杀。《全唐诗》存其诗一卷。有《高骈集》。

西施①

罗隐

家国兴亡自有时，吴人何苦怨西施。②

西施若解倾吴国，越国亡来又是谁？③

①西施：春秋时越国美女。越王勾践在会稽战败后，将西施献给吴王夫差。吴王夫差宠信西施，自此荒淫无道，后来为越国所灭。 **②家国**：国家。**时**：时运。 **③解**：能够。**倾**：覆亡。

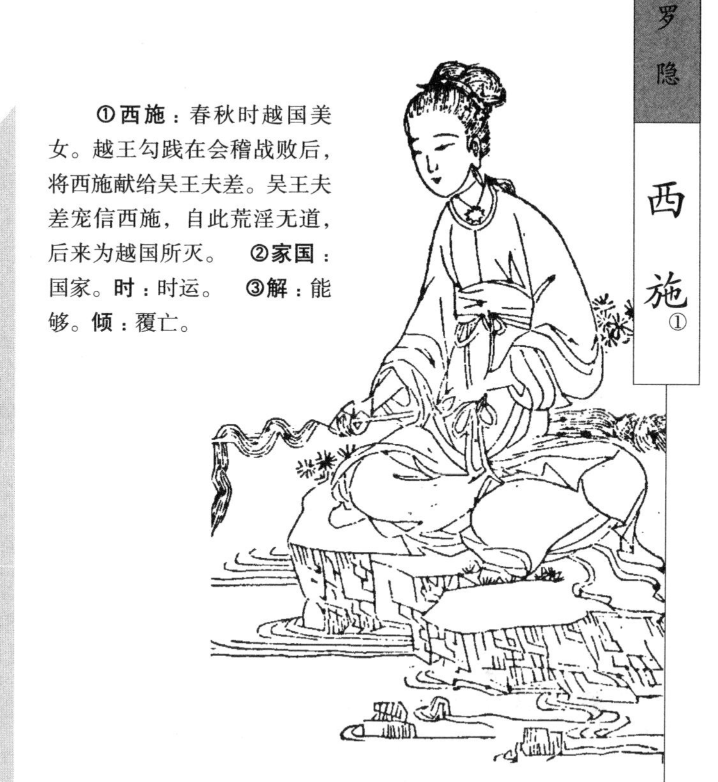

中国古代历来有女色亡国之说，此诗就是力破这种陈腐的观点。首句高屋建瓴，从家国兴亡的大处着笔，说国家的兴亡自有其深刻的原因。次句归结到西施，“何苦怨”是对西施亡吴国之谬说的愤慨与嘲讽。三、四句对此加以推论，如果西施真是亡吴祸首，那么把她献给吴国的越国又是由谁灭亡的呢？全诗义正辞严，鞭辟入里，虽议论锋发，但读来还是情感的力量占了上风。

罗隐（833—910），本名横，字昭谏，唐代杭州新城（今浙江富阳西南）人。年少时就享诗名，但因议论时政、讥讽权贵，十考进士不中，遂改名为隐。后在吴越王钱镠（liú）手下做官。其诗颇多讽刺现实之作，多用口语。有《罗昭谏集》。

韦庄

台城①

江雨霏(fēi)霏江草齐，六朝如梦鸟空啼。②
无情最是台城柳，依旧烟笼十里堤。

①台城：在今南京玄武湖畔。 **②霏霏**：细雨濛濛的样子。**六朝**：指吴、东晋、宋、齐、梁、陈六个朝代，它们都建都今南京，故称。

古诗中从来没有人以“无情”咏柳，这里不仅说它“无情”，又重添以“最是”，正反衬出多情之人的无限伤痛。烟柳无情，不顾兴亡；烟柳自若，付兴亡于无可奈何，这其中正蕴含着诗人对唐末时世的凄凉感受。全诗空灵蕴藉，唱叹之间，余味不尽。

韦庄（约836—910），字端己，唐代长安杜陵（今陕西西安东南）人。唐昭宗乾宁元年（894）进士，曾任校书郎、左补阙等职。唐亡后，任前蜀王建宰相。晚年移居成都浣花溪杜甫草堂遗址。他能诗善词，写有不少感时伤世的作品，风格凄婉轻丽。有《浣花集》。

黄巢

题菊花

sà　　　　　　　　ruǐ
飒飒西风满院栽，蕊寒香冷蝶难来。①
他年我若为青帝，报与桃花一处开。②

①飒飒：风声。**蕊**：花心。　**②他年**：将来。**青帝**：传说中的春神，主管百花事。**报**：告诉。

这首诗是说，满院菊花尽管沁香宜人，但在飒飒西风的吹拂下，却蕊寒香冷，蜂蝶难来。如果有一天我做了“青帝”，就要让菊花和桃花一道在春天里开放。身为唐末农民起义领袖的黄巢，借歌咏菊花表达了推翻旧政权的极大决心。

黄巢（?—884），曹州冤句（今山东曹县西北）人。出身盐商家庭，能文能武，多次考进士不中。后参加并领导农民起义，一度攻占京城长安，建立大齐农民政权。最终兵败自杀。《全唐诗》录其诗三首。

曹松

己亥岁二首（其一）①

泽国江山入战图，生民何计乐樵（qiáo）苏。②

凭君莫话封侯事，一将功成万骨枯。③

①**己亥岁**：唐僖宗乾符六年（879）。　②**泽国**：泛指江南地区。**生民**：人民。**樵苏**：打柴割草。　③**凭**：请。

唐代自安史乱后，战祸遍及全国，大江南北也成了兵荒马乱的战场，随之而来的就是百姓肝脑涂地，即使樵苏之乐，亦不可复得，写来可谓字字血泪。“一”与“万”、“成”与“枯”，构成了强烈的对比。敖英评说：“千古滴泪，后之仗钺临戎者，读此诗而不感动者，是无人心也。”

曹松（848—?），字梦徵，唐代舒州（今安徽潜山）人，长期落魄江湖，郁郁不得志。唐昭宗光化四年（901），他以七十余岁高龄考取进士，官至秘书正字。其诗多旅游之作，工于铸字炼句，风格与贾岛相似。有《曹松诗集》。

淮上与友人别

郑谷

扬子江头杨柳春，杨花愁杀渡江人。①

数声风笛离亭晚，君向潇湘我向秦。②

①**扬子江**：指扬州一带的长江。　②**风笛**：风中传来的笛声。**离亭**：指驿亭。**潇湘**：指今湖南，境内有潇江和湘江，故称。**秦**：指今陕西，古代为秦国之地。

此诗写的是一场各赴前程的分别。前两句写扬子江为分手之地。杨柳春乃分别之时。“扬”（子）、“杨”（柳）、“杨”（花）三字与二“江”字回环往复，极富音韵之美。全诗情味隽永，格调高响，可谓晚唐诗中之空谷足音。

郑谷（约851—约910），字守愚，唐代宜春（今属江西）人。唐僖宗光启三年（887）进士，官至都官郎中。其诗多写景咏物之作，风格轻巧清新。有诗集《云台编》。

王驾

社日①

鹅湖山下稻粱肥，豚(tún)栅(zhà)鸡栖(qī)半掩扉(fēi)。②
桑柘(zhè)影斜春社散，家家扶得醉人归。③

①**社日**：古代春、秋两次祭祀土神的日子。春天集会为春社，向土神祈祷丰年。 ②**鹅湖山**：在今江西铅山县。**豚栅**：猪圈（juàn）。**鸡栖**：鸡巢。**扉**：门。 ③**桑柘**：桑树和柘树，其叶均可养蚕。

这首诗选取了乡村春社活动中的一个侧影，表现丰年给农家带来的喜悦。前两句写乡村风光，“稻粱肥”预示丰收在望，“豚栅鸡栖”表明六畜兴旺，“半掩扉”既指人们都参加春社去了，又暗示着村中民风淳朴，出不闭户。后两句写春社散尽村民归来的情景，诗人没有正面描写社日的场面，而是摄取了典型的细节，让人们去想象当时热烈的场景，具有浓郁的生活气息。

王驾，字大用，自号守素先生。唐代河中（今山西永济）人。唐昭宗大顺元年（890）进士，官至礼部员外郎。《全唐诗》存其诗六首。

柳枝词①

郑文宝

亭亭画舸(gě)系春潭，直到行人酒半酣(hān)。②

不管烟波与风雨，载将离恨过江南。

①柳枝词：本是唐代舞曲，宋以后逐渐变为词牌。

②亭亭：明丽漂亮。**画舸**：画舫，有彩绘的船。**行人**：启程远行的人。**酣**：酒喝得畅快。

历代写离愁别恨的作品可谓浩如烟海，此诗却能以巧妙的构思而别具一格。通篇不见柳，唯一“系”字是工夫，“系”的意思里就包涵着杨柳。人自别离，却怨画舸，全从侧面着笔，一条小船成为动作的主体，抽象的离恨亦由船载而显出重量。

郑文宝（953—1013），字仲贤，北宋汀州宁化（今属福建）人。宋太宗太平兴国八年（983）进士，曾任陕西转运使、兵部员外郎。其诗承袭晚唐五代遗风，风格清丽柔婉，深受欧阳修和司马光称赏。

宿甘露僧舍①

曾公亮

枕中云气千峰近，床底松声万壑(hè)哀。②

要看银山拍天浪，开窗放入大江来。③

①甘露僧舍：即甘露寺，在今江苏镇江北固山上。 **②壑**：山沟。 **③银山**：形容白浪如山。**大江**：指长江。

甘露寺始建于唐文宗大和年间，北枕长江，风景绝佳。此诗在写实中融入想象，一开篇就给人以强烈的震撼。三、四两句写开窗看潮，拍天白浪，银山奔涌，一条浩瀚的大江直扑进窗里。“放入”二字，使外在景物与诗人内在的感情沟通起来。全诗境界壮阔，意象飞动，脍炙人口。

曾公亮（999—1078），字明仲，北宋泉州晋江（今福建泉州）人。宋仁宗天圣二年（1024）进士，曾任吏部侍郎、昭文馆大学士等职。卒谥宣靖。曾与丁度共同编撰《武经总要》。

丰乐亭游春三首（其三）[1]

欧阳修

红树青山日欲斜，长郊草色绿无涯。[2]

游人不管春将老，来往亭前踏落花。[3]

①丰乐亭：在今安徽滁县琅琊山幽谷泉上，是欧阳修任滁州太守时建造的。 **②红树**：指开花的树。**长郊**：广阔的郊野。 **③春将老**：比喻将近暮春。

这首诗的一、二两句写景，视野阔大，红树、青山、白日、绿草，色彩搭配绚烂富丽。三、四两句说欢乐的游人不管日暮春老，只顾尽情地游乐，来往踏着亭前的落花。一“老”字固然有诗人惜春的心理，更主要的还是表示自己身为太守能与民同乐的情怀。

欧阳修（1007—1072），字永叔，号醉翁，晚年又号六一居士，北宋吉州吉水（今属江西）人。宋仁宗天圣八年（1030）进士，曾任枢密副使、参知政事、滁州刺史等职。卒谥文忠。他为官清正，屡次遭贬，在文学上提倡古文，奖掖后进，是北宋诗文革新运动的领袖，『唐宋八大家』之一。其散文充满阴柔之美，其诗雄健清丽，其词婉约天然，有《欧阳文忠公文集》。

淮中晚泊犊头①

苏舜钦

春阴垂野草青青，时有幽花一树明。②
晚泊孤舟古祠下，满川风雨看潮生。③

①淮：淮河。**犊（dú）头**：犊头镇，在楚州淮阴县。**②春阴**：春天的阴云。**幽花**：偏僻处的花。**明**：新鲜夺目。**③满川**：整个河上。川，河流。**生**：涨起来。

前两句写舟行水中所见淮河岸边的自然景色，“明”字包括一切鲜艳明丽的花色，在阴沉的高天、青碧的平野的衬托下，这一树幽花更加耀眼夺目。后两句写岸边泊舟时的场景。黄昏临近，一叶孤舟停在古祠之下，已写足旅况之凄凉。此时又当风雨大作，潮声骤响，更使诗人的心绪难以平静。一个“看”字不仅表现出晚潮的气势和形状，而且还隐寓着诗人那种兀傲不平的强烈感受。

苏舜钦（1008—1049），字子美，北宋绵州盐泉（今四川绵阳东南）人。宋仁宗景祐元年（1034）进士，曾任大理评事、集贤校理、监进奏院等官。因参加范仲淹的政治革新集团，遭权贵打击，罢官后退居苏州沧浪亭。其诗雄健豪放，流利畅达。有《苏学士文集》。

元日[1]

王安石

爆竹声中一岁除，春风送暖入屠苏。[2]

千门万户曈(tóng)曈日，总把新桃换旧符。[3]

①元日：农历正月初一，即春节。 **②一岁除**：一年过去。**屠苏**：药酒名。古代风俗，农历正月初一，家人要按先幼后长的顺序饮屠苏酒，庆贺新春。 **③曈曈**：太阳初升时的景象。**总**：都。**新桃换旧符**：用新桃符换下旧桃符。桃符，古代挂在大门上的两块桃木板，上画神荼、郁垒二神像，用来避邪，每年元日更换。

唐人把一些重要的节日都写过了，留下了许多好诗，却剩下了万象更新的节日——元日，让宋人去施展才华，王安石此诗就是“元日”的绝唱。诗人选取了爆竹、桃符这两样最富特征的事物，再加上春风、朝日、屠苏酒，这一切景象构成了元日特有的气氛，以及人们对元日的典型心理感受。从中诗人要力图揭示出元日这个节令更内在的本质：它是万象更新的标志，是除旧布新的标志。

王安石

书湖阴先生壁二首（其一）①

茅檐长扫净无苔，花木成畦(qí)手自栽。②

一水护田将绿绕，两山排闼(tà)送青来。③

①湖阴先生：杨德逢的号，他是王安石在金陵（今南京）时的邻居。 **②茅檐**：茅屋的檐下。**长**：经常。**畦**：有土埂围着的一块块排列整齐的长条田块。 **③排闼**：推开门。排，推。闼，门。

诗的前两句写湖阴先生所住环境的清幽雅洁，从而显现其品格的超凡脱俗，后两句用“护田”“排闼”两个词语将山水拟人化，生动有趣。诗中写颜色之绿，竟然可以带其绕行，青竟然可以送其入户，无论意境形象都具有创造性，别具一格。

登飞来峰[1]

王安石

飞来峰上千寻塔，闻说鸡鸣见日升。[2]

不畏浮云遮望眼，自缘身在最高处。[3]

①飞来峰：在今浙江杭州。 **②千寻**：形容极高。古代八尺为一寻。
③自缘：因为。

宋仁宗皇祐二年（1050）夏，王安石任鄞县（今浙江宁波）知县，任满后回江西临川老家探亲，途径杭州，登上灵隐飞来峰，写下了这首诗。前二句极写所立位置之高，境界极为壮阔；后二句在此基础上抒写自己的胸襟抱负，形象地揭示出只有站得高，才能看得远的理念，让人产生向更高顶峰攀登的愿望。诗人后来积极推行富国强兵的新法，莫不与此恢宏的气度相关。

王安石

北陂杏花①

一陂（bēi）春水绕花身，花影妖娆各占春。②

纵被春风吹作雪，绝胜南陌碾（niǎn）成尘。③

①**陂**：池。 ②**花影**：指杏树的花和池中的倒影。 ③**纵**：即使。**绝胜**：远远超过。**南陌**：南面的道路。陌，道路。

历代诗人对花各有偏爱，陶渊明爱菊，林逋爱梅，周敦颐爱莲，而王安石则对杏花情有独钟。这首诗的一、二两句是说岸上杏花与水中之影相映生辉，平分春色。三、四句的“作雪”“成尘”分别是高尚与污浊的象征和比喻，诗人用“绝胜”这种斩绝的口吻道出，就借杏花象征自己不愿同流合污的刚强性格，所以《宋诗精华录》说：“末二语恰是自己身份。”

泊船瓜洲①

王安石

京口瓜洲一水间，钟山只隔数重(chóng)山。②
春风又绿江南岸，明月何时照我还。③

①**瓜洲**：在今江苏邗（hán）江南，地处长江北岸。　②**京口**：在今江苏镇江，地处长江南岸，跟瓜洲隔江相对。**钟山**：即今南京的紫金山。这里代指南京。③**绿**：吹绿。**还**：回家。

据宋人洪迈《容斋随笔》记载，这首诗第三句中的“绿”字开始作“到”，后改为“过”，又改为“入”“满”等等，如此反复推敲了十几次，最终定为“绿”字。“绿”字挥洒点染出一派生机勃勃、青翠喜人的江南春色，给人的感受是春风本身就是绿的，形象、感情、意境全出，确为神来之笔。

苏轼

六月二十七日望湖楼醉书①

黑云翻墨未遮山，白雨跳珠乱入船。②
卷地风来忽吹散，望湖楼下水如天。③

①**望湖楼**：在杭州西湖边，为五代时吴越王钱俶（chù）所建。 ②**翻墨**：像泼翻墨汁一样。**白雨**：暴雨。 ③**卷地风**：直卷到地面的大风。**水如天**：湖水平静得像天空一样。

夏季骤雨来势迅猛，时间短暂，作者抓住了夏雨这种典型特征，写出了极为强烈的动态感受。一、二两句描绘雨前和雨中的景象，不但“黑云”“白雨”色彩对比鲜明，而且写出了“跳珠”般的声响效果。三、四两句写雨后，前者极动，后则极静，动静相生相发，更显夏季气候多变的特色。此诗仅四句，却能分别从云、雨、风、湖四种景象的角度展现出西湖在暴雨前后的那种雄奇瑰丽之美。

苏轼（1037—1101），字子瞻，号东坡居士，北宋眉州眉山（今属四川）人。嘉祐二年（1057）进士。曾上书力言王安石新法之弊，后因作诗讽刺新法，下御史狱，贬黄州团练副使。历任杭州、密州、徐州等处的地方官，政绩卓著。学识渊博，才情卓绝，诗文书画均有很高成就。其诗想象丰富，善用夸张比喻。其词雄健洒脱，开豪放一派，与辛弃疾并称『苏辛』。其散文纵横恣肆。其为『唐宋八大家』之一。又工书法，与黄庭坚、米芾（fú）、蔡襄并称『宋四家』。有《东坡七集》《东波乐府》等。

饮湖上初晴后雨①

苏轼

水光潋滟（liàn yàn）晴方好，山色空濛雨亦奇。②

欲把西湖比西子，淡妆浓抹总相宜。③

①饮湖上：在西湖上饮酒。 **②潋滟**：水波闪动的样子。**方好**：才漂亮。**空濛**：形容雾气迷漫。 **③西子**：西施，春秋时越国的美女。**总相宜**：都恰到好处。

西湖宜晴宜雨，恰似美人化妆可淡可浓，前后衔接十分自然。以西子比西湖更是大胆新颖，诗人以想象中的西施去比喻西湖，读者也以想象中的西施去理解西湖，从其天生丽质、自然韵致中想象西湖的可人风韵。这就巧妙传神地写出了西湖山水的灵性，从此“西子湖”就成了西湖的别称，诗的后二句“遂成为西湖定评”（《宋诗精华录》）。

苏轼

东栏梨花

梨花淡白柳深青，柳絮(xù)飞时花满城。
惆怅(chóuchàng)东栏一株雪，人生看得几清明。①

①**一株雪**：比喻梨花。

诗家体物敏锐，每因花开花谢而慨叹人生易逝，东坡此诗即是此意。诗咏梨花，首句直言其色“淡白”，又以青青杨柳作为衬托，三句更将其比喻为“一株雪”，反复摹写咏叹，皆为突出一个“白”字。但时至清明，柳絮翻飞，洁白的梨花眼看就要谢去，如此美景，人生能有几个清明可看呢！“惆怅”二字流露出诗人浓厚的眷恋之情。全诗浑然天成，风韵妙绝。

苏轼

海棠

东风袅袅泛崇光，香雾空濛月转廊。①

只恐夜深花睡去，故烧高烛照红妆。②

①**东风**：春风。**袅袅**：春风吹拂的样子。**泛**：透出。**崇光**：浓郁的春光。**空濛**：雾气迷漫的样子。**月转廊**：月光移过回廊。 ②**故**：特意。**高烛**：高大的蜡烛。**红妆**：喻指海棠花。

唐明皇登沉香亭召杨贵妃同饮，而贵妃正宿酒未醒，玄宗笑道："海棠（指杨贵妃）睡未足耳！"后来便有了"海棠春睡"的说法。苏轼这里以花喻人，"烧高烛"的行动将诗人留连不舍、唯恐花睡的深情极为传神地表现了出来，让人味之不尽。苏轼喜爱海棠，此诗作于贬谪黄州时，后两句大有"同是天涯沦落人"之感，是惜花，惜春，也是怜惜自己，不愧为千古名句。

苏轼

中秋月

暮云收尽溢清寒，银汉无声转玉盘。①

此生此夜不长好，明月明年何处看。

①**清寒**：指月光。**银汉**：银河。**玉盘**：喻指圆月。李白《古朗月行》诗："小时不识月，呼作白玉盘。"

此诗作于宋神宗熙宁十年（1077）中秋。一、二两句写薄暮之云因风散尽，清寒习习而生，碧天银河，秋声寂然，一轮明月升于天际，如玉盘一样清圆晶莹。三、四两句由此美景生发感慨：自我有生以来，凡值中秋之夜，明月多为风云所掩，难得有此清光照我；又从仕宦之后，四处转迁，今年在此处见此明月，明年中秋，又不知在何处看到它！好景难逢，良宵难值，人生良遇难期，诗中所包含的情感颇为深沉。

苏轼

题西林壁[1]

横看成岭侧成峰，远近高低各不同。

不识庐山真面目，只缘身在此山中。[2]

①西林：指西林寺，在江西庐山上。这首诗是作者游山时题写在西林寺墙壁上的。**②缘**：因为。**此山**：指庐山。

这首诗是一首典型的理趣之作。前两句概括诗人对庐山的总体印象，连用六个方位词，勾画出庐山的精神，同时留下大片空白给读者去发挥自己的想象。三、四两句是在此基础上所引起的进一步的思索：为什么站的角度不同，得到的印象就不一样呢？诗人的结论是“只缘身在此山中”。这是诗人游庐山的独特认识，同时还浸透了诗人对社会生活的深刻体验，推论出一个具有普遍性的生活哲理，即只是入乎其内，局于一隅，往往会阻碍对事物的全面考察与把握；只有出乎其外，跳出局限，才能认识事物的全貌。

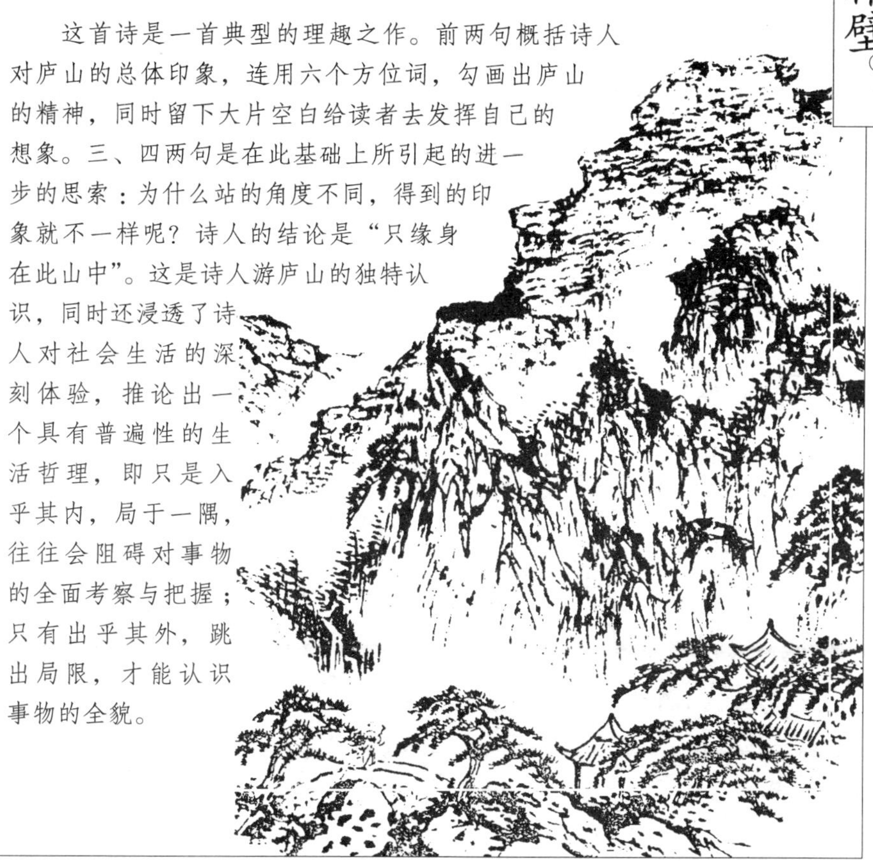

苏轼

惠崇春江晓景①

竹外桃花三两枝，春江水暖鸭先知。

蒌蒿（lóu hāo）满地芦芽短，正是河豚（tún）欲上时。②

①**惠崇**：北宋初年著名的和尚，能诗善画，《春江晓景》是他的画作，今已失传。

②**蒌蒿**：一种生长在水里的多年生草本植物，嫩芽叶可以食用。**芦芽**：芦笋。**河豚**：一种肉味鲜美但是有毒的鱼。**上**：浮出水面。

这是一首极具艺术创造性的题画诗。诗中除描写画中的景色外，“河豚欲上”是诗人的联想，这是一个富于包孕、能引发人们对江南水乡春天美好联想的片刻，是原画意境的丰富、发展与升华。全诗给人的感受是春意盎然，生机勃勃，既富于浓郁的生活气息，又洋溢着一股热爱春天、热爱生命、热爱生活的浓郁诗情。

赠刘景文[1]

苏轼

荷尽已无擎(qíng)雨盖，菊残犹有傲霜枝。[2]

一年好景君须记，最是橙黄橘(jú)绿时。[3]

①**刘景文**：名季孙，北宋开封祥符（今河南开封）人，当时任两浙兵马都监，与苏轼（时任杭州太守）同在杭州，诗酒往还，过从甚密。 ②**擎雨盖**：喻指荷叶。**傲霜**：不畏寒霜。 ③**君**：指刘景文。**最是**：正是。**橙黄橘绿时**：指秋末冬初季节。

杨巨源说“诗家清景在新春”，韩愈也说“最是一年春好处”，都以为早春为一年好景之所在。苏轼却认为“一年好景”是在经过烈日秋霜之后的初冬。诗人写道，就在这菡萏香消、黄菊犹残、大地一片苍白之际，园林之中的“橙黄橘绿”却呈现出旺盛的生命力。萧瑟的初冬在诗人笔下竟成了一个充满生机、硕果累累的收获季节，成为一年中最好的光景，其中自然流露出诗人对生活的乐观态度和奋发进取的精神。

临平道中①

道潜

风蒲猎猎弄轻柔，欲立蜻蜓不自由。②

五月临平山下路，藕花无数满汀(tīng)洲。③

①**临平**：地名，即今浙江余杭临平镇。 ②**风蒲**：指蒲柳，一种生长在水边的树。**猎猎**：随风飘舞的样子。 ③**藕花**：即荷花。**汀洲**：水中的小块陆地。

此诗描绘了五月仲夏江南山下水边风光，以神似的艺术形象构成了蕴藉丰富的意境。前两句写修长的蒲叶在和风吹拂下轻柔飘动，蜻蜓想停在蒲叶上却又无法立稳的景象，有声响，有动态，极其灵动活泼，生机盎然。后两句写山下路旁满眼的藕花莲叶开遍了水边小洲，这里的大景、远景、静景与上面的小景、近景、动景形成比照。诗中没有一个颜色字眼，却使人想象到丰富绚丽的色彩，是一幅富于层次感、空间感、色彩感的写意图画。

道潜（1043—1102），别号参寥子，於潜（今浙江临安西）人。自幼出家，与苏轼、秦观友善，常相唱和。其诗清新流丽，深为苏轼称赏。有《参寥子诗集》。

黄庭坚（1045—1105），字鲁直，号山谷道人，又号涪（fú）翁，北宋洪州分宁（今江西修水）人。宋英宗治平四年（1067）进士，历任校书郎、秘书丞兼国史编修官。早年以文章受知于苏轼，与张耒、晁补之、秦观并称『苏门四学士』。其诗与苏轼齐名，并称『苏黄』。黄庭坚作诗追求典故来历，强调『无一字无来处』，讲究修辞造句，有『点铁成金』『夺胎换骨』之论，诗风奇崛险怪，是江西诗派的创始人。工书法，为『宋四家』之一。有《山谷集》。

黄庭坚

雨中登岳阳楼望君山①

满川风雨独凭栏，绾（wǎn）结湘娥十二鬟（huán）。②

可惜不当湖水面，银山堆里看青山。③

①岳阳楼：在今湖南岳阳西城门上，面临洞庭湖，建于唐代。**君山**：在洞庭湖中，传说是湘君住过的地方，故称君山。　**②满川**：满湖。**凭栏**：靠着栏杆。**绾结**：盘结。**湘娥**：古代神话中的女神湘夫人。**鬟**：古代妇女梳的一种环形发髻。**③不当**：到不了。**银山**：指湖面涌起的银色波涛。

岳阳楼为古今登临胜地，许多名家早已将其美景描绘得淋漓尽致，此诗却能别开生面，写出了洞庭湖那雄奇的境界。时值满湖风雨，诗人独自凭栏远眺，君山如画，恰似湘夫人盘结着十二个高高的螺髻，把美丽的景色与美丽的传说联系起来，读来风神摇曳。

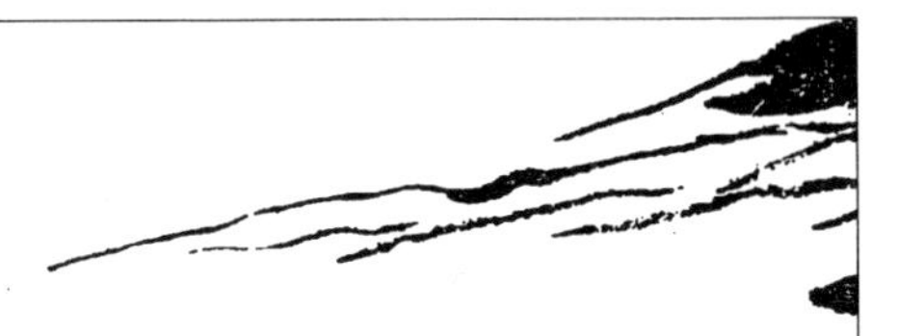

黄庭坚

鄂州南楼书事①

四顾山光接水光，凭栏十里芰(jì)荷香。②

清风明月无人管，并作南楼一味凉。③

①**鄂州**：在今湖北武汉市的武昌。**南楼**：指鄂州城南门城楼，在武昌的蛇山顶。**书事**：记事。 ②**凭栏**：靠着栏杆。**芰荷**：菱叶和荷叶。一说荷花。 ③**并作**：一齐来到。**一味**：特别。

黄庭坚的七言绝句多取法于杜甫，但也有少数作品接近李白的风格，这首诗就有太白遗响。首句写自己四望之间，只见山光与水光相接，写景境界阔大。次句写荷花十里，香气袭人而来。第三句为全诗转折枢纽，“无人管”三字启末句之意，明月已上，清风徐来，此刻唯有凭栏南向，而纳其一味清凉，享天地自然之乐。一“凉”字并有对“光”及“香”的综合感受，物我两忘，令人玩味。

春日五首（其二）

秦观

一夕轻雷落万丝，霁（jì）光浮瓦碧参差（cēn cī）。①

有情芍（sháo）药含春泪，无力蔷薇（qiáng wēi）卧晓枝。②

①轻雷：轻微的雷声。**万丝**：指稠密的雨丝。**霁光**：雨后初晴的阳光。**浮**：形容阳光映照在瓦上。**参差**：形容屋瓦层层叠叠。 **②春泪**：喻指未干的雨点。**无力**：形容娇嫩。

金代著名诗论家元好问作《论诗绝句》三十首，其中的一首说："有情芍药含春泪，无力蔷薇卧晓枝。拈出退之'山石'句，始知渠（他）是女郎诗。"对秦观的"女郎"诗风表示不满。"有情"两句以娇弱女子的神态比喻雨后花枝，春天的自然景物在诗人的笔下呈现出一片阴柔之美。这和元好问所推崇的骨力劲健、标格高远的风格大异其趣，自然不讨元氏喜欢。清代薛雪却说："先生休讪（shàn，讥讽）女郎诗，'山石'拈来压'晓枝'。千古杜陵佳句在，'云鬟玉臂'也堪师。"阳刚与阴柔之美并无高下优劣之分，它们是相互补充的。

秦观（1049—1100），字少游，一字太虚，号淮海居士，北宋高邮（今属江苏）人。宋神宗元丰八年（1085）进士，曾任太学博士、国史院编修官。因政治上倾向旧党，一再遭贬，死于广西藤州。早年即被苏轼赏识，是『苏门四学士』之一，北宋重要的诗人。其诗歌清新婉丽。又工词，是婉约词派的代表作家之一。有《淮海集》《淮海居士长短句》。

徐俯

春游湖

双飞燕子几时回？夹岸桃花蘸(zhàn)水开。①

春雨断桥人不度，小舟撑出柳阴来。②

①夹岸：两岸。**蘸**：浸入。　**②断桥**：淹没了桥面。

“解道春江断桥句，旧时闻说徐师川。”可见徐俯这首描绘湖上春色的小诗曾传诵一时。那双飞的燕子何时回到湖中？桃花夹岸盛开，花蕊上还蘸着水珠呢！前两句写春，实已暗含人的游赏活动。三、四两句写一场春雨淹没了桥面，一只小舟从柳阴处缓缓撑出。以断桥野浦之逸趣与明媚春色相衬托，又以小舟撑出显现悠然的动态感，可谓曲尽其妙。

徐俯（1075—1141），字师川，号东湖居士，宋代洪州分宁（今江西修水）人。曾任端明殿学士、权参知政事。传说七岁能诗，深得舅父黄庭坚称赏。诗歌属江西诗派，诗风平易自然。有《东湖居士诗集》。

曾幾

三衢道中①

梅子黄时日日晴，小溪泛尽却山行。②

绿阴不减来时路，添得黄鹂四五声。③

①三衢：三衢山，在今浙江衢州境内。 **②梅子黄时**：指初夏季节。**泛**：乘船。**却**：又。 **③黄鹂**：黄莺。

黄梅时节大多阴雨绵绵，而今梅子黄时反而天天放晴，诗人行进在三衢道中，一路风光，美不胜收。在这首纪行小诗里，作者构思别具匠心，一、二两句写去时，对风光的感受以浓阴绿色为主；三、四两句写回来的感受，突出归途中“四五声”黄鹂的歌唱。

曾幾（1084—1166），字吉甫，号茶山居士。宋代赣州（治今江西赣州）人。历任江西、浙西提刑，官至敷文阁待制。曾因主张抗金，受秦桧排斥。诗学黄庭坚，但诗风清俊活泼。有《茶山集》。

岳飞

池州翠微亭①

经年尘土满征衣，特特寻芳上翠微。②
好水好山看不足，马蹄催趁月明归。

①**池州**：在今安徽贵池。**翠微亭**：在今贵池南的齐山顶，唐时所建。 ②**经年**：多年。**征衣**：战袍。**特特**：特意。**寻芳**：游览赏花。**翠微**：青绿的山色。这里指翠微亭。

岳飞于戎马倥偬中经过安徽池州，登临此地胜景翠微亭。“特特”既指特意，又兼指马蹄得得之声。诗中没有具体描绘山水之美，只说“好山好水看不足”，而大好河山已让人心向往之。全诗从马蹄声中来，又被马蹄声催着归去，令人想见岳飞那精忠报国的英雄形象。

岳飞（1103—1142），字鹏举，相州汤阴（今属河南）人。他是南宋杰出的爱国将领，力主抗金救国，他创建的岳家军骁勇善战，屡败金兵。后被宋高宗赵构和奸相秦桧杀害。宋孝宗时追谥武穆。有《岳武穆遗文》。

剑门道中遇微雨①

陆游

衣上征尘杂酒痕，远游无处不消魂。②
此身合是诗人未？细雨骑驴出剑门。③

①剑门：指剑门关，在今四川剑阁县北，是川陕间的主要通道。 **②征尘**：旅途中所染的灰尘。**酒痕**：酒渍。**消魂**：伤神。 **③合**：应该。**未**：疑问词，与“否”相同。

此诗是作者奉命由南郑前线撤退到成都后方，途经剑门时所作。诗的前两句表达了诗人失落悲伤的情感。“此身合是诗人未”的自问与“细雨骑驴出剑门”的自答，看上去轻松幽默，仿佛对自己够格当一个诗人有几分自得，实际上却包含着自嘲自伤，而这种自嘲自伤中又深藏着英雄失路的悲凉和报国无门的悲愤。

陆游（1125—1210），字务观，号放翁，南宋越州山阴（今浙江绍兴）人。宋高宗绍兴二十四年（1154）应礼部试，因论恢复中原，被秦桧除名。宋孝宗即位后，赐进士出身。曾任镇江、隆兴、夔州通判，晚年退居家乡。工诗文，与尤袤（mào）、杨万里、范成大并称『南宋四大家』。一生力主抗金，诗篇逾万，今存九千三百多首，其诗豪迈奔放，洋溢着爱国激情。梁启超评曰：『集中十九从军乐，亘古男儿一放翁！』有《剑南诗稿》等。

陆游

沈园二首（其一）①

城上斜阳画角哀，沈园非复旧池台。②

伤心桥下春波绿，曾是惊鸿照影来。③

①**沈园**：在今浙江绍兴禹迹寺南面。　②**画角**：一种绘有花纹的号角，古代用来报时。**非复**：不再是。**旧池台**：原来的园林景色。　③**春波**：春天的水。**惊鸿**：形容女子体态轻盈绰约。这里代指陆游的前妻唐琬。

陆游与唐琬的婚变是一个悲剧性的事件，此诗由沈园的今日景色，追忆唐琬昔日的音容。沈园尽管面目全非，而诗人仍然从桥下春波联想到当年照影的惊鸿，以前的形象仍然鲜明地刻在诗人的记忆中，永不消磨。两人曾经在沈园中的约会已经成为刻骨铭心的记忆，今日回忆时，诗人却不写会面、伤心，而是专写那美好的一瞬间的印象。而越是将对方在记忆中的印象写得美，今天的回忆就越是伤心。这是七十五岁高龄的诗人用血泪滴成的至真至美的诗篇。

秋夜将晓出篱门迎凉有感

三万里河东入海，五千仞(rèn)岳上摩天。①

遗民泪尽胡尘里，南望王师又一年。②

①**河**：黄河。**仞**：古代以八尺为一仞。**岳**：指西岳华山。**摩天**：碰到天。 ②**遗民**：指沦陷区的宋朝百姓。**胡尘**：指金兵铁骑扬起的尘土。**王师**：指宋朝军队。

抒写中原沦陷区遗民的悲愤之情是陆游诗歌的一个主要内容，其《关山月》诗说："遗民忍死望恢复，几处今宵垂泪痕。"后两句意思与此诗相同，抒发了对南宋小朝廷无意北伐中原、收复失地的苟安政策的愤懑。当时，诗人范成大也曾作《州桥》诗说："州桥南北是天街，父老年年等驾回。忍泪失声询使者，几时真有六军来？"可见并非只有陆游一人在关心这个话题。

陆游

十一月四日风雨大作

僵卧孤村不自哀，尚思为国戍(shù)轮台。①

夜阑(lán)卧听风吹雨，铁马冰河入梦来。②

①**僵卧**：躺着不动。**戍**：防守。**轮台**：汉代西域地名，今属新疆。这里指边疆重镇。②**夜阑**：夜深。**铁马**：战马。**冰河**：指北方冰冻的河流。

六十八岁的诗人闲居故乡山阴，一夕风雨触动了他的报国情怀。此诗由“卧”而“思”，由“思”而“梦”，由“夜阑风雨”而触发“铁马冰河”的梦想，思想感情的发展脉络很清晰。诗人用环境的冷与情感的热、现实的荒寒与梦境的激动人心作鲜明对比，以突出其“为国戍轮台”的炽热情怀。梦境是铁马冰河，充满悲壮激越的战斗旋律，但现实处境却是僵卧孤村，在凄风苦雨中想望着自己永远不能实现的报国立功的理想境界。这梦境更进一步反衬了诗人处境的可悲。全诗两句为一层，以悲托壮，又以壮托悲，既壮且悲的意境正表现了诗人烈士暮年壮心不已的精神。

死去元知万事空，但悲不见九州同。[①]

王师北定中原日，家祭无忘告乃翁。[②]

陆游

示儿

①**元知**：本来就知道。元，同“原”。**但**：只是。**九州同**：指国家统一。九州，代指中国。　②**王师**：指宋朝军队。**北定中原**：打到北方收复中原。**家祭**：祭祀祖先。**乃翁**：你的父亲，即诗人自己。

南宋初年，抗金名将宗泽因遭到朝廷投降派的排挤，忧愤成疾，临终前曾三呼“渡河”。陆游离开人世之前所忧念的也是收复中原。“砥柱河流仙掌日，死前恨不见中原”，“但有一可恨，不见复两京”，诗人一生都在反复诉说这种未完的心事和无穷的希望，这首绝笔之作更加警醒人心。南宋小朝廷非但未能北定中原，最终连半壁江山亦不复自保。宋亡后，林景熙作《题陆放翁诗卷后》诗：“青山一发愁蒙蒙，干戈况满天南东。儿孙却见‘九州同’，家祭如何‘告乃翁’！”悲哀沉痛，可泣鬼神。诗人这种对国家、对民族九死未悔、一往情深的高风亮节，千载而下令人肃然起敬。

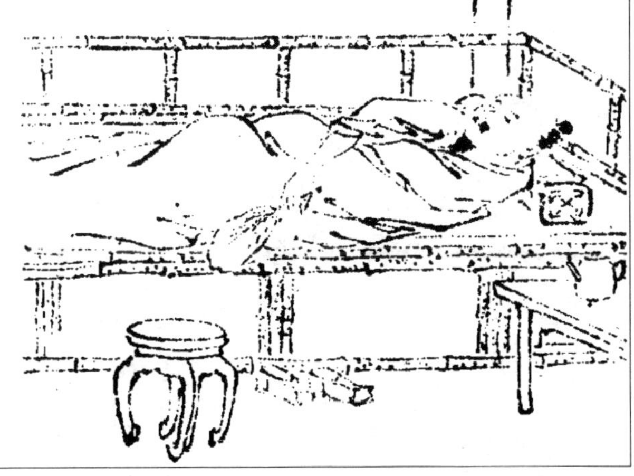

范成大

夏日田园杂兴十二绝（其七）

昼出耘(yún)田夜绩麻，村庄儿女各当家。①

童孙未解供耕织，也傍桑阴学种瓜。②

①**耘田**：除去田中的杂草。**绩麻**：搓麻成线。**各当家**：各人有自己的活干。 ②**未解**：不懂。**供**：做，从事。**傍**：靠近。**桑阴**：桑树荫下。

男耕女织是中国封建社会长期不变的生活习惯，男女各司其职，操持家事。劳动生活是紧张的，没有闲时，连不懂事的小孩子也接受了劳动气氛的熏陶，对劳动有一种天然的兴趣。诗人的用意是欣赏这种世代相传的劳动生活之美，表现那种悠闲容与的永驻不变的“习惯”和风情，于平淡中写出了生活的真实面貌，而中世纪农村的生活景象亦宛然在眼前。

范成大（1126—1193），字致能，号石湖居士，南宋苏州吴县（今江苏苏州）人。宋高宗绍兴二十四年（1154）进士。历任处州知府、四川制置使、参知政事等职。曾出使金国，刚直有气节。晚年退居故乡石湖。工诗，与尤袤、杨万里、陆游并称『南宋四大家』。其诗清新秀逸，充满生活气息和艺术感染力。有《石湖居士诗集》。

杨万里

小池

泉眼无声惜细流，树阴照水爱晴柔。①

小荷才露尖尖角，早有蜻蜓立上头。②

①泉眼：泉水的出口。**晴柔**：明媚温暖的晴天风光。**②尖尖角**：指刚长出来的嫩荷叶的尖端。

杨万里善于写生，这首诗题为《小池》，全诗所选取的物象"泉眼""细流"及"尖尖角"的"小荷"、立在小荷上的"蜻蜓"，无一不是小巧玲珑，具有灵性。三、四两句更捕捉到了那种转瞬即逝的景象，嫩黄的小荷刚从水面露出，那小小蜻蜓就立足其上，仿佛蜻蜓亦有求新爱美之心，因此敏捷地先登一步。这两句诗在写景之余又饶有理趣，人们总是用它来表达对一代新秀脱颖而出的喜悦之情。

杨万里（1127—1206），字廷秀，号诚斋，吉州吉水（今属江西）人。宋高宗绍兴二十四年（1154）进士。历任秘书监、太常丞、宝谟阁学士。为官刚正，不畏权势，主张抗金，反对苟安。其诗初学江西派，后学王安石及晚唐诗，清新活泼，平易自然，自成一家，被称为『诚斋体』。有《诚斋集》。

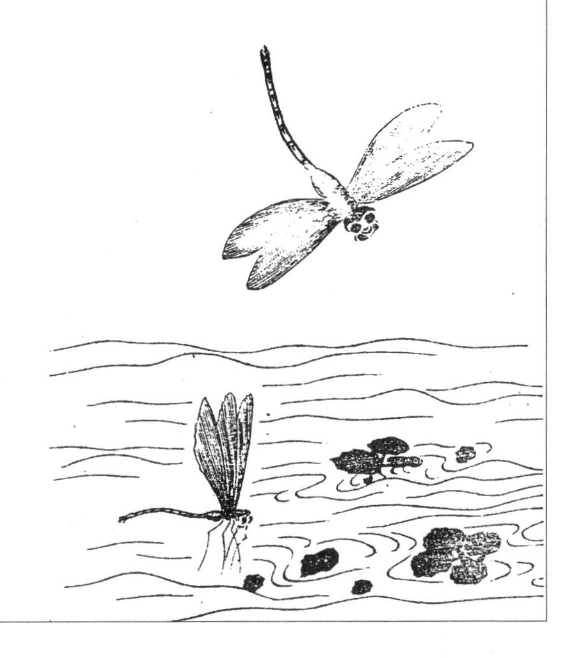

杨万里

闲居初夏午睡起

梅子留酸软齿牙，芭蕉分绿与窗纱。①

日长睡起无情思，闲看儿童捉柳花。②

①梅子留酸：吃了梅子后，酸味久留在嘴里。**与**：给。 **②日长**：白天时间长。**情思**：情绪。

这首诗描写作者初夏时节午睡刚醒时那种真切的感受。首句写睡醒后的味觉。牙齿本不会“软”，但酸得吃不动东西，当然可以说“软”了。这个“软”字用得既通俗平易又生新有趣，把“留酸”之感形象化了。次句写视觉。由于初夏的芭蕉长得一片碧绿，映得绿纱窗更绿了。“分”字虽不合事实，却合乎视觉感受。第三句将浓睡刚醒之际内心的一片空白状态活现出来，这正是闲居特有的精神状态。第四句是一个长镜头，儿童捉柳花，闲来无事的诗人兴味盎然地一直看着这幕情景，儿童的童心、老人的童心浑然融为一体。

晓出净慈寺送林子方[1]

杨万里

毕竟西湖六月中，风光不与四时同。[2]

接天莲叶无穷碧，映日荷花别样红。[3]

①**净慈寺**：位于杭州西湖南岸的一个著名佛寺。**林子方**：作者的朋友，曾做过直阁秘书等官。 ②**毕竟**：到底。 ③**别样**：特别。

西湖之景美不胜收，处处不同，四时不同。这首诗则钟情于西湖盛夏之美，写盛夏西湖的莲叶与荷花所构成的特异风光。前两句总括西湖六月景观的独特，用“毕竟”二字统领全篇，其中饱含着诗人的由衷赞叹之情。三、四两句具体描绘这种风光，采取互文见义的方法，写出了满湖莲叶、荷花一直铺到水天相接之处，在艳阳的辉映下，那碧绿与娇红亦无边无际，极其壮观绚丽。“无穷碧”“别样红”，这色彩上的浓笔重抹，将西湖迥异平时的美景写得气象万千，十分传神。

志南 绝句

古木阴中系(jì)短篷，杖藜(lí)扶我过桥东。①

沾衣欲湿杏花雨，吹面不寒杨柳风。②

①**系**：拴住。**短篷**：指小船。**杖藜**：拐杖。藜，野生植物，茎坚韧，可以做拐杖。 ②**欲**：将要。**杏花雨**：指清明时节所下的雨。因这时杏花盛开，故称“杏花雨”。**杨柳风**：指春风。

志南是一个诗僧，朱熹曾称其诗：“清丽有余，格力闲暇，无蔬笋气。”这首诗的前两句让人感觉到诗人并非寺院枯坐之僧，而是一个遗世独立的高士形象。三、四两句写出了春天里人对自然界特殊的感受。诗人把如丝的细雨称为“杏花雨”，将和婉的春风叫作“杨柳风”，在写实的同时，更能唤起人们对旖旎春光的视觉形象，春天的诗意与情趣也从中涌现出来。

志南，南宋僧人，生平事迹不详。

春日

朱熹

胜日寻芳泗(sì)水滨，无边光景一时新。①

等闲识得东风面，万紫千红总是春。②

①胜日：风光美好的日子。**寻芳**：看花赏景。**泗水滨**：泗水河边。泗水，在山东境内。**一时新**：顿时焕然一新。**②等闲**：轻易。**识得**：见到。**总是**：都是。

泗水流经山东曲阜，孔子曾经在这里讲学。因此诗中的“泗水滨”暗指孔门，“寻芳”即求圣人之道。在万紫千红之时，随便可以识得东风的面目，儒家之道也就体现在这万物无尽的生机之中。不过，今天人们已经赋予了“万紫千红总是春”新的时代感受。

朱熹（1130—1200），字元晦，号晦庵，南宋徽州婺源（今属江西）人。宋高宗绍兴十八年（1148）进士，官至焕章阁待制，卒谥文。一生力主抗金，反对议和。学问渊博，讲学不倦，为宋代著名的理学家。诗风清新朴实。有《晦庵先生朱文公文集》。

朱熹

观书有感二首（其一）

半亩方塘一鉴开，天光云影共徘徊。①

问渠那得清如许，为有源头活水来。②

①**鉴**：镜子。**徘徊**：来回移动。　②**渠**：它，指方塘。**那得**：怎么会。**如许**：这样。**活水**：流动的水。

陈衍《宋诗精华录》称，朱熹“登山临水，处处有诗，盖道学中之最活泼者”。这首谈读书体会、阐述理学的诗作，并非抽象地说理，而是融入了自己登山临水时那种活泼泼的感受。诗人透过表象看本质，解释池水之所以清澈见底的原因，是永不枯竭的“源头活水”为那一方池水注入了勃勃生机。诗人就这样引导人们从眼前的寻常事物中，透视出事物固有的一般规律，明了事物常新不败、永远充满活力的真谛。

新凉

徐玑

水满田畴（chóu）稻叶齐，日光穿树晓烟低。①

黄莺也爱新凉好，飞过青山影里啼。②

①田畴：田地。**晓烟**：指晨雾。 **②影**：指阳光照不到的阴凉地方。

人们经过盛夏的酷热后，对初秋的凉气格外喜爱，这首诗就写出了那种心旷神怡的感受。前两句描摹山村田园风光，虽未写凉，而凉意已蕴含其中。三、四两句说黄莺也对初秋的凉意有惬意之感，所以边飞边唱，隐在青山阴凉之中。诗人通过拟人化的笔法，以掠过山影的啼莺作为诗的灵魂，巧妙地传达出自己对“新凉”的愉悦感受，写得清新灵巧，耐人寻味。

徐玑（1162—1214），字文渊，一字致中，号灵渊，南宋晋江（今福建泉州）人。曾任建安主簿、长泰令。与徐照、翁卷、赵师秀并称『永嘉四灵』。有《二薇亭集》。

乡村四月

翁卷

绿遍山原白满川，子规声里雨如烟。①

乡村四月闲人少，才了蚕桑又插田。②

翁卷，字续古，一字灵舒，温州乐清（今属浙江）人。『永嘉四灵』之一。作诗注重修辞炼字，写景善用白描手法。有《苇碧轩诗集》。

①**山原**：山地和平原。**白满川**：指雨中河水映着天光，一片白色。川，河流。**子规**：杜鹃鸟的别称。**雨如烟**：形容黄梅时节细雨濛濛的景象。 ②**了**：做完，结束。**插田**：栽秧。

首句从大处落墨，概写农村的山原与河流，“绿遍”“白满”给人以充满视觉的色彩形象。次句从听觉和视觉的角度写出了极为细腻的感受，如烟似幻的细雨中传来子规的啼鸣声，由静入动，显示了活泼的生机。三、四两句说乡村四月，正是大忙季节，人们都怕耽误了农时，刚刚忙完了蚕桑，就又冒雨插田了。语言朴素，亲切有味。

约客

赵师秀

黄梅时节家家雨，青草池塘处处蛙。①

有约不来过夜半，闲敲棋子落灯花。②

①**黄梅时节**：梅子成熟的初夏季节。这时阴雨不断，被称为黄梅天。**家家**：到处的意思。 ②**落灯花**：指灯快熄了。灯花，灯芯燃烧时结成的花状物。

黄梅时节，细雨霏霏；青草池塘，蛙声阵阵。而屋外的“家家雨”“处处蛙”又与室内候客的静寂形成强烈对比。后面两句是这首诗的主旨所在，诗人不直接说出自己此时的心情，而是通过一个典型的细节描写，成功地将寂寞、期待之情表露无余。

赵师秀（1170—1219），字紫芝，号灵秀，南宋永嘉（治今浙江温州）人。宋光宗绍熙元年（1190）进士，曾任江东从事、筠州推官。『永嘉四灵』之一。诗风清丽自然。有《清苑斋集》。

游园不值①

叶绍翁

应怜屐（jī）齿印苍苔，小扣柴扉（fēi）久不开。②

春色满园关不住，一枝红杏出墙来。

①不值：没有遇到主人。 **②应**：恐怕，大概。**怜**：爱惜。**屐齿**：木底鞋下两头的突出部分。**苍苔**：青苔。**小扣**：轻轻地敲。**柴扉**：柴门。

诗的前两句虚拟出“游园不值”的原因：大概是主人怜爱他园中的苍苔，不让我的鞋齿踏坏，所以久久不肯开门。自己游园是为了寻春，主人闭园是因为爱惜青苔，同怀惜春之心，写来情趣盎然。后两句从那露在墙头上的一枝鲜红杏花的形象中展开无尽的想象，让人领略到那园中活跃的春色之美。那一枝出墙的红杏仿佛成了压抑不住的春光的象征。景中寓理，能够让人引起多方面的联想，给人以哲理的启示，成为千古传诵的名句。

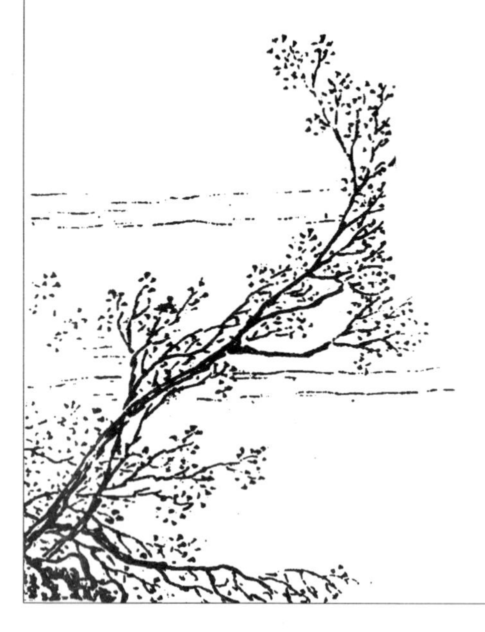

叶绍翁，字嗣宗，号靖逸，南宋处州龙泉（今浙江龙泉）人。曾卜居杭州西湖。诗风淡远，耐人寻味。有《靖逸小集》等。

雪梅二首（其一）

卢梅坡

梅雪争春未肯降(xiáng)，骚人阁笔费平章。①
梅须逊(xùn)雪三分白，雪却输梅一段香。②

①降：认输。**骚人**：诗人。**阁笔**：放下笔。**费**：烦劳。**平章**：品评。　**②逊**：比不上。

雪以梅见神，梅因雪见格，这本不为奇，但诗人却偏偏要将雪和梅作一品量，较一高低。梅飘香而送暖，雪六出以知春，双方为争春各不相让，首句这种开门见山的起法新颖别致。梅虽冰肌玉骨，较之于雪，总不及雪之洁白无瑕；雪固然晶莹皎洁，较之于梅，却没有袭人之香。反复斟酌，结果是梅逊“三分白”，雪输“一段香”。既赞美了雪，又歌颂了梅；既理趣横生，又情韵悠长。

卢梅坡，宋朝人，生平事迹不详。

林升

题临安邸①

山外青山楼外楼，西湖歌舞几时休！②

暖风熏(xūn)得游人醉，直把杭州作汴(biàn)州。③

①临安：南宋的京城，即今浙江杭州。**邸**（dǐ）：旅店。**②休**：停止。　**③直**：竟然。**汴州**：即北宋京城汴京（今河南开封）。

南宋初年，统治者大力营造宫殿楼院，他们在这里醉生梦死，忘记了北宋灭亡的历史教训，忘记了忍死望恢复的中原遗民。林升此诗以沉痛之情描写南宋统治者沉缅酒色歌舞，竟然把南宋都城临安当作北宋都城汴京。言下之意是说他们将收复中原、恢复旧京忘光了，当年北宋统治者荒淫导致了北宋的灭亡，如今的南宋肯定是要重蹈历史的覆辙，忧愤之情溢于言表。

林升，字梦屏，温州平阳（今浙江苍南）人。他生活在宋孝宗时，生平事迹不详。

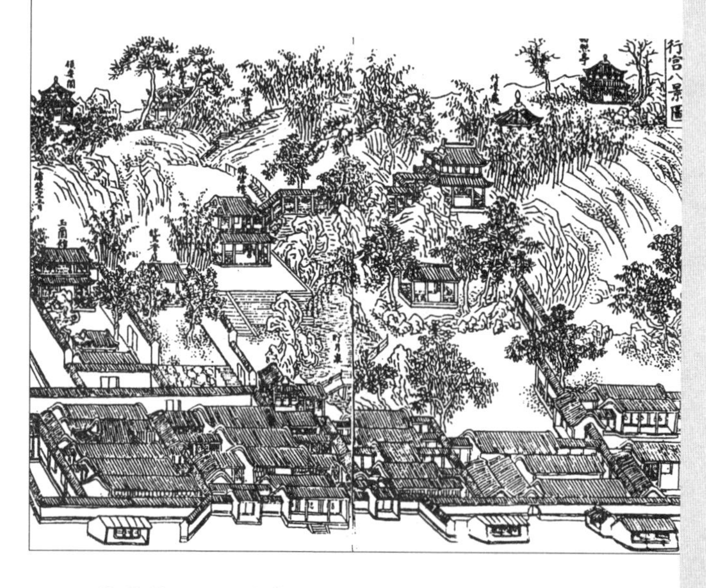

同儿辈赋未开海棠①

元好问

枝间新绿一重重，小蕾深藏数点红。
爱惜芳心莫轻吐，且教桃李闹春风。②

①**赋**：作诗。**海棠**：落叶小乔木，春季开花，花白色或淡粉红色。 ②**吐**：开放。**教**：让。

海棠开花要晚于桃李，桃李繁花满树的时候，海棠花蕾才打着苞儿；而且桃李总是先开花后长叶，而海棠则反之，此物性之不同。诗人却从中看到了另外的东西。诗人通过赋海棠，告诫“儿辈”（年轻人）要自信自爱，珍视自己的才华，锤炼自己的品德，不能过早地陶醉于那种还不成熟的“热闹”之中。

元好问（1190—1257），字裕之，号遗山，金秀容（今山西忻州）人。金宣宗兴定三年（1219）进士，官至行尚书省左司员外郎。金亡后不再做官。其诗反映人民苦难，揭露社会黑暗，感情沉挚，风格刚健。有《遗山集》。

郑思肖

画菊

花开不并百花丛，独立疏篱趣未穷。[①]

宁可枝头抱香死，何曾吹落北风中。[②]

①**不并**：不合在一起，即远离的意思。**疏篱**：稀疏的篱笆。②**抱香死**：比喻坚守节操，至死不变。**北风**：指元朝。

这首诗描写寒菊，用它来象征自己对故国忠贞不渝的凛然气节。全诗每一句都紧扣寒菊的自然特性，而这些特性又处处关合、暗示诗人的情怀。后二句以“北风”双关，暗指元朝统治者，“抱香死”比喻自己高洁的民族情操，慷慨激昂、掷地有声，百代之下，读之令人动容。它曾经激励无数爱国的仁人志士，成为他们的座右铭。

郑思肖（1241—1318），字忆翁，号所南，福州连江（今属福建）人。南宋末年爱国诗人、画家。宋亡后隐居苏州，自称『三外野人』。终身不仕，也不娶妻。坐卧必南向，以示不忘宋室。画兰多露根，或画无根兰，以喻国土沦亡、无所凭藉之意。诗多悲慨之音。有《郑所南先生文集》。

墨梅①

王冕

我家洗砚（yàn）池边树，朵朵花开淡墨痕。②

不要人夸颜色好，只留清气满乾坤（qián kūn）。③

①**墨梅**：水墨画的梅花。　②**我家**：指自己。**洗砚池**：洗砚台的池塘。**淡墨**：水墨画中墨色的一种。　③**清气**：清香纯洁之气。**乾坤**：天地。

王冕是诗人兼画家，这首题画诗是为他的《墨梅园》所作的，写得亦真亦幻。这棵梅树生在洗砚池边，因洗涤笔砚，池水尽黑，故而梅花开时有朵朵墨痕。“洗砚池”用王羲之的典故，冠以“我家”二字，字里行间洋溢着自豪之情。三、四两句承上抒情，通过对墨梅“只留清气满乾坤”的品格的赞颂，表达了自己冰清玉洁的志向。

王冕（1287—1359），字元章，号煮石山农、饭牛翁等，元代诸暨（今属浙江）人。他出身农家，自幼参加劳动，勤奋读书学画。考进士不中后，遂放弃仕途，遍游天下，后归隐会稽九里山。他能诗善画，诗文自然质朴，不拘常格，在元诗中独树一帜。有《竹斋集》。

于谦

石灰吟

千锤万凿出深山，烈火焚烧若等闲。①

粉骨碎身浑不怕，要留清白在人间。②

①**千锤万凿**:形容开采石灰石很不容易。锤,击打。凿,开凿。**等闲**：平常。 ②**浑**：全。

《石灰吟》是作者青年时期所写的一首咏物诗，成为其人格的形象写照。诗人借描述石灰抒写了自己为国家甘愿作出自我牺牲的不平凡的抱负、光明磊落的情操和坚定的意志。这种昂扬的正气，鼓舞了历代无数的仁人志士，成为他们立身处世的座右铭。

于谦（1398—1457），字廷益，号节庵，明代浙江钱塘（治今杭州）人。永乐年间进士，历任监察御史和河南、山西等地巡抚，为官清正，不畏强暴，深受人民爱戴。明英宗正统十四年（1449），蒙古瓦剌军在土木堡（今河北怀来县）大败明军，俘获英宗，进逼北京。当时以兵部侍郎升任兵部尚书的于谦，拥立景帝，反对南迁，并调集重兵，在北京城外击退了瓦剌军，使局势转危为安。明英宗复位后，以『谋逆罪』杀害了于谦。明神宗万历年间得到昭雪，谥号『忠肃』。有《于忠肃集》。

郑燮

题竹石画

咬定青山不放松，立根原在破岩中。

千磨万击还坚劲，任尔东西南北风。①

①**还**：更加。**坚劲**：刚健。**任尔**：任凭。

竹的形象历来是士大夫高风亮节的标志，作者却着眼于其坚劲的特点，以屹立的青山、坚硬的岩石为竹的背景与基础，赞美竹子经得起“千磨万击”，受得住四面狂风。诗中描写的是竹子，赞颂的却是人，其中也可以看到作者自己坚韧劲拔、倔强不屈的性格特点。

郑燮（xiè）（1693—1765），字克柔，号板桥，清代兴化（今江苏兴化）人。乾隆间进士，做过山东范县、潍（wéi）县知县，因得罪豪绅去职。后寄居扬州，以卖画为生。工书画，擅画兰竹，是『扬州八怪』之一。善诗，直面现实，反映民生疾苦。以白描见长，风格接近白居易。有《板桥全集》。

村居

高鼎

草长莺飞二月天，拂堤杨柳醉春烟。①

儿童散学归来早，忙趁东风放纸鸢(yuān)。②

①**醉**：陶醉。**春烟**：春天水泽草木间蒸发起来的雾气。②**散学**：放学。**纸鸢**：风筝。

此诗描写江南春天的美景，并在写景的基础上，突出村居中的人情之美。一群放学的儿童正忙着向天空放飞风筝，那趁东风之力翱翔蓝天的风筝显示出儿童的活力，展现了春天的希望，流露出诗人闲适愉悦之情。

高鼎，浙江仁和（今杭州）人。清朝诗人。其诗善于描写自然景物。

赵翼（1727—1814），字耘松，号瓯北，清代江苏阳湖（今常州）人。乾隆时进士，授翰林院编修，官至贵西兵备道。后被劾，辞官归里，主讲安定书院。所著《廿二史札记》和《陔余丛考》是史学和考据学名著。论诗主张独创，反对摹拟。有《瓯北诗钞》《瓯北诗话》。

赵翼

论诗五首（其二）

李杜诗篇万口传，至今已觉不新鲜。①
江山代有才人出，各领风骚数百年。②

①**李杜**：指唐代大诗人李白和杜甫。 ②**江山**：指世上。**才人**：有才华的人。**风骚**：代指诗文。

一个时代有一个时代的生活土壤，时代环境的变化要相应地引起人们审美意识的改变，就是当年李、杜诗篇，在新的社会环境里也会使人感到“不新鲜”。作者并非贬低李、杜的地位，而是批评那些僵化地看待李、杜诗歌的人，呼唤的是一种创新精神，强调的是一种发展的观点。

己亥杂诗（其五）①

龚自珍

浩荡离愁白日斜，吟鞭东指即天涯。②

落红不是无情物，化作春泥更护花。③

①**己亥**：清道光十九年（1839）。这年四月，诗人辞官南归，九月又北上迎取家眷。在往返途中写下了三百一十五首绝句，总题为《己亥杂诗》。 ②**浩荡离愁**：指离别的愁思浩大无边。**白日斜**：太阳西斜。**吟鞭**：诗人的马鞭。指诗人一路行吟。**天涯**：天边。 ③**落红**：指落花。**更**：再，又。

此诗写作者辞官南归出都门时的感受。前两句写离开京城的离愁，其中蕴含着诗人远离朝廷，没有机会实现自己改革理想的痛惜之情。后两句一反伤春的旧调，从落花中看到了生机，用拟人的手法写落花的崇高精神，比喻自己虽然辞官，但仍愿意为国家民族尽力。

龚自珍（1792—1841），字璱（sè）人，号定盦，浙江仁和（今杭州）人。道光九年（1829）进士，曾任内阁中书、礼部主事等职。力主革新，是近代思想界的先驱。擅长诗文，其诗境界开阔，想象丰富，充满浪漫色彩，其中七言绝句尤为出色。著有《定盦文全集》。

己亥杂诗（其一百二十五）

九州生气恃(shì)风雷，万马齐喑(yīn)究可哀。①

我劝天公重(chóng)抖擞(sǒu)，不拘一格降(jiàng)人材。②

①**九州**：古代把中国划分为九个州，所以用九州代称中国。**恃**：依靠。**风雷**：风神和雷神。这里比喻强大的变革力量。**万马齐喑**：比喻死气沉沉的政治局面。喑，哑。　②**天公**：天帝。这里暗指当时的最高统治者。**抖擞**：振作精神。**不拘一格**：不拘泥于成规。格，成规。**降**：诞生。这里有选拔的意思。

龚自珍所处的时代是中国封建社会走向腐朽没落的时代，思想文化上“万马齐喑”。这首诗指出，只有激荡的风雷才能激发民族的活力与生气，深刻揭示了当时社会死气沉沉、令人窒息的政治局面。诗人认为变革的当务之急是启用人才，故而大声疾呼，呼唤统治者任用一批大胆改革的人才来挽救这末世的危机。这是一种气势磅礴、振聋发聩的呼喊，龚自珍也因而成为近代社会重要的启蒙者。

积雨辋川庄作①

王维

积雨空林烟火迟，蒸藜(lí)炊黍(shǔ)饷(xiǎng)东菑(zī)。②

漠漠水田飞白鹭，阴阴夏木啭(zhuǎn)黄鹂。③

山中习静观朝槿(jǐn)，松下清斋折露葵。④

野老与人争席罢，海鸥何事更相疑？⑤

①**积雨**：久雨。**辋**（wǎng）**川**：水名，在今陕西省蓝田县终南山下。**庄**：山庄，即别墅。　②**空林**：疏林。**迟**：缓慢。**藜**：一年生草本植物，新叶嫩苗可食。**黍**：一种粮食作物，俗称黄米。**饷**：用酒食等款待。**东菑**：指东边田地上劳动的农人。菑，田地。　③**漠漠**：密布的样子。**阴阴**：幽暗的样子。**啭**：鸟婉转地啼叫。　④**朝槿**：即木槿。落叶灌木，其花早晨开傍晚落。**清斋**：指素食。**露葵**：即葵菜。一种蔬菜，可煮着吃。　⑤**野老**：指作者自己。此句是说诗人随缘任遇，与人无碍，与世无争。语出《庄子·寓言》：杨朱从老子学道，路上旅舍主人欢迎他，客人都给他让座；学成归来，客人们却不再让座，而是与他争席。因为杨朱已得天地自然之道，与人们没有隔阂了。**“海鸥”句**：据《列子·黄帝篇》记载，有个人住在海边，天天与海鸥嬉戏。一天，他的父亲要他捉几只海鸥回家，等他再去海边时，海鸥只在空中盘旋着，不肯再接近他。因为他已存有机心，不能与外物融为一体。

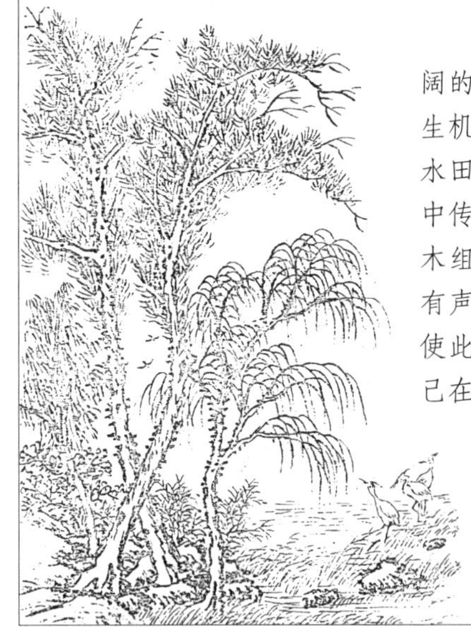

诗的首联写久雨初歇时辋川的景色，疏阔的树林里升起了袅袅炊烟，于幽静中透出生机。颔联写雨后之景。远处，苍茫空阔的水田上有白鹭飞过；近处，潮湿的夏木浓阴中传来黄鹂的叫声。白鹭、黄鹂、水田和夏木组成了一幅色彩鲜明的图画，动静相映，有声有色。诗人又以“漠漠”“阴阴”加以点染，使此联成为被广泛传诵的名句。后四句写自己在庄上的生活情事，达到物我两忘的境地。

全诗意境清空淡泊，兴味深远，表现了诗人隐居山林、脱离尘俗的闲情逸致，给人以美的享受，是王维田园诗的代表作。

登金陵凤凰台①

李白

凤凰台上凤凰游，凤去台空江自流。

吴宫花草埋幽径，晋代衣冠成古丘。②

三山半落青天外，二水中分白鹭(lù)洲。③

总为浮云能蔽日，长安不见使人愁。

①**金陵**：今江苏南京。**凤凰台**：旧址在今南京凤凰山。相传南朝刘宋时有凤凰翔集在此山上，因而建筑此台。 ②**吴宫**：三国时吴国的宫殿。**幽径**：僻静的小路。**晋代**：指东晋。**衣冠**：指豪门贵族。**丘**：坟墓。 ③**三山**：山名，在今南京市西南的长江边。**二水**：指被白鹭洲分开的秦淮河水。**白鹭洲**：即今南京市西南长江中的江心洲。

这就是传说中李白欲与崔颢争胜之作，全诗用《黄鹤楼》的原韵（其中只流、丘二韵不同），而且开篇句法也似乎有意仿效崔诗，十四字中凡三“凤”字、两“台”字，读来回环复沓，音韵流美。登台而望，所感极深。其中三山、二水、白鹭洲，皆金陵山水之名，对偶宛如天造地设。末联以“不见长安”暗点“登”字，言外寓有一片忠君忧国之情。二诗可谓气力相敌，各擅胜境。

崔颢

黄鹤楼①

昔人已乘黄鹤去，此地空余黄鹤楼。②

黄鹤一去不复返，白云千载空悠悠。③

晴川历历汉阳树，芳草萋(qī)萋鹦鹉洲。④

日暮乡关何处是，烟波江上使人愁。⑤

①**黄鹤楼**：旧址在今湖北武昌的黄鹤矶上。 ②**昔人**：指骑鹤的仙人。 ③**千载**：千年。**悠悠**：飘荡的样子。 ④**晴川**：指阳光照耀下的汉江。川，河流。**历历**：清楚分明的样子。**汉阳**：今武汉市汉阳区。**萋萋**：茂盛的样子。**鹦鹉洲**：长江中的小洲，后被淹没。 ⑤**乡关**：故乡。

诗的前两联写登临怀古，用动人的神话传说，就黄鹤一事反复吟咏，以兴起仙凡异路、今古存亡之叹。后两联描写眼前所见景物，以兴起异地乡关之思。开头三句“黄鹤”一词反复出现，颔联上句连用六仄韵，下句连用五平韵，兴到笔随，七律中实为创格。后半首韵律严整，文势却一气贯穿，转合自然。全诗意得象先，神行语外，自成千古绝调。据说李白登黄鹤楼，见此诗而叹道：“眼前有景道不得，崔颢题诗在上头。”

蜀相[①]

杜甫

丞相祠堂何处寻，锦官城外柏森森。[②]

映阶碧草自春色，隔叶黄鹂（lí）空好音。[③]

三顾频烦天下计，两朝开济老臣心。[④]

出师未捷身先死，长使英雄泪满襟（jīn）。[⑤]

①**蜀相**：指三国蜀汉的丞相诸葛亮。 ②**锦官城**：成都的别称。**柏森森**：柏树参天。③**映**：遮蔽，隐藏。 ④**三顾**：指刘备三顾茅庐向诸葛亮请教。**频烦**：即频繁，连续。**两朝**：指蜀国先主刘备和后主刘禅。**开济**：指开创大业、匡救危时。**老臣**：指诸葛亮。⑤**“出师”句**：指诸葛亮出兵伐魏没有成功，病逝在军中。**长**：永远。

诸葛亮是杜甫极其崇敬的宰相。这首诗为人们塑造了诸葛亮的形象，他具有远大的抱负、杰出的才能、高贵的品质和顽强的生命力，他用鞠躬尽瘁的精神创造过光辉的业绩，最终却未能完成志业，抱恨去世，成为一个悲剧性英雄人物。其“天下计”和“两朝开济”的最终目标都在北定中原，而因五丈原殉职，所有业绩亦皆付之东流。“出师未捷身先死，长使英雄泪满襟”，诗人抓住了诸葛亮这个悲剧性的结局来写，就能引起历代许多德才兼备而又作过顽强努力最终事业失败的仁人志士的强烈共鸣。

杜甫

江村

清江一曲抱村流，长夏江村事事幽。[①]
自去自来梁上燕，相亲相近水中鸥。
老妻画纸为棋局，稚子敲针作钓钩。[②]
但有故人供禄米，微躯此外更何求。[③]

①**抱**：环绕。**幽**：沉静，安闲。 ②**棋局**：棋盘。**稚子**：幼子。 ③**但有**：只要有。**故人**：老朋友。**微躯**：相当于贱体，是谦词。

在成都浣花草堂生活时期，是杜甫生活中相对平静的日子，这首诗即写诗人的悠闲之情。首联说长夏之时，乡村景物事事幽雅，第二句的“事事幽”为一诗之眼。中间两联分写江村幽事，梁间燕子时来时去，自由自在；江上白鸥忽远忽近，相伴相随，这是事物之幽。老妻画纸为棋局以消长夏，稚子敲针作鱼钩，各得其乐，此又见人事之幽。五、六两句以“老”对“稚”，以妻对子，极为亲切，宋人击节称赏。尾联以“此外更何求”关合“事事幽”，收足一篇主题。全诗朴直疏放，简净清真，代表了杜甫的另一种风格。

恨别

杜甫

洛城一别四千里，胡骑（jì）长驱五六年。①

草木变衰行剑外，兵戈阻绝老江边。②

思家步月清宵立，忆弟看云白日眠。③

闻道河阳近乘（chéng）胜，司徒急为破幽燕。④

①**洛城**：即洛阳。**胡骑**：指安禄山、史思明的叛军。**五六年**：指天宝十四年（755）安禄山叛乱，到上元元年（760）杜甫飘泊至成都时已经五六年了。 ②**剑外**：也叫剑南，代指蜀地。**兵戈**：指战争。**江边**：指锦江边。 ③**步月**：在月下徘徊。**清宵**：清静的夜晚。 ④**河阳近乘胜**：指李光弼指挥唐朝军队在河阳西渚大败史思明叛军。**司徒**：指李光弼，当时为检校司徒。**破幽燕**：指直捣叛军根据地。幽燕，今河北北部及辽宁一带，当时是史思明叛军的巢穴。

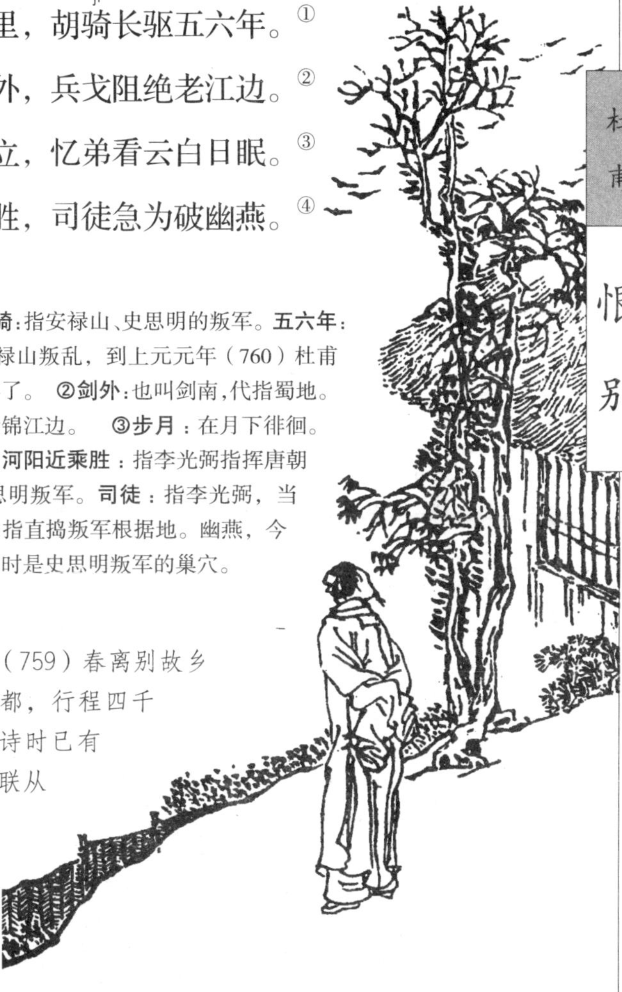

杜甫于乾元二年（759）春离别故乡洛阳，飘泊辗转至成都，行程四千里；安史乱起至作此诗时已有五六年之久。诗的首联从家国之恨的角度来写离别。颔联描述诗人流落蜀中的情况，一“老”字令人黯然神伤。颈联“思家”“忆弟”互文见义，“清宵”本是眠时，偏说“立”而“步月”；“白日”本是“立”时，偏说“眠”而“看云”，以这种“宵立昼眠，忧而反常”的细节描写婉转曲折地表达出思家忆弟的深情，是历代广为传诵的名句。尾联抒写诗人听到唐军连战连捷的喜讯，盼望尽快破幽燕、平叛乱，其急切之情溢于言表。全诗格老气苍，是杜甫七律诗中的佳作。

客至

杜甫

舍南舍北皆春水，但见群鸥日日来。①

花径不曾缘客扫，蓬门今始为君开。②

盘飧(sūn)市远无兼味，樽(zūn)酒家贫只旧醅(pēi)。③

肯与邻翁相对饮，隔篱呼取尽余杯。④

①**舍**：房屋。**但见**：只见。　②**缘**：为了。**蓬门**：用蓬草编成的门。形容居处简陋。③**盘飧**：盘中的菜肴。飧，熟食。**兼味**：两种以上的菜。**樽**：酒杯。**醅**：没有过滤的浊酒。　④**肯**：愿意。**呼取**：唤得。取，语助词。

此诗写嘉客临门的喜悦。开篇并不立即描写会面的情景，而是点出当时的环境与气氛，以兴起下文的描写和抒情。颔联以流水对入题，“花径不曾缘客扫”，从今开始为君而扫；蓬门不曾为客开，“今始为君开”，上下两意，交互成对，一种强烈的喜悦和感激之情溢于言表。颈联由会面再进一步写到盛情款待，使题中“至”字足意。尾联继续写款待，但从另一方面来着笔，就“客”字生情，因客至须有人作陪。全诗前面四句写客至，有空谷足音之喜；后面四句写留客，见村家真率之情，令人百读不厌。

闻官军收河南河北[1]

杜甫

剑外忽传收蓟(jì)北，初闻涕泪满衣裳。[2]

却看妻子愁何在，漫卷诗书喜欲狂。[3]

白日放歌须纵酒，青春作伴好还乡。[4]

即从巴峡穿巫峡，便下襄阳向洛阳。[5]

①**官军**：指唐朝政府的军队。**收**：收复。**河南河北**：今河南洛阳一带及河北北部。②**剑外**：唐人称剑阁以南的蜀中地区为剑外。**蓟北**：在今河北省北部，当时是安史叛军的根据地。**涕泪**：眼泪。 ③**却看**：回过头看。**漫卷诗书**：胡乱地卷起书本。漫，随意。 ④**放歌**：放声歌唱。**纵酒**：开怀痛饮。**青春**：指春天。 ⑤**即**：就。**巴峡**：四川境内的一段峡谷。**巫峡**：长江三峡之一，在今四川巫山县东。**襄阳**：地名，在今湖北省。**洛阳**：地名，在今河南省，是杜甫的老家。

唐代宗广德元年（763），延续七年多的“安史之乱”终被平定。杜甫其时正流寓梓州，闻讯惊喜欲狂，写下了这首“生平第一快诗”。起句点题，直叙喜讯。第二句“初闻”紧承“忽传”，“涕泪满衣裳”之“满”字，形容喜极而悲、百感交集的情状。颔联写悲痛过后产生的狂喜，用了“却看妻子”“漫卷诗书”两个生活细节来渲染“喜欲狂”的感情。颈联承上启下，上句写“狂”态，下句则由“喜”进一步发展为“还乡”的“狂”想，启下一联。尾联由“还乡”之思鼓起想象的双翼，身在梓州，心已飞回故乡。一联中连用四个地名，既句中自对又前后对偶，是杜诗中的名句。

杜甫

登高

风急天高猿啸哀，渚(zhǔ)清沙白鸟飞回。①

无边落木萧萧下，不尽长江滚滚来。②

万里悲秋常作客，百年多病独登台。③

艰难苦恨繁霜鬓，潦倒新停浊酒杯。④

①**渚**：水中间的小块陆地。**鸟飞回**：群鸟盘旋不去。 ②**落木**：落叶。**萧萧**：风吹叶落的声音。 ③**万里**：指远离故乡。**常作客**：经常客居在外乡。**百年**：指一生。④**繁霜鬓**：白发多。**潦倒**：指因病而身体衰颓。**新停浊酒杯**：指因肺病而戒酒。新停，新近停止。

唐代宗大历二年（767）重阳日，杜甫在夔州登高抒怀，写下了这首著名的七律。首联连举风、天、猿、渚、沙、鸟六种景物，点明了节序和环境，烘染了浓郁的秋意。颔意高瞻远瞩，极目万树苍茫的秋山林木和奔腾不息的长江，视野辽阔，气势磅礴，被誉为“古今独步”的“句中化境”。颈联意蕴丰厚，“万里悲秋”“百年多病”，写尽了诗人在“安史之乱”中的流离坎坷，实为诗人一生经历的高度概括。尾联承上再作补充，将家国身世之悲写得更具体、更深沉。全诗通篇皆对，前半写景，后半抒情，情景交融，格调沉郁，气象浑厚，有“古今七律第一”之称。

曲江二首（其一）①

杜甫

一片花飞减却春，风飘万点正愁人。

且看欲尽花经眼，莫厌伤多酒入唇。②

江上小堂巢翡（fěi）翠，苑边高冢（zhǒng）卧麒麟（qí lín）。③

细推物理须行乐，何用浮名绊此身。④

①**曲江**：又叫曲江池，是著名的游览胜地，故址在今陕西西安城南。 ②**经眼**：过目。**伤**：过度。此联是说，“安史之乱”使长安城遭受了严重的破坏。 ③**翡翠**：一种生活在水边的鸟。**苑**：指芙蓉苑，在曲江的西南面。**卧麒麟**：指石雕的麒麟倒在地上。 ④**物理**：事物的规律。**浮名**：虚名。这里指作者担任的左拾遗一职。

唐肃宗乾元元年（758）春，杜甫在左拾遗任上，身居谏官，无法尽职，故而借伤春来排遣怀抱。花飞则春残，谁不知之？不知飞一片而春便减，首联造语奇特。颔联写伤春意绪无法驱遣，只能借酒浇愁，着意在“花”，带出“酒”字。“且看欲尽花”“莫厌伤多酒”五字为句，下缀以“经眼”“入唇”，句法奇妙。“只一落花，连写三句，极反复曲折之妙。接入第四句，魂消欲绝。”（蒋弱六语）颈联由花写到人事，字里行间流露出乱后劫余之感。尾联“细推物理”总结上二联之意，以自我排遣的笔墨作结。

杜甫

曲江二首（其二）

朝(cháo)回日日典春衣，每日江头尽醉归。①

酒债寻常行处有，人生七十古来稀。②

穿花蛱(jiá)蝶深深见，点水蜻蜓款款飞。③

传语风光共流转，暂时相赏莫相违。④

①**典**：典当。 ②**寻常**：平常。 ③**蛱蝶**：蝴蝶。**款款**：徐缓的样子。 ④**传语**：寄言。**流转**：运行变化。

第二首写典衣买醉，赏春行乐。首联两句形成反差：日日典衣，是极其贫困；而专为买酒尽醉，又极其洒脱。起笔便于颓放之中见奇崛之气。颔联紧承上联的意思，说人生苦短，正当及时行乐，颇有魏晋风度。借“寻常”对“七十”，风趣可爱。颈联又忽作景语，写曲江春景。“深深”“款款”平常二词，妙在用“穿”和“点”字贯之，见出诗人体物的精微工细，深受后人好评。尾联表达了诗人留恋春光之意。杜甫写这两首诗后数月即被贬出京，诗中所写的及时行乐之情实则包含着诗人政治上的苦闷，所以有人说诗人“作流连光景语，其意甚于痛哭”。

秋兴八首（其一）①

杜甫

玉露凋伤枫树林，巫山巫峡气萧森。②

江间碧波兼天涌，塞上风云接地阴。③

丛菊两开他日泪，孤舟一系故园心。④

寒衣处处催刀尺，白帝城高急暮砧（zhēn）。⑤

①**兴**：感兴。 ②**玉露**：白露。**凋伤**：使草木枯黄凋谢。**巫山巫峡**：指夔（kuí）州一带的长江和两岸山峦。**萧森**：萧瑟阴森。 ③**江间**：指巫峡。**兼天**：连天。④**丛菊两开**：菊花开了两次，即两年。丛，丛生。**他日**：往日，前日。**一系**：永系。**故园心**：指思乡之情。 ⑤**催刀尺**：催人赶制冬衣。刀尺，裁剪衣服的工具。**白帝城**：在今四川奉节白帝山上。**急暮砧**：傍晚急促的捣衣声。砧，捣衣石。

《秋兴八首》是大历元年（766）秋杜甫在夔州所作，连章式的八首诗抒写了诗人身世漂泊之感和思念家乡、追怀故国的心情，是杜甫律诗的代表作。本篇是这组诗的第一篇，描写了夔州秋天的景色。首联点明季节和地点，着力渲染巫山巫峡的深秋气氛。颔联具体描写三峡的景色，意境壮阔。颈联抒写思念故国的心情，成为这组诗的纲目。尾联以砧声收束，烘托出客子悲秋之感。在结构上，前四句写景，隐含时事，让人想见国家丧乱凋残的景象；后四句写诗人的悲秋心事，气韵雄浑，章法谨严。

杜甫

九日蓝田崔氏庄①

老去悲秋强(qiǎng)自宽，兴来今日尽君欢。

羞将短发还吹帽，笑倩(qìng)旁人为正冠。②

蓝水远从千涧落，玉山高并两峰寒。

明年此会知谁健，醉把茱萸(zhū yú)仔细看。③

①**蓝田**：今陕西蓝田县。　②**倩**：请求。**正冠**：整理帽子。　③**茱萸**：一种有香气的植物。

乾元元年（758）五月，杜甫任华州司空参军，重九日，借登高宴饮，作此诗以自伤迟暮蹭蹬。首联对仗工整，“老去”对“兴来”，是一篇纲领。颔联翻用孟嘉落帽故事。据《晋书》记载，孟嘉为大司马桓温参军，九日游龙山，风吹落孟嘉帽，孟嘉全然不觉。孟嘉以落帽不顾为风流，显出魏晋名士风流蕴藉之态。杜甫反用此典，写自己害怕风吹落帽，露出萧疏短发，显出老态，所以笑请旁人正冠，别有一番滋味。颈联推开一层，写蓝田庄景象之壮观，蓝水奔泻，落自千涧；玉山双峰，拔地而起。此联造语警拔，笔力遒劲，在律诗的写法上乃是截断众流之句。尾联设想明年之会，对未来充满忧伤情绪。“醉看茱萸”将全篇的精神收拢，不置一言，却有万千言语在其中。全诗“字字亮、笔笔高”，兔起鹘落，跌宕腾挪，是杜诗七律之上品。

南邻①

杜甫

锦里先生乌角巾，园收芋（yù）栗（lì）未全贫。②

惯看宾客儿童喜，得食阶除鸟雀驯。③

秋水才深四五尺，野航恰受两三人。④

白沙翠竹江村暮，相送柴门月色新。⑤

①**南邻**：指朱山人，住在杜甫成都浣花草堂的南面。　②**锦里先生**：指朱山人。锦里，成都地名。**乌角巾**：四方有折角的黑色头巾，常为隐士所戴。　③**阶除**：台阶。④**野航**：指乡村摆渡小船。　⑤**柴门**：指锦里先生家的门。

杜甫在成都草堂居住时，南邻好友是一位隐逸之士，自称“锦里先生”，此诗写的就是这位邻居仁厚的性格和好客的热情。全诗分为两截，前半叙事，是一幅山庄访隐图；后半写景，是一幅江村送客图。首联写南邻的身份、家境，“未全贫”则凸现隐士安贫乐道、自得其乐的性格。颔联用倒装句式，只就“儿童”“鸟雀”来写南邻的好客忘机，情怀自妙。颈联流水对法，“才”“恰”二字巧妙地显现了诗人喜悦、安详的主观情感，成为天然好句。尾联写景清彻，以“暮”和“月色”暗示停留整日，相送中再次显示南邻的好客热情。

杜甫

咏怀古迹五首（其三）

群山万壑(hè)赴荆门，生长明妃尚有村。①
一去紫台连朔漠，独留青冢(zhǒng)向黄昏。②
画图省识春风面，环珮(pèi)空归月夜魂。③
千载琵琶作胡语，分明怨恨曲中论。④

①**荆门**：山名，在湖北宜都西北。**明妃**：王昭君。**村**：昭君村，在今湖北兴山县。②**紫台**：皇宫。**连**：联姻的意思。**朔漠**：北方沙漠地区。**青冢**：指王昭君墓。 ③**省识**：认识。**春风面**：指王昭君的美貌。**环珮**：古代妇女的装饰品。这里借指王昭君。④**胡语**：即胡音，指北方少数民族的乐曲。**论**：叙说。

此诗描写王昭君的不幸遭遇。首联写昭君故乡乃山水灵秀之气所独钟，写景中实寓赞美之意。颔联概述昭君一生的凄凉遭遇，上句写她离开汉宫，远嫁匈奴；下句说她身死异邦，犹眷恋祖国。颈联转而揭露汉元帝昏庸，“空归”二字充满着作者无穷的感叹与同情。尾联借琵琶琴曲来抒写昭君的千古遗恨。全诗刻画昭君悲剧形象，不着议论而意味深长。后人评论说，诗人咏明妃而为千古负才不遇者痛惜，道出了诗人的用意。

阁夜①

杜甫

岁暮阴阳催短景，天涯霜雪霁(jì)寒宵。②

五更鼓角声悲壮，三峡星河影动摇。③

野哭千家闻战伐，夷歌数处起渔樵(qiáo)。④

卧龙跃马终黄土，人事音书漫寂寥。⑤

①**阁**：指夔州西阁。 ②**岁暮**：冬季。**阴阳**：日月。**短景**：指冬季昼短夜长。**天涯**：天边，这里指夔州。**霁**：雨雪停止，天气转晴。 ③**鼓角**：鼓声和角声，古代军中以鼓角报时。**星河**：星星和银河。 ④**战伐**：战争。**夷歌**：当地少数民族的歌谣。**渔樵**：捕鱼和打柴的人。 ⑤**卧龙**：指诸葛亮。**跃马**：指东汉的公孙述。语出左思《蜀都赋》："公孙跃马而称帝。"意指公孙述在西汉末年乘乱据蜀称帝。**漫**：任随。

一个深冬的夜晚，寄居在夔州西阁的诗人忧国伤怀，写下了这首诗。首联用流水对起题，突出时光之速与雪后之寒。颔联写深夜见闻。因人心不欢，所以"鼓角声悲"；人心不宁，故"星河动摇"。写景中寓含诗人的无限情思，是历来传诵的名句。颈联转笔写时局和自己的境遇，更加沉痛悲哀。尾联抒写作者心中的无限感慨：历史上的风云人物诸葛亮和公孙述最终都化为一抔黄土，我对于人事和音书，如今也只好任其寂寞了。全诗通过诗人寒冬雪夜的所见所闻，真实地反映了安史之乱后军阀混战、人民涂炭的惨痛现实，表现了诗人对国家、对人民命运的深切关怀。

韦应物

寄李儋元锡①

去年花里逢君别，今日花开又一年。

世事茫茫难自料，春愁黯（àn）黯独成眠。②

身多疾病思田里，邑（yì）有流亡愧俸（fèng）钱。③

闻道欲来相问讯，西楼望月几回圆。④

①**李儋（dān）元锡**：李儋，字元锡，曾任殿中侍御史。 ②**黯黯**：浓郁的样子。③**邑**：指苏州。**流亡**：外出逃荒的人。**愧俸钱**：对拿国家的俸禄感到惭愧。 ④**闻道**：听说。**问讯**：探望。**西楼**：又叫观风楼，在苏州。

韦应物于建中四年（783）任滁州刺史，至兴元元年（784）春，转瞬已是一年。其间战乱不息，赋税日重，诗人感到前景茫茫，给远在长安的朋友写了这首诗作。诗的五、六句乃全诗之警策，仔细品味，“思田里”的真正原因是深疚于“邑有流亡”，诗人倒装因果，先讲思归而后落到“邑有流亡愧俸钱”，意蕴上就倍见沉痛。这两句被后人认为是“仁者之言”，历来受到好评。

左迁至蓝关示侄孙湘①

韩愈

一封朝奏九重天，夕贬潮州路八千。②

欲为圣明除弊事，肯将衰朽惜残年。③

云横秦岭家何在？雪拥蓝关马不前。④

知汝远来应有意，好收吾骨瘴(zhàng)江边。⑤

①**左迁**：降职。古代尚右，故称贬谪为左迁。**蓝关**：即蓝田关，在今陕西蓝田县南。**侄孙湘**：即韩湘，是韩愈的侄儿韩老成的儿子。 ②**一封**：一份谏书，即《论佛骨表》。**九重天**：指皇宫。**潮州**：今广东潮州市。 ③**圣明**：指皇帝。**弊事**：有害的事情，指迎佛骨事。**肯**：岂。**衰朽**：老迈无能。**残年**：犹谓老命。 ④**秦岭**：横贯山西南部的山脉。 ⑤**汝**：你，指韩湘。**瘴江边**：指潮州。潮州有潮江，当时那里湿热多瘴气。

元和十四年（819），唐宪宗迎佛骨于宫中，韩愈上表力谏，得罪被贬潮州，行至蓝田关时，其侄孙韩湘前来送行，诗人写下了这首情思激愤的七律。首联“朝奏”“夕贬”，点明事出意外，得祸之速。颔联正面抒写忠而获罪的怨愤和坚守正道老而弥坚的志向，这两句为一篇之骨。颈联以有形的层云和大雪，抒写自己难以言状的愁绪，上句寓迁谪之感，下句怀恋阙之心，融情入景，意境深远。尾联补足题面，向韩湘交代后事，语极酸楚。全诗叙事、写景、抒情融为一体，格律谨严而笔势纵横，一气直下，是历来传诵的名篇。

刘禹锡

酬乐天扬州初逢席上见赠[1]

巴山楚水凄凉地，二十三年弃置身。[2]

怀旧空吟闻笛赋，到乡翻似烂柯（kē）人。[3]

沉舟侧畔（pàn）千帆过，病树前头万木春。[4]

今日听君歌一曲，暂凭杯酒长精神。[5]

①**酬**：酬答。**乐天**：白居易字乐天。**初逢**：刚见面。 ②**巴山楚水**：泛指作者被贬谪过的四川、湖南、安徽一带。作者曾先后被贬为朗州（今湖南常德）司马、夔州刺史等职。**二十三年**：作者从 805 年被贬到 827 年应召回京，前后共 23 年。**弃置**：指被贬谪。 ③**怀旧**：怀念老朋友。**闻笛赋**：西晋向秀经过亡友嵇康的旧居，听见邻人吹笛，不胜悲伤，作《思旧赋》。闻笛赋即指此。**翻似**：倒好像。**烂柯人**：据《述异记》记载，晋人王质进山砍柴，见两个童子下棋，看到一局结束，发现身旁的斧头柄已经烂掉。回到家里，才知已经过了百年，原来的家人和邻居都死了。这里“烂柯人”引申为隔世之人。柯，斧头柄。 ④**侧畔**：旁边。 ⑤**君**：指白居易。**歌一曲**：指白居易的赠诗《醉后赠刘二十八使君》。**暂凭**：暂且凭借。**长**：增长。

唐文宗宝历二年（827），刘禹锡与白居易同时应召返回洛阳，两人在扬州相遇，白居易作诗对刘禹锡长期被贬的遭遇表示深切同情，刘禹锡则写下了这首酬答诗。诗的前四句分别从地、身、赋、人等方面把自己的沉沦之悲写足，抒发了长期被贬的深沉感慨。“沉舟”一联写自然界中新陈代谢的规律，哲理、诗情和鲜明的诗歌形象融为一体，它表现了诗人不因个人沉沦困顿而颓唐感伤的开阔胸襟和奋发向上的精神面貌，这种积极的人生态度成为诗人在逆境中顽强生活的精神支柱，这是刘禹锡比一般诗人站得高、看得远的地方。

钱塘湖春行①

白居易

孤山寺北贾(jiǎ)亭西，水面初平云脚低。②

几处早莺争暖树，谁家新燕啄(zhuó)春泥。

乱花渐欲迷人眼，浅草才能没马蹄。

最爱湖东行不足，绿杨阴里白沙堤。③

①**钱塘湖**：即杭州西湖。　②**孤山寺**：孤山是西湖里湖和外湖之间的一座小山，山上有寺。**贾亭**：唐代贾全任杭州刺史时，在西湖边造的一座亭子，人称贾亭，又叫贾公亭。**云脚**：指流荡不定像在行走的云气。　③**行不足**：逛不够。**白沙堤**：又名白堤，是西湖的两条长堤之一。

白居易任杭州太守时，对西湖美景作了多方面的描绘，写下了不少诗篇，这是其中脍炙人口的一篇。首联既点出“钱塘湖”，又点明了季节和天气：早春的一天，雨后初晴。两句句中自对，构成一种顾盼自如的风调。中间两联写游赏西湖时俯仰所见的景物，早莺、新燕是报春的使者，乱花、浅草是江南初春的信息，它们都是西湖初春时最鲜明的特征。尾联以咏叹的笔调表达对西湖早春风光的激赏与流连。全诗优游不迫，有意到笔随之妙，典型地体现了白诗的风格。

柳宗元

登柳州城楼寄漳汀封连四州①

城上高楼接大荒，海天愁思正茫茫。②

惊风乱飐(zhǎn)芙蓉水，密雨斜侵薜荔(bì lì)墙。③

岭树重遮千里目，江流曲似九回肠。④

共来百越文身地，犹自音书滞(zhì)一乡。⑤

①**漳汀**（tīng）**封连**：漳，漳州（今福建龙溪）；汀，汀州（今福建长汀）；封，封州（今广东封开）；连，连州（今广东连县）。柳宗元的友人韩泰、韩晔、陈谏、刘禹锡等四人与柳宗元同时遭贬，时任这四州的刺史。 ②**接**：目接，看到。**大荒**：广阔无边的原野。 ③**飐**：风吹使颤动。**芙蓉**：荷花。**薜荔**：一种常绿的藤本植物，常常缘墙而生。 ④**岭树**：山上的树木。**重遮**：层层遮住。 ⑤**百越**：泛指五岭以南的少数民族地区。**犹自**：仍然。**音书**：音讯。**滞**：阻隔。

元和十年（815），柳宗元初贬柳州，登楼而怀念昔日战友，写下了这首名作。首联应题，写登楼时的总体感受。中间两联写望中所见，颔联为望中近景，颈联是望中远景。尾联回扣题面，直抒感慨，点明寄友的情意。诗人给所描写的景物赋予了一定的象征意义，“惊风”“密雨”象征着诗人遭受迫害的险恶的政治环境，那芳洁的芙蓉、薜荔在惊风密雨中饱受侵凌的凄苦景象，正是诗人在政治上颇受打击的自我写照。诗人效法屈原《离骚》“美人香草”的手法，将外在实景与个人心境融合无间，对仗工整，抒情婉曲深挚。

遣悲怀三首（其二）

元稹

昔日戏言身后意，今朝都到眼前来。①

衣裳已施行看尽，针线犹存未忍开。②

尚想旧情怜婢（bì）仆，也曾因梦送钱财。

诚知此恨人人有，贫贱夫妻百事哀。③

①**戏言**：开玩笑的话。**身后意**：对死后的设想。 ②**施**：给与。**行看尽**：眼看快完了。③**诚知**：确实知道。

元稹妻韦丛死后，诗人写过很多诗篇悼念她，最有名的是三首七律《遣悲怀》，此诗为第二首。前两句足见夫妻生前情笃，且有无限悲凉凄苦之意。中间两联举出四件生活琐事反挑首句的“戏言”，由物及人，由婢仆至亲友，以少总多，写出种种哀思沉痛。第七句以“此恨人人有”先宕开一层，说夫妻死别乃人世常事；末句以“贫贱夫妻”有力地收回，说自己与世人不同，因亡妻与自己共处贫贱，吃尽苦辛，故今日触目伤情，百事堪哀。全诗字字真挚，声与泪俱，颇能动人心弦。

咸阳城西楼晚眺①

许浑

一上高城万里愁，蒹葭(jiān jiā)杨柳似汀(tīng)洲。②
溪云初起日沉阁，山雨欲来风满楼。③
鸟下绿芜(wú)秦苑(yuàn)夕，蝉鸣黄叶汉宫秋。④
行人莫问当年事，故国东来渭(wèi)水流。⑤

①**咸阳**：秦代都城，在今陕西咸阳市东。**眺**（tiào）：远望。②**蒹葭**：芦苇一类的水草。**汀洲**：水中小洲。③**日沉阁**：夕阳沉没在寺阁的后面。④**绿芜**：绿色的荒草。**秦苑**：秦代遗留下来的皇家花园。⑤**行人**：旅行的人，作者自指。**当年事**：指秦汉兴亡之事。

咸阳是秦代古都，诗人经常在此地登临吊古。这首诗写的是一个秋天的傍晚，作者登楼远眺的情景，其中三、四两句是传诵千古的名句，山雨欲来，日沉阁后，风满楼头，绘形绘色绘声，状自然现象的急剧变化如在目前。尤其是“山雨欲来风满楼”一句，既实写了暴风雨来临前的征兆，又巧妙地暗喻当时政治局势的危急多变，同时又给读者留下了广阔的想象空间和思考的余地。

许浑（?—约858），字用晦，润州丹阳（今属江苏）人。唐文宗大和六年（832）进士，官监察御史，转为睦、郢二州刺史。后移家京口（今江苏镇江）丁卯涧，世称『许丁卯』。其诗长于律体，句法圆润工整，当时颇受杜牧、韦庄等人称道，后世也被陆游推为晚唐的『杰作』。有《丁卯集》。

锦瑟[1]

李商隐

锦瑟(sè)无端五十弦，一弦一柱思华年。[2]

庄生晓梦迷蝴蝶，望帝春心托杜鹃。[3]

沧海月明珠有泪，蓝田日暖玉生烟。[4]

此情可待成追忆，只是当时已惘(wǎng)然。[5]

①**锦瑟**：精美的瑟。瑟，一种弦乐器，像琴。　②**无端**：无意，无心。**柱**：调整弦音调高低的支柱。**华年**：美丽的青春。　③**“庄生”句**：据《庄子·齐物论》说，庄周梦见自己变成了蝴蝶，醒来后感到迷茫，不知是庄周梦为蝴蝶，还是蝴蝶梦为庄周。晓梦，梦醒。**望帝**：传说中古蜀国的君主，名杜宇，死后魂魄化为杜鹃鸟，鸣声凄哀。**春心**：伤春的情思。**托杜鹃**：指望帝把他的悲痛寄托在杜鹃的悲啼声中。托，寄托。　④**沧海**：大海。**珠有泪**：古代传说南海外有鲛人，像鱼一样在海里生活，哭泣时眼泪会变成珍珠。**蓝田**：山名，在今陕西蓝田东南，是著名的产玉之地。**玉生烟**：指阳光照耀下玉山散发出烟霭。　⑤**可待**：岂待。**惘然**：惆怅的样子。

“一篇锦瑟解人难”，本诗以朦胧著称，对诗的主题解说历来众说纷纭。联系作者的生平经历，以自伤身世说为最优。首联以锦瑟的“五十弦”的形制及其悲凄的乐音引发“华年”之思。颔联自伤身世，此生迷惘失落，如庄生梦蝶；此生可伤可痛，直教人痛哭泣血。颈联写身世沉沦废弃，不为世用，所有向往与追求有如良玉生烟，似有实无。尾联则回应首联，点明“思华年”的感受。全诗悲怆的情思、声韵和珠圆玉润的诗歌语言相结合，展示着美好事物走向衰亡的悲剧美。

李商隐

无题二首（其一）

昨夜星辰昨夜风，画楼西畔桂堂东。①

身无彩凤双飞翼，心有灵犀（xī）一点通。②

隔座送钩春酒暖，分曹射覆蜡灯红。③

嗟（jiē）余听鼓应官去，走马兰台类转蓬。④

①**画楼**：雕饰华丽的楼房。**桂堂**：华美的堂屋。 ②**彩凤**：彩色的凤凰。**翼**：翅膀。**灵犀**：传说犀牛角中有白纹如线，直通两头，感应灵敏，故称“灵犀”。此句比喻两心相通。 ③**送钩**：将钩藏在手中叫人猜的游戏。**分曹**：分队。**射覆**：把东西隐藏在器皿下叫人猜，也是古代的一种游戏。射，猜。 ④**嗟**：叹词。**余**：我。**鼓**：报时的更鼓。**应官**：办公。**兰台**：即秘书省，掌管图书秘籍。**类**：似。**转蓬**：蓬草冬天干枯，风中四处飘飞。诗中多用来比喻人生飘泊无依。

这首诗抒写对意中人的深切怀想。颔联是千古传诵的名句，彩凤比翼双飞，常用作美满爱情的象征，这里用“身无彩凤双飞翼”象征爱情间阻；“灵犀一点通”象征相爱双方心灵的契合与暗通。两句中“身无”与“心有”相映照，写出了间隔中的契合，苦闷中的欣喜，寂寞中的慰藉。相爱双方不能谐合，本是深刻的痛苦，身虽不能接但心暗通，又是莫大的慰藉与欣喜。

无题

相见时难别亦难，东风无力百花残。①

春蚕到死丝方尽，蜡炬成灰泪始干。②

晓镜但愁云鬓改，夜吟应觉月光寒。③

蓬山此去无多路，青鸟殷勤为探看。④

①**东风**：春风。　②**丝**：双关语，与“思”谐音。**蜡炬**：蜡烛。**泪**：指烛泪，即蜡烛燃烧时流下的油脂。　③**晓镜**：早晨照镜子。**但**：只。**云鬓**：形容妇女浓黑而轻柔的头发。　④**蓬山**：即蓬莱山，传说中的海上仙山。这里借指对方的住处。**青鸟**：神话中为西王母送信的神鸟。这里借指信使。

李商隐的无题诗往往寄托一种虚泛而抽象的情绪，这首诗就是一个典型。诗中以“春蚕”“蜡烛”的比喻来强调相思之情的悠长无尽和别离之恨的绵绵不绝，但由于用了“到死”“方尽”“成灰”“始干”这些间语，又使它在表达爱情的真挚执着的同时，透露出一种浓厚的悲剧情调。明知追求无望，而无望中仍要追求，追求本身即是目的，根本就不考虑希望之有无：其中分明寄托着诗人自己的身世之感。

罗隐

绵谷回寄蔡氏昆仲①

一年两度锦江游，前值东风后值秋。②

芳草有情皆碍马，好云无处不遮楼。

山牵别恨和肠断，水带离声入梦流。

今日因君试回首，澹(dàn)烟乔木隔绵州。③

①**绵谷**：今四川广元。**昆仲**：兄弟。　②**锦江**：江名，在今四川成都。**值**：遇。**东风**：即春风。　③**澹烟**：轻烟。**乔木**：大树。**绵州**：今四川绵阳。

罗隐在成都时结识了蔡氏兄弟，后到绵谷，蔡氏兄弟还在成都，因有回寄。此诗追忆昔游，抒发对友人的怀念之情。首联叙事，字里行间流露出一年春秋两次游览锦江美景的喜悦之情。颔联以景传情，芳草通人情，羁绊着游人的马蹄，想留住游客；好云解人意，故意轻轻地遮去他们即将在那儿告别的楼阁。颈联以山断水流拟离别与相思：山势忽断，正如眼前之分别；水长流不断，恰似日后无穷的怀念和难遣的梦思。尾联绾合分别双方，“隔”字流露无限惆怅。

贫女

秦韬玉

蓬门未识绮(qǐ)罗香，拟托良媒益自伤。①

谁爱风流高格调，共怜时世俭梳妆。②

敢将十指夸针巧，不把双眉斗画长。③

苦恨年年压金线，为他人作嫁衣裳。④

①**蓬门**：用蓬草编的门。指贫穷人家。**绮罗香**：贵族妇女的华丽服饰。**拟**：打算。 ②**风流**：风雅潇洒。**格调**：气度。**怜**：爱。**时世**：当今。**俭梳妆**：指奇形怪状的打扮。俭，通“险”，怪异。 ③**斗**：比赛。 ④**苦恨**：深恨。**压金线**：用金线绣花。

这首诗名为咏贫女，实为咏贫士。首联写贫女的家境。颔联说明“自伤”的原因：世人只知追求时髦恶俗的梳妆打扮，无人欣赏贫女的高雅脱俗的风流格调。颈联写贫女的自矜自负和对世俗的鄙弃，以流水对的方式，在婉曲哀怨中见出孤芳自赏之意。尾联是对年年辛苦、为他人作嫁衣的酸楚的哀叹。全诗字里行间流露出诗人怀才不遇、寄人篱下的怅恨。

秦韬玉，字中明，京兆（治今陕西西安）人。唐僖宗中和二年（882）进士，官至工部侍郎。其诗典丽工整，以七律见长。有《秦韬玉诗集》。

村行

王禹偁

马穿山径菊初黄，信马悠悠野兴长。①

万壑(hè)有声含晚籁(lài)，数峰无语立斜阳。②

棠梨叶落胭(yān)脂色，荞(qiáo)麦花开白雪香。③

何事吟余忽惆怅(chóuchàng)？村桥原树似吾乡！④

①**信马**：骑着马任意行走。**野兴长**：郊游的兴趣浓厚。②**壑**：山沟。**晚籁**：傍晚时自然界的声响。③**棠梨**：即杜梨，落叶乔木。④**何事**：为什么。**吟余**：吟诗以后。

宋太宗淳化二年（991），王禹偁贬任商州团练副使，其间寄情山水，聊以自慰，这首山行即景诗就作于此时。首联说信马山行，不计远近。颔联写万壑因傍晚野风吹动而自成天籁，数峰静立，仿佛能语而无语。颈联从色、香处写所见草木之美景。尾联即景抒怀，流露出对故乡的思念之情。

王禹偁（954—1001），字元之，北宋济州巨野（今属山东）人。宋太宗太平兴国八年（983）进士，曾任右拾遗、翰林学士等官。为人刚直，三次遭贬。他反对五代和宋初的浮靡文风，主张诗歌创作学习杜甫、白居易，文章学习韩愈、柳宗元，开北宋诗文革新运动先河。其诗简古朴素，富于现实性。有《小畜集》。

林逋（bū）（967—1029），字君复，北宋钱塘（今浙江杭州）人。早年浪游江淮间，后隐居杭州西湖孤山二十年，终身不仕，也不婚娶，种梅养鹤，人称『梅妻鹤子』。卒谥和靖先生。其诗多写隐逸生活和闲适情趣，风格淡远，词采秀美。有《林和靖诗集》。

林逋

山园小梅

众芳摇落独暄妍（xuān yán），占尽风情向小园。①

疏影横斜水清浅，暗香浮动月黄昏。②

霜禽欲下先偷眼，粉蝶如知合断魂。③

幸有微吟可相狎（xiá），不须檀（tán）板共金樽（zūn）。④

①**众芳**：百花。**暄妍**：明媚鲜丽。**占尽风情**：指独占风光。**向**：在。②**疏影**：指梅枝疏朗的影子。**暗香**：指梅花的幽香。③**霜禽**：白色的鸟，指白鸥、白鹭等。**偷眼**：偷看。**合**：应该。**断魂**：销魂，即心驰神往。④**狎**：亲近。**檀板**：檀木做的拍板。这里泛指乐器。**金樽**：珍贵的酒杯。

这首诗的三、四两句被誉为咏梅的绝唱，一写梅姿的清瘦，一写梅香的淡远，分别以清浅的水影和朦胧的月色作为衬托，因此深得梅花品格高洁、不染尘俗的风骨，写出了梅花的神韵，“疏影”“暗香”自此成了梅花的代名词。

晏殊

寓意

油壁香车不再逢，峡云无迹任西东。①

梨花院落溶溶月，柳絮(xù)池塘淡淡风。

几日寂寥伤酒后，一番萧索禁烟中。②

鱼书欲寄何由达，水远山长处处同。③

①**油壁香车**：古代女子乘坐的轻便车，因车壁涂以油漆而得名。**峡云**：巫山上的云彩。古诗文里常以峡云象征恋爱中的女方。 ②**伤酒**：大醉。**萧索**：冷落。**禁烟**：指寒食节。古代风俗，清明前两天禁火，吃冷食，叫做寒食。③**鱼书**：指书信。古代传说将书信放在鲤鱼的肚子里寄送，因称书信为鱼书。**何由达**：怎么才能送到。

这是一首寄托离别幽怨的爱情诗。首联写情人远去，相隔千里，给人飘忽迷离、恍如梦境之感。颔联写景，溶溶的月色照映着院落中盛开的梨花，淡淡的轻风吹拂着池塘边飞舞的柳絮，典雅雍容，有富贵之气。颈联写眼前苦况，欲遣不能。尾联直抒胸臆，表达自己忧思感叹之情。全诗缠绵悱恻，语词绮丽，耐人寻味。

晏殊（991—1055），字同叔，抚州临川（今江西抚州）人。七岁能文，十四岁召试学士院，赐同进士出身，累官至同中书门下平章事兼枢密使。好贤接士，善于知人，范仲淹、欧阳修等多出其门。死后谥元献。其诗词文字典丽，音调和谐，艺术成就颇高。有《珠玉词》。

戏答元珍①

欧阳修

春风疑不到天涯，二月山城未见花。

残雪压枝犹有橘，冻雷惊笋欲抽芽。②

夜闻归雁生乡思，病入新年感物华。③

曾是洛阳花下客，野芳虽晚不须嗟(jiē)。④

①**元珍**：丁宝臣的字，当时正在峡州做军事判官。 ②**冻雷**：早春的雷。 ③**物华**：美丽的自然景物。 ④**“曾是”句**：作者曾在洛阳担任过留守推官，写过《洛阳牡丹记》，盛赞洛阳牡丹天下第一。**野芳**：野花。**嗟**：叹息。

宋景祐三年（1036），欧阳修因支持范仲淹的政治革新，被贬为峡州夷陵（今湖北宜昌）令，此诗作于第二年春。首联写荒寒早春，暗含遭受贬谪的“天涯”之感。颔联选择有生机的意象表达出一种不甘压抑的生命力量，在景物描写中寓托着对改革精神的赞美和对改革前途的憧憬。颈联、尾联转入直接抒情，“不须嗟”有自慰自伤之感。

苏轼

和子由渑池怀旧①

人生到处知何似？应似飞鸿踏雪泥。②

泥上偶然留指爪，鸿飞那复计东西？

老僧已死成新塔，坏壁无由见旧题。③

往日崎岖还记否？路长人困蹇（jiǎn）驴嘶。④

①**和**（hè）：依照别人诗词的题材和体裁作诗词。**子由**：苏轼的弟弟苏辙字子由。**渑**（miǎn）**池**：地名，在今河南省。苏辙有《怀渑池寄子瞻兄》诗，苏轼作此诗回赠。 ②**飞鸿**：鸿雁。 ③**“老僧”句**：苏轼和苏辙曾在渑池县僧人奉闲的寺中寄宿，并在寺壁上题过诗。老僧，名奉闲。新塔，僧人死后火化，造塔来埋葬骨灰。 ④**蹇**：跛足。

宋仁宗嘉祐元年（1056），苏轼与弟弟苏辙同到汴京赴试，路过渑池，借宿于僧人奉闲的寺中，并题诗于寺壁上。嘉祐六年（1061），苏轼再过渑池，苏辙有诗寄赠，因和此诗。诗的前四句以单行入律，纯为议论，用生动奇特的比喻说明人生的短暂和不定，犹如偶留痕迹的雪泥鸿爪。后四句叙事，在往事成空之后，却追想往日艰辛和旅途劳顿，让人体悟那种世情的艰难和亲情的温暖。全诗圆转流动，一气呵成，为苏轼七律的名篇。

有美堂暴雨①

苏轼

游人脚底一声雷，满座顽云拨不开。②

天外黑风吹海立，浙东飞雨过江来。③

十分潋滟（liàn yàn）金樽（zūn）凸，千杖敲铿（kēng jié）羯鼓催。④

唤起谪（zhé）仙泉洒面，倒倾鲛（jiāo）室泻琼瑰。⑤

①**有美堂**：在杭州吴山上，宋仁宗嘉祐二年（1057）杭州太守梅挚所建，堂名取自宋仁宗赐梅挚诗句："地有吴山美，东南第一州。" ②**顽云**：密布不散的乌云。③**黑风**：狂风。**浙东**：钱塘江以东。浙，浙江，即钱塘江。 ④**潋滟**：水满的样子。**樽**：盛酒的器具。**杖**：棍棒。**敲铿**：敲击。铿，撞击。**羯鼓**：古代的一种打击乐器。⑤**谪仙**：指李白。据《旧唐书·李白传》记载，唐玄宗召李白赋诗，李白却大醉不醒，只好用水泼洒在李白脸上，使他醒来。**鲛室**：古代传说南海有鲛人，生活在海底。鲛室即鲛人居住的宫室。**琼瑰**：比喻美好的诗文。

宋神宗熙宁六年(1073)初秋，苏轼在杭州吴山观钱塘潮，作此诗以摹写当时的暴雨景观。首联预示暴风雨来势之猛。颔联写暴雨中的奇观：风将海潮吹得直立起来，可见风势之烈；雨凭借风力飞过钱塘，足见雨势之猛。两句雄峻奇杰，力拔千钧，是广泛传诵的名句。颈联比喻江水浩大如酒满金樽，雨点骤急似羯鼓声催。尾联以李白自比，抒写对暴雨的独特感受。全诗风格粗犷，历来被视为苏轼诗旷放风格的代表作。

登快阁[1]

黄庭坚

痴儿了(liǎo)却公家事，快阁东西依晚晴。[2]
落木千山天远大，澄江一道月分明。[3]
朱弦已为佳人绝，青眼聊因美酒横。[4]
万里归船弄长笛，此心吾与白鸥盟。

①**快阁**：在今江西泰和东赣江上。　②**“痴儿”句**：典出《晋书·傅咸传》：“天下大器，非可稍了，而相观每事欲了。生子痴，了官事，官事未易了也。”原意是说官事难了，这里反用其典，说自己了却了官场事务。痴儿，作者自称。了却，办完。③**澄江**：即赣江。　④**朱弦**：指琴。**佳人**：指知己。**青眼**：晋人阮籍善为青白眼，以青眼看雅士，以白眼对俗人（青眼指眼睛正着看时，黑眼珠在中间，白眼指斜视时黑眼珠隐入而露出眼白）。后以“青眼”比喻对人或物的喜爱或重视。

全篇围绕一个“快”字着笔。首联用“痴儿”之典，写了却公事后登阁赏玩之快。颔联写登阁所见的景色，化用杜甫“无边落木萧萧下”、谢朓“澄江静如练”的诗句，写足登临俯仰山川之快。颈联用流水对，上句写知音不遇的不快，下句写聊饮美酒的快意。尾联抒写自己要归隐江湖，放舟万里，追求自由放纵的快乐。再回过头看首句，那快中实有不快。

伤春

陈与义

庙堂无策可平戎，坐使甘泉照夕烽。[①]
初怪上都闻战马，岂知穷海看飞龙。[②]
孤臣霜发三千丈，每岁烟花一万重。[③]
稍喜长沙向延阁，疲兵敢犯犬羊锋。[④]

①**庙堂**：指朝廷。**平戎**：战胜金人。戎，古代对西北地区的少数民族的统称。**“坐使”句**：以汉代故事比喻宋朝的战况。《史记·匈奴传》载，汉文帝时，匈奴入侵西北地区，“烽火通于甘泉、长安数月”。甘泉即今陕西淳化甘泉山，汉代皇帝有行宫于此。以上两句是说，朝廷昏庸无能，致使金兵攻陷北宋首都汴京。坐使，致使。 ②**上都**：京城。这里指南宋首都临安（今杭州）。**闻战马**：指金兵攻入临安。**穷海**：僻远的海上。**飞龙**：指皇帝。以上写的是南宋初年，金兵南下，建炎三年（1129）攻破建康（今南京），十二月入临安，又破明州（今宁波），宋高宗乘舟入海。 ③**孤臣**：作者自指。**霜发**：白发。**烟花**：泛指绮丽的春景。 ④**向延阁**：指长沙太守向子諲（yīn）。他曾在龙图阁（宋朝藏书之处）任职，延阁是汉代内廷藏书之所，故称之为向延阁。以上两句是指向子諲率领长沙军民奋勇抗金。向子諲于建炎中知潭州（州治在今湖南长沙）。建炎三年（1129），金兵攻潭州，向子諲率军民坚守，金兵围城八日，城陷，向子諲督兵巷战，夺南楚门突围而出，收溃兵继续抗金。**疲兵**：疲弱的军队。**犬羊锋**：指金兵。

陈与义（1090—1139），字去非，号简斋，洛阳（今属河南）人。宋徽宗政和三年（1113）进士，曾任太学博士、翰林学士、参知政事等职。他力主团结各派力量抗金，收复失地，是南北宋之交杰出的诗人，江西诗派首领之一。诗学杜甫，既有词句明净、音律宏亮之诗，也有忧国伤时、慷慨悲凉之作。有《简斋集》。

陈与义

伤春

宋高宗建炎四年（1130）正月，金兵攻破明州（今浙江宁波），以舟师追高宗，高宗泛海逃到温州：时局至此，怎不叫诗人忧愤填膺，故而借“伤春”来哀时议政，谴责皇帝的逃跑政策，指斥奸臣误国，赞扬爱国军民英勇抗敌。颈联用李白《秋浦歌》“白发三千丈，缘愁似个长”句配对杜甫《伤春》诗“关塞三千里，烟花一万重”句，运化入妙，意蕴丰富，极为贴切，成为世代传诵的名句。全诗气格雄浑，深得杜诗神髓。

陆游

游山西村[1]

莫笑农家腊酒浑，丰年留客足鸡豚(tún)。[2]

山重水复疑无路，柳暗花明又一村。

箫鼓追随春社近，衣冠简朴古风存。[3]

从今若许闲乘月，拄(zhǔ)杖无时夜叩门。[4]

①**山西村**：作者故乡的一个山村，在今浙江绍兴鉴湖附近。　②**腊酒**：腊月里酿造的酒。**足鸡豚**：指菜肴丰盛。豚，小猪。　③**春社**：古代立春后祭拜土地神和五谷神，祈求丰收的活动。　④**闲乘月**：趁着月明之夜出外闲游。**无时**：随时。

题目中的“山西村”不是专名，诗人这次春游，是信步闲游三山西边一带的村庄。诗人围绕村游这条主线和村游过程中所得的总印象，让每一层、每一处着重表现他某一方面的感受。首联写人情之美，颔联写风光之美，颈联写风俗之美，最后以想往随时闲游总束全诗，集中表达了对农村风情物事的热爱，仿佛是一篇诗的游记。其中颔联“山重水复疑无路，柳暗花明又一村”，用工整而流走的对仗，准确地表现了春天的色彩和山行过程中的愉悦之感，还包蕴了人们在困境中顽强探寻、忽然展现新境的理趣，将诗情、画意和哲理融为一体。

陆游

临安春雨初霁[1]

世味年来薄似纱，谁令骑马客京华？[2]

小楼一夜听春雨，深巷明朝卖杏花。

矮纸斜行闲作草，晴窗细乳戏分茶。[3]

素衣莫起风尘叹，犹及清明可到家。[4]

①**临安**：南宋的京城，即今浙江杭州。**霁**（jì）：雨止天晴。 ②**令**：使，让。**京华**：京城，指临安。 ③**“矮纸”二句**：是说诗人客居京城，在旅店中闲极无聊，以作草书和品茶消遣时光。矮纸，短纸，小纸。草，草书。晴窗，明亮的窗。细乳，沏茶时水面泛起的白色小泡沫。分茶，鉴别茶的等级，即品茶。 ④**素衣**：白色的衣服。这里比喻清白的操守。**犹及**：还来得及。

宋孝宗淳熙十三年（1186）春，六十二岁的陆游在家乡山阴（今浙江绍兴）赋闲了五年后，又被委任严州知府，随即入京晋见皇帝，在旅舍中作此诗。首尾两联抒写自己对京华的世味人情、紫陌红尘的厌倦。颔联写出了江南城市春天特有的风情风韵，具有多层包蕴的诗境，在以听觉为主的诗境中调动起人的想象，让人们面前出现了丰富的视觉形象，使人想到小楼外无边的春雨以及春雨滋润下无边的春色。

书愤①

早岁那知世事艰，中原北望气如山。

楼船夜雪瓜洲渡，铁马秋风大散关。②

塞上长城空自许，镜中衰鬓已先斑。③

《出师》一表真名世，千载谁堪伯仲间。④

①**书愤**：抒写愤慨的心情。 ②**楼船**：指高大的战舰。**瓜洲**：即瓜洲镇，在今江苏邗江县南的长江滨，与镇江斜相对峙，是江防要地。金主完颜亮的军队曾在这里遭到宋朝军民的坚决抵抗，被迫撤退。**铁马**：披着铁甲的战马。**大散关**：在今陕西宝鸡西南，当时宋朝与金国西北以大散关为界。宋孝宗乾道八年（1172），陆游参加王炎军幕事，曾强渡渭水，与金兵在大散关发生遭遇战。 ③**"塞上长城"句**：这里作者说自己年轻时以捍卫国家、扬威边塞的名将自许，而结果这种志愿却落了空。南朝时刘宋名将檀道济曾自称为"万里长城"，这里作者隐用其意。**衰鬓**：因年老而稀疏的鬓发。**斑**：花白。 ④**《出师》一表**：指《出师表》。诸葛亮率兵北伐前曾写《出师表》呈皇帝，表明北伐讨贼的决心。**名世**：名传后世。**堪**：能够。**伯仲间**：相提并论。伯仲，兄弟。

陆游的《感愤》诗有"诸公尚守和戎策，志士虚捐少壮年"句，这首诗的主旨正与此相同。"世事艰"指收复中原之事艰难，而艰难的原因并不在于敌人不可战胜，而在于统治集团中主和派的阻挠破坏，使得一代爱国志士在他们的打击下抱憾终身。可见诗人"书愤"并不仅仅是个人的悲愤，同时也是国家、民族的悲愤。全诗感情基调是于悲愤中见崇高与壮美。

文天祥

过零丁洋①

辛苦遭逢起一经，干戈寥（liáo）落四周星。②

山河破碎风飘絮，身世浮沉雨打萍。③

惶恐滩头说惶恐，零丁洋里叹零丁。④

人生自古谁无死，留取丹心照汗青。⑤

①**零丁洋**：在广东中山南珠江口外。 ②**“辛苦”句**：说作者以明经入仕，深感朝廷知遇之恩。遭逢，遭遇。起一经，指作者以明经（一种科举考试）入仕。**“干戈”句**：是说南宋末年，朝廷征天下兵，应者寥寥无几。文天祥于德祐元年（1275）正月变卖自己的全部家产，充当军饷，响应朝廷号召“勤王”。至景炎三年（1278）十二月在五坡岭战败被俘，已历四年。干戈，古代兵器，这里代指勤王的义军。寥落，荒凉冷清。四周星，即四周年。 ③**絮**：柳絮。**萍**：浮萍。 ④**惶恐滩**：在今江西万安的赣江中，是赣江十八滩之一，以水流湍急闻名。景炎二年（1277），文天祥的军队在江西被打败后，曾从惶恐滩一带撤退到福建。**“零丁”句**：文天祥战败被俘后，被押送过零丁洋。 ⑤**留取**：留得。取，语助词。**汗青**：古人在竹简上记事，先用火烤青竹片，使冒出水分，才容易书写。因以“汗青”代指史册。

文天祥（1236—1283），字履善，一字宋瑞，号文山，吉州庐陵（今江西吉安）人。宋理宗宝祐四年（1256）中状元。恭帝德祐二年（1276）任右丞相，奉命赴元营谈判。被扣留。后脱险南归，坚持抗元，景炎三年（1278）在广东海丰县北的五坡岭被俘。拒绝元将诱降，被押至大都（今北京）。囚禁三年，屡经威逼利诱，誓死不屈，编《指南录》，作《正气歌》，大义凛然，英勇就义。有《文山先生全集》。

首联上叙入仕，下叙勤王，将个人身世与国家大事联系在一起。中间两联承“干戈寥落”而来，都是抒写民族危亡、狂澜不挽的悲痛。“惶恐滩”与“零丁洋”地名恰成妙对，地名与心境融合无间，成为诗歌史上绝唱。尾联表示决心以死报国，是诗人伟大人格的写照。

文天祥

金陵驿二首（其一）①

草合离宫转夕晖（huī），孤云飘泊复何依？②

山河风景原无异，城郭人民半已非。

满地芦花和我老，旧家燕子傍谁飞？③

从今别却江南路，化作啼鹃带血归。④

①**金陵**：即今江苏南京。**驿**（yì）：驿站。古代出差和传递公文的人中途休息的地方。　②**草合**：草满。**离宫**：即行宫，古代皇帝出巡休息的地方。南宋初年曾在金陵设立行宫。**夕晖**：傍晚的阳光。**孤云**：作者自喻。**复**：又。　③**旧家燕子**：六朝时，王导和谢安两家是金陵有名的豪门贵族，后来衰败了，栖息在他们家的燕子也飞到别处去了。唐代诗人刘禹锡《乌衣巷》诗："旧时王谢堂前燕，飞入寻常百姓家。"这里作者化用其意。　④**别却**：离开。**化作**：变成。**啼鹃**：传说望帝死后化为杜鹃鸟，夜夜啼泣，继之以血。

南宋祥兴元年（1278）十月二十六日，文天祥在五坡岭军败被俘，随即被押赴元都燕京（今北京）。这首诗是作者在北行途中过金陵时所作。南宋初年曾在金陵设立行宫，而今国破家亡，诗人如同飘泊的孤云，无所依靠，诗中以自然景物的依旧反衬家国残破、生灵涂炭，黍离之感极为深沉。诗人又以望帝化作杜鹃泣血的典故表明心迹，自明志在必死，尤为沉挚。全诗外柔内刚，沉挚悲壮，感染力极强。

张煌言（1620—1664），字玄著，号苍水，浙江鄞（yín）县（今宁波市鄞州区）人。他是明末著名的抗清英雄、义军领袖，和郑成功联合作战，在东南沿海坚持抗清斗争达十七年之久。兵败后隐居海中小岛，不久被俘，壮烈牺牲，葬于杭州南屏山荔子峰下。其诗文多反映亲身经历的战斗生活，情绪慷慨激昂。有《张苍水集》。

张煌言

甲辰八月辞故里①

国亡家破欲何之？西子湖头有我师。②

日月双悬于氏墓，乾坤半壁岳家祠。③

惭将赤手分三席，敢为丹心借一枝。④

他日素车东浙路，怒涛岂必属鸱（chī）夷。⑤

①**甲辰八月**：指公元1664年。**辞**：告别。**故里**：指作者的故乡鄞县。 ②**何之**：即“之何”，到什么地方。**西子湖**：即杭州西湖。 ③**于氏墓**：于谦的坟墓，在杭州西湖旁三台山麓。**岳家祠**：岳飞的庙，在杭州西湖栖霞岭下。 ④**赤手**：空手。**席**：坐次。**借一枝**：即借一席之地。 ⑤**素车**：灵车。这里喻指汹涌的波涛。**东浙**：浙江东部地区。**鸱夷**：皮袋。吴国大夫伍子胥遭谗自尽，吴王把他的尸体装进皮袋，投入江中。传说他的灵魂化为潮神，出没于钱塘江。

张煌言是明末的抗清英雄，1664年抗清失败被俘，在解送杭州途中经过故乡鄞县，写下了这首绝笔之作。西湖畔有两座英雄的坟墓：西南三台山有明代于谦墓，北面栖霞岭有宋代岳飞墓，诗人表示要以两位民族英雄为榜样，舍身为国，杀身成仁。

林则徐

赴戍登程口占示家人①

力微任重久神疲，再竭衰庸定不支。②

苟利国家生死以，岂因祸福避趋之。③

谪(zhé)居正是君恩厚，养拙(zhuō)刚于戍(shù)卒宜。④

戏与山妻谈故事，试吟断送老头皮。⑤

①**口占**：随口吟诵出来，指即兴作诗。 ②**衰庸**：指衰弱的体力和平庸的才能。 ③**"苟利"句**：据《左传》载，子产因实施改革，遭到诽谤，子产说："何害？苟利国家，死生以之。"苟，如果。以，付与。**趋**：追求。 ④**谪居**：指官吏被贬官或降职，到边远外地居住。**养拙**：指退隐不仕。⑤**山妻**：隐士对自己妻子的称呼。**故事**：指典故。据宋人赵令畤《侯鲭录》载，杨朴隐居不仕，擅长诗歌。宋真宗召对，自言不能。真宗怪而问之："临行有人作诗送卿否？"杨朴说："吾妻赠诗曰：'更休落魄贪杯酒，亦莫猖狂爱咏诗。今日捉将官里去，这回断送老头皮！'"真宗大笑，放他回家。此句意思是说，当官是断送老命的苦差事。老头皮，对年老男子的戏称。

道光十八年（1838），林则徐被任命为钦差大臣，赴广东查禁鸦片。英帝国主义借此发动鸦片战争，道光皇帝割地赔款，签订了不平等条约，并将林则徐贬谪新疆伊犁。临行前，林则徐作此诗留别家人。首联说自己力量微小，而钦差大臣的任务却十分沉重，早已觉得累了。颔联充分表达了诗人为国家舍生忘死的精神。后两联说被贬谪是皇帝对自己的爱护，无官一身轻，是值得庆幸的事。

林则徐（1785—1850），字元抚，一字少穆，福建侯官（今福州）人。道光十八年（1838）被任命为钦差大臣，前往广东查禁鸦片，跟英国侵略者进行了英勇顽强的斗争。由于清王朝的妥协投降，他被革职充军伊犁。后遇赦东归，又担任过云贵总督等职。其诗感情深沉，气势磅礴。有《林则徐集》等。

《诗经》 关雎

关关雎鸠（jū jiū），在河之洲。①窈窕（yǎo tiǎo）淑女，君子好逑（qiú）。②

参差荇菜（cēn cī xìng），左右流之。③窈窕淑女，寤寐（wù mèi）求之。④

求之不得，寤寐思服。⑤悠哉悠哉，辗转反侧。⑥

参差荇菜，左右采之。窈窕淑女，琴瑟友之。⑦

参差荇菜，左右芼（mào）之。⑧窈窕淑女，钟鼓乐之。⑨

①**关关**：雎鸠鸟的和鸣声。**雎鸠**：一种鸠类的鸟。**洲**：水中的陆地。 ②**窈窕**：美丽的样子。**淑女**：贤良的女子。**逑**：配偶。 ③**参差**：不齐。**荇菜**：一种可以吃的水生植物。**流**：捋取。 ④**寤**：醒来。**寐**：睡着。 ⑤**思服**：思念。服，思念。⑥**悠**：指思念绵长。**辗转反侧**：指翻来覆去睡不着。 ⑦**友**：亲近。 ⑧**芼**：择取。⑨**乐之**：使她快乐。

《诗经》是中国最早的诗歌总集，原来只称为《诗》，因为儒家将它列为经典，后来就称为《诗经》。《诗经》编成于春秋时代，共三百零五篇诗歌，分为“风”“雅”“颂”三个部分。《关雎》是《诗经》的第一篇。诗中描写了一个男子对女子从深切的思慕到实现结婚的愿望的过程，采用比兴的表现手法，以雎鸠的匹配不乱比喻淑女配君子，以荇菜流动无方比喻淑女之难求，以荇菜既得而“采之”“芼之”兴淑女既得而“友之”“乐之”。全诗大量运用双声叠韵的连绵字，既淳朴自然又音调谐美。

《诗经》

蒹葭①

蒹葭(jiān jiā)苍苍，白露为霜。②所谓伊(yī)人，在水一方。③

溯洄(sù huí)从之，道阻且长；④溯游从之，宛在水中央。⑤

蒹葭凄凄，白露未晞(xī)。⑥所谓伊人，在水之湄(méi)。⑦

溯洄从之，道阻且跻(jī)；⑧溯游从之，宛在水中坻(chí)。⑨

蒹葭采采，白露未已。⑩所谓伊人，在水之涘(sì)。⑪

溯洄从之，道阻且右；⑫溯游从之，宛在水中沚(zhǐ)。⑬

①**蒹葭**：芦苇。 ②**苍苍**：茂盛的样子。 ③**所谓**：所念。**伊人**：那个人。**一方**：另一边。 ④**溯**：逆水而行。**洄**：曲折的水道。**从**：寻找踪迹。**阻**：难，有障碍。⑤**游**：直流的水道。**宛**：仿佛。 ⑥**凄凄**：与“苍苍”义同。**晞**：干。 ⑦**湄**：水边，岸旁。 ⑧**跻**：升高。 ⑨**坻**：水中高地。 ⑩**采采**：与“苍苍”义同。 ⑪**涘**：水边。⑫**右**：迂回曲折。 ⑬**沚**：水中小洲。

这是一首情歌，描写了诗人对意中人的憧憬、追求和失望、怅惘的心情。诗人叙物以言情，秋景的僻静寒凉与诗人惆怅的心情是完全吻合的。“在水一方”虚点其地，给“伊人”罩上了一层神秘的色彩。“宛”字既写出了“伊人”可望而不可及，似有若无；又传达了诗人寻人不遇后陷入失望、彷徨、无可奈何的情态。三章诗只变换了个别词语，但时间上有一个推移的过程，在反复咏叹中表达了诗人对“伊人”的刻骨思念。

屈原（约前340—约前278），名平，字原，战国时楚国人。他出身于楚国贵族，曾任左徒、三闾大夫等官职。学识渊博，有远大的政治理想，主张举贤授能，修明法度，抵抗秦国侵略，一度深得楚怀王信任。后遭同僚上官大夫谗言，被流放。加以国家危亡，忧愤失望，自投汨罗江而死。他是我国文学史上第一位伟大的诗人，作品有《离骚》《九章》《九歌》等，感情强烈，想象丰富，词采绚丽，充满了浓厚的浪漫主义色彩。

屈原

国殇①

操吴戈兮被犀(xī)甲，车错毂(gǔ)兮短兵接。②

旌(jīng)蔽日兮敌若云，矢交坠兮士争先。③

凌余阵兮躐(liè)余行(háng)，左骖(cān)殪(yì)兮右刃伤。④

霾(mái)两轮兮絷(zhí)四马，援玉枹(fú)兮击鸣鼓。⑤

天时怼(duì)兮威灵怒，严杀尽兮弃原野。⑥

出不入兮往不反，平原忽兮路超远。⑦

带长剑兮挟秦弓，首身离兮心不惩。⑧

诚既勇兮又以武，终刚强兮不可凌。⑨

身既死兮神以灵，魂魄毅兮为鬼雄！⑩

①**国殇**（shāng）：指为国牺牲的人。殇，死。 ②**操**：拿着。**吴戈**：吴地制造的戈，以锋利出名。**被**：同“披”，穿着。**犀甲**：犀牛皮做的铠甲。**错**：交错。**毂**：车轮中心穿轴承辐的部分。**短兵**：指刀剑一类的兵器。 ③**旌**：战旗。**矢**：箭。**交坠**：纷纷坠落。**士**：指楚国的战士。 ④**凌**：侵犯。**余**：我们。**躐**：践踏。**行**：行列。**骖**：在两旁驾车的马。**殪**：死。**刃伤**：被刀剑砍伤。 ⑤**霾**：通“埋”。**絷**：绊住。**援**：拿着。**玉枹**：玉饰的鼓槌。 ⑥**天时**：天象。**怼**：怨恨。**威灵**：天神。**严杀**：痛杀。 ⑦**反**：同“返”，回来。**平原**：指战场。**忽**：渺茫辽阔。**超远**：遥远。 ⑧**秦弓**：秦地制造的弓，以强劲有力著名。**惩**：悔恨。 ⑨**诚**：果然是。 ⑩**魂魄**：灵魂。**毅**：坚毅。**鬼雄**：鬼中英雄。

屈原

国殇

《国殇》是屈原《九歌》中的一篇，是追悼为楚国捐躯的爱国将士的祭歌。前十句为第一节，描述激烈的战斗场面和战士们勇往直前拼死搏斗的情景。战斗的结局是楚军失败，但通过悲壮激烈的搏杀，将士们那种誓死保卫家园，敢于与敌人同归于尽的志节让人荡气回肠。后八句为第二节，作者以极大的敬意歌颂战死疆场的将士们的捐躯精神和英雄气概。

陌上桑

日出东南隅(yú)，照我秦氏楼。①
秦氏有好女，自名为罗敷(fū)。②
罗敷喜蚕桑，采桑城南隅。
青丝为笼系，桂枝为笼钩。③
头上倭(wō)堕髻(jì)，耳中明月珠。④
缃绮(qǐ)为下裙，紫绮为上襦(rú)。⑤
行者见罗敷，下担捋(lǚ)髭(zī)须。⑥
少年见罗敷，脱帽著帩(qiào)头。⑦
耕者忘其犁，锄者忘其锄。
来归相怨怒，但坐观罗敷。⑧
使君从南来，五马立踟(chí)蹰(chú)。⑨
使君遣吏往，问是谁家姝(shū)。⑩
秦氏有好女，自名为罗敷。
罗敷年几何？
二十尚不足，十五颇有余。

①**隅**：边，方。 ②**自名**：其名。 ③**笼系**：拴篮子的提绳。**笼钩**：挂篮子的钩环。 ④**倭堕髻**：一种盘于头顶一侧的发髻。**明月珠**：一种大宝珠。 ⑤**缃绮**：杏黄色的丝织品。**襦**：短上衣。 ⑥**行者**：过路人。 ⑦**帩头**：束发的头巾。 ⑧**但坐**：只因为。坐，因为。 ⑨**使君**：对太守或刺史的称呼。**五马**：指使君乘的五匹马拉的车子。**踟蹰**：徘徊不走。 ⑩**姝**：美女。

汉乐府

陌上桑

使君谢罗敷：宁可共载不？①

罗敷前置辞：使君一何愚！②

使君自有妇，罗敷自有夫。

东方千余骑，夫婿居上头。③

何用识夫婿？白马从骊(lí)驹。④

①谢：问。**宁可**：表示疑问语气，意为是否愿意。**共载**：同车而行。 **②一何**：多么。 **③上头**：前列。**④何用**：何以，怎么。**骊**：纯黑色的马。

青丝系马尾，黄金络马头。

腰中鹿卢剑，可值千万余。①

十五府小吏，二十朝大夫，②

三十侍中郎，四十专城居。③

为人洁白皙，鬑（lián）鬑颇有须。④

盈盈公府步，冉（rǎn）冉府中趋。⑤

坐中数千人，皆言夫婿殊。⑥

①**鹿卢剑**：剑柄刻成辘轳形并镶以宝石的剑。鹿卢，同“辘轳”，井上汲水的绞车。 ②**府小吏**：太守府中的小官。 ③**侍中郎**：皇帝的侍卫官。**专城居**：一城之主，即太守。 ④**皙**：肤色白。**鬑鬑**：形容须发长。 ⑤**盈盈**：走路从容舒缓的样子。**公府步**：即官步。 ⑥**殊**：出众。

汉代的乐府诗被称为汉乐府，由郊庙歌辞、鼓吹曲辞、相和歌辞和杂曲歌辞等类组成。其中郊庙歌辞是朝廷祭祀所用的乐歌，鼓吹曲辞原是军歌，后用于宫廷朝会、贵族出行等场合，其余两类是从各地采集的民间歌谣，多反映人民生活和民间疾苦。《陌上桑》是汉乐府中著名的乐府民歌，通过采桑女罗敷严词拒绝使君调戏的故事，热情赞颂了她的美丽坚强和勇敢机智，同时也批判了太守渔猎女色的可耻行径。诗中刻画了罗敷美丽动人的形象，从虚处着笔，不落俗套，给人以新鲜活泼之感。罗敷对夫婿的夸赞，显示其机智与胆量，充满幽默风趣，字里行间洋溢着乐观主义气息。罗敷的形象代表了古代人民对真善美的追求，千百年来深受人们喜爱。

汉乐府

长歌行

青青园中葵，朝露待日晞（xī）。①

阳春布德泽，万物生光辉。②

常恐秋节至，焜（kūn）黄华叶衰。③

百川东到海，何时复西归。④

少壮不努力，老大徒伤悲。⑤

①**晞**：晒干。 ②**阳春**：春天。**布**：散布。**德泽**：恩惠。 ③**焜黄**：枯萎的样子。**华**：同“花”。 ④**川**：河流。⑤**老大**：年纪大。**徒**：空。

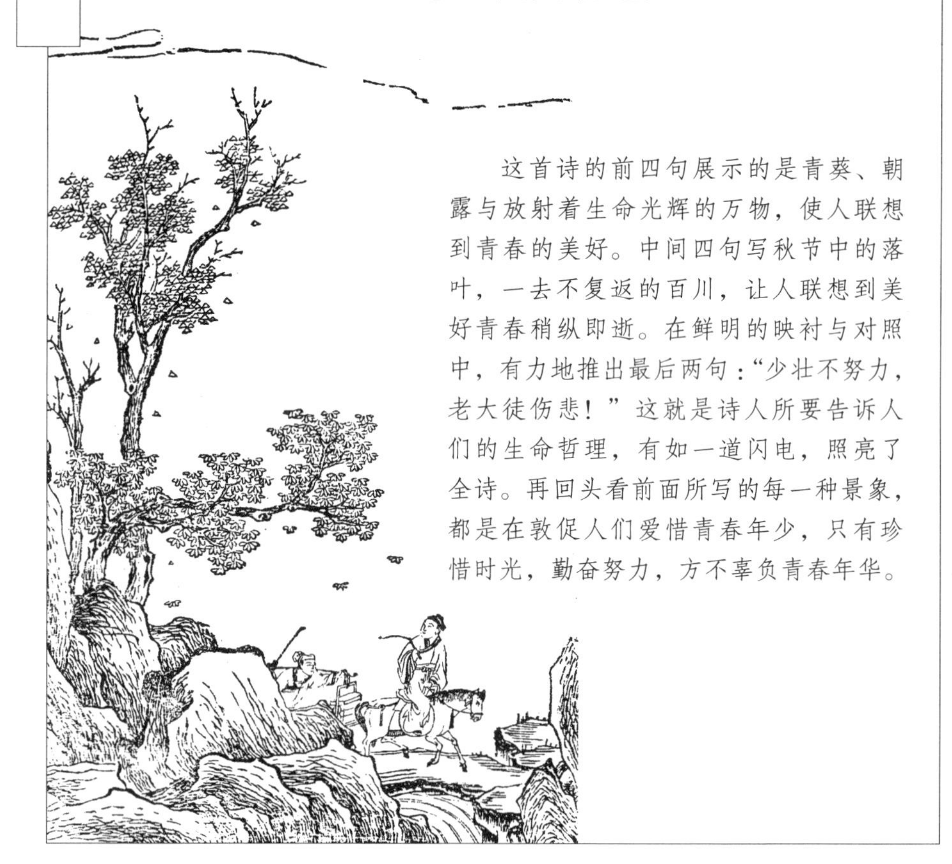

这首诗的前四句展示的是青葵、朝露与放射着生命光辉的万物，使人联想到青春的美好。中间四句写秋节中的落叶，一去不复返的百川，让人联想到美好青春稍纵即逝。在鲜明的映衬与对照中，有力地推出最后两句：“少壮不努力，老大徒伤悲！”这就是诗人所要告诉人们的生命哲理，有如一道闪电，照亮了全诗。再回头看前面所写的每一种景象，都是在敦促人们爱惜青春年少，只有珍惜时光，勤奋努力，方不辜负青春年华。

曹操（155—220），字孟德，东汉沛国谯县（今安徽亳州）人。汉末杰出的政治家、军事家、文学家。汉献帝初年起兵讨董卓，建安元年（196）迎立汉献帝，迁都许昌，受封大将军及丞相，挟天子以令诸侯，成为北方的实际统治者。其子曹丕称帝后，追尊他为武帝。其诗深受汉乐府民歌影响，但往往能别出新意，用乐府旧题抒写情怀，反映时代动乱，风格慷慨悲凉。以四言乐府成就最高。有《魏武帝集》。

观沧海

曹操

东临碣(jié)石，以观沧海。①
水何澹澹(dàn)，山岛竦峙(sǒng zhì)。②
树木丛生，百草丰茂。
秋风萧瑟，洪波涌起。③
日月之行，若出其中。
星汉灿烂，若出其里。④
幸甚至哉！歌以咏志。

①**碣石**：山名，在今河北昌黎。**沧海**：大海。 ②**澹澹**：水波摇荡的样子。**竦峙**：耸立。 ③**洪波**：巨浪。 ④**星汉**：指银河。

诗中着意渲染诗人所见的景象，抒写诗人包举九州、囊括宇内的胸怀。前八句写登山望海，山水相映，刚柔相济。后六句在眼前之景的基础上描写心中之景，这种辽阔的景象正是诗人博大胸怀和豪迈精神的生动写照。全诗写景抒情浑然一体，慷慨悲凉，气魄雄豪，是“建安风骨”的典型代表。

曹操

短歌行①

对酒当歌，人生几何！②譬如朝露，去日苦多。

慨当以慷，忧思难忘。何以解忧？惟有杜康。③

青青子衿(jīn)，悠悠我心。④但为君故，沉吟至今。⑤

呦(yōu)呦鹿鸣，食野之苹。我有嘉宾，鼓瑟(sè)吹笙(shēng)。⑥

明明如月，何时可掇(duō)？⑦忧从中来，不可断绝。

越陌度阡(qiān)，枉用相存。⑧契阔谈宴，心念旧恩。⑨

月明星稀，乌鹊南飞。绕树三匝(zā)，何枝可依！⑩

山不厌高，海不厌深。⑪周公吐哺，天下归心。⑫

①**短歌行**：乐府曲调名，多作宴饮歌辞。　②**当**：对着。**几何**：多少。　③**杜康**：传说中酿酒技术的创始者，这里借指酒。　④**“青青”二句**：语出《诗经·郑风·子衿》，表示对贤才的思念。子，你。衿，衣领。悠悠，情思深远的样子。　⑤**沉吟**：思念的意思。　⑥**“呦呦”四句**：用《诗经·小雅·鹿鸣》的成句。《鹿鸣》本是宴请宾客的诗，这里用来表示招纳贤才。呦呦，鹿鸣声。苹，一种艾蒿类的草。瑟，一种弹拨乐器。笙，一种吹奏乐器。　⑦**掇**：拾取。　⑧**枉用**：谦词，犹如“劳驾”“屈就”。**存**：探望。　⑨**契阔**：指久别重逢。**谈宴**：谈心宴饮。**旧恩**：往日的情谊。⑩**匝**：周。　⑪**厌**：嫌弃。　⑫**周公**：西周武王之弟，名旦。曾辅佐武王、成王成就王业。**吐哺**：吐出口中的食物。据说周公“一沐三握发，一饭三吐哺，犹恐失天下之士”。意思是说周公忙于接待天下的贤士，连吃饭、洗头的时间都没有。这是曹操以周公自比，表明求贤建业的心愿。

曹操

短歌行

《短歌行》是一首政治抒情诗，抒发了作者求贤若渴的心情，表明了要统一国家的雄心壮志。全诗以“忧思难忘”为抒情主线，忧人生苦短，功业未就；忧贤才不得，辅佐乏人。“对酒当歌”八句初看情绪似乎有些感伤，其实内在的激情深沉而昂扬。“青青子衿”二句和“呦呦鹿鸣”四句全用《诗经》成句，贴切自然，典雅蕴藉，收到了以少总多的效果。四言诗的创作，《三百篇》以后，只有曹操一人号称独步。

曹植

七步诗

煮豆燃豆萁（qí），豆在釜（fǔ）中泣。①

本是同根生，相煎何太急。

①**豆萁**：豆梗，豆秸。**釜**：锅子的一种。

《世说新语》中说，曹丕做了皇帝以后，一直嫉妒弟弟曹植的才华。有一次，他限曹植在七步之内作诗一首，若超出七步，就要处死他。曹植略加思索，七步之内作出这首诗，这就是后世广为传诵的《七步诗》。诗中将自己比做豆子，而将哥哥比做豆萁，萁燃烧而煮熟的正是与自己同根而生的豆子，比喻兄弟相残，有违天理。诗中比喻巧妙生动，据说曹丕听了以后“深有惭声”。

曹植（192—232），字子建，曹丕的弟弟。少聪颖，以才学为曹操所宠爱，曾欲立为太子。一生可以220年（曹操死）为界，分为前、后两个时期。前期生活平顺，后期遭到曹丕、曹叡（ruì）父子的猜忌和迫害，四十一岁就抑郁而死。其诗词采华茂，语言精炼，情感热烈，慷慨动人，代表了建安文学的最高成就。有《曹子建集》。

陶渊明（365—427），字元亮，一名潜，东晋浔阳柴桑（今江西九江西南）人。曾做过祭酒、参军等小官，后因厌恶官场的腐败黑暗，四十一岁时辞官归隐。其诗大多写农村生活和他在躬耕中体验到的人生道理，内容真切，感情深厚，具有独特的艺术魅力，对后世诗人影响极大。后人编有《陶渊明集》。

饮酒二十首（其五）

陶渊明

结庐在人境，而无车马喧（xuān）。①

问君何能尔？心远地自偏。②

采菊东篱下，悠然见南山。③

山气日夕佳，飞鸟相与还。④

此中有真意，欲辨已忘言。⑤

①**结庐**：建造住宅。**人境**：人世。　②**尔**：这样。**偏**：偏僻。　③**悠然**：悠闲自在的样子。　④**日夕**：傍晚。**相与还**：结伴回家。　⑤**真意**：自然的意趣。

诗的前四句写“心远地自偏”的道理，后六句写欣赏自然景色和从中体会到的“真意”，表现了作者弃官归田后的人生态度和生活情趣。“见”字传神地写出了作者采菊时偶然抬头见山的悠然自得，境与意会，恬静的心境与幽静的环境融成一片，达到了物我两忘的境界。有的版本作“望”，那是有意而望，就破坏了整首诗的悠然的情趣，使全篇神气索然。

北朝民歌

敕勒歌①

敕(chì)勒川，阴山下，②

天似穹(qióng)庐，笼盖四野。③

天苍苍，野茫茫，④

风吹草低见牛羊。⑤

①**敕勒歌**：敕勒是匈奴后裔，北朝时居住在朔州（今山西北部）一带。此诗是北齐人斛律金所唱的敕勒民歌。 ②**阴山**：在今内蒙古自治区中部。 ③**穹庐**：圆顶帐篷，类似今天的蒙古包。 ④**苍苍**：青色。 ⑤**见**：同“现”，显现。

敕勒是古代中国北部的少数民族部落，这首诗就是敕勒人当时所唱的牧歌。前四句大笔勾勒他们的生活环境：巍巍阴山，拔地而起；莽莽平原，广阔无垠。如此苍茫辽阔的画卷，真让人心胸顿觉开阔。仰望长空，满天是深青的颜色；俯视大地，四野茫茫，一望无际，风吹草低现出无数肥壮的牛羊。这几句最让人产生对美丽如画的大草原无尽的向往之情。

登幽州台歌①

陈子昂

前不见古人，后不见来者。②

念天地之悠悠，独怆（chuàng）然而涕下。③

①**幽州台**：即蓟北楼，故址在今北京西南。　②**古人**：指前贤。**来者**：指后贤。　③**悠悠**：长远的样子。**怆然**：悲伤。**涕**：眼泪。

幽州台是战国时燕国的旧址，这里曾经是燕昭王礼遇乐毅、郭隗等著名人物的场所，诗人伫立此台，深感没有碰上曾经发生在这里的君圣臣贤、君臣际遇的好时代，也赶不上将来会有的风云际会的好时代，两个“不见”暗示了自己所处的是一个苦闷、寂寞的时代。理想与现实的尖锐矛盾使得作者产生了强烈的孤独感，这是一个有远大志向的人想有所作为而不能为的痛苦的呼喊和深沉感慨。

陈子昂（659—700），字伯玉，梓州射洪（今属四川）人。唐睿宗文明元年（684）进士。因上书论政，被武则天赞赏，授麟台正字，转右拾遗。曾随武攸宜北征契丹，受到降职处分。后辞官回乡，被县官段简诬陷，下狱而死。在诗歌创作上，标举汉魏风骨，反对齐梁浮靡诗风，成为唐诗革新的先驱。有《陈伯玉集》。

春江花月夜

张若虚

春江潮水连海平，海上明月共潮生。
滟(yàn)滟随波千万里，何处春江无月明！①
江流宛转绕芳甸(diàn)，月照花林皆似霰(xiàn)。②
空里流霜不觉飞，汀(tīng)上白沙看不见。③
江天一色无纤尘，皎皎空中孤月轮。
江畔何人初见月？江月何年初照人？④
人生代代无穷已，江月年年只相似。
不知江月待何人，但见长江送流水。⑤
白云一片去悠悠，青枫浦上不胜愁。⑥
谁家今夜扁(piān)舟子？何处相思明月楼？⑦
可怜楼上月徘徊，应照离人妆镜台。⑧
玉户帘中卷不去，捣衣砧(zhēn)上拂还来。⑨
此时相望不相闻，愿逐月华流照君。⑩
鸿雁长飞光不度，鱼龙潜跃水成文。⑪
昨夜闲潭梦落花，可怜春半不还家。⑫
江水流春去欲尽，江潭落月复西斜。
斜月沉沉藏海雾，碣(jié)石潇湘无限路。⑬
不知乘月几人归，落月摇情满江树。⑭

张若虚（约660—约720），扬州（今属江苏）人。曾任兖州兵曹。与贺知章、包融、张旭友善，俱以诗名，号『吴中四士』。《全唐诗》存其诗仅二首，其中《春江花月夜》堪称绝唱。

①滟滟：水光闪烁的样子。 **②芳甸**：长满花草的原野。**霰**：雪珠。 **③流霜**：流动的白霜。这里形容月色。**汀**：水边平地。 **④江畔**：江岸。 **⑤但见**：只见。**⑥青枫浦**：地名，在今湖南浏阳。 **⑦谁家**：何人。**扁舟子**：孤舟中的游子。**明月楼**：指思妇居住的闺阁。 **⑧离人**：指思妇。 **⑨捣衣砧**：捶打衣服的石板。 **⑩相闻**：互通音讯。**逐**：跟随。**月华**：月光。 **⑪文**：指水波。 **⑫闲潭**：宁静的江潭。 **⑬碣石潇湘**：这里分别代指北方和南方。碣石，山名，在今河北省。潇湘，水名，在今湖南省。 **⑭摇情**：指牵动离情。

初唐诗人张若虚存诗极少，这首《春江花月夜》却能“孤篇横绝，竟为大家”。全诗可分为两大部分，从开头到“但见长江送流水”，写明月照耀下的春江花林景色以及诗人的联想和感慨；从“白云一片去悠悠”到结尾为第二部分，写春宵月夜游子思妇的离别相思，着重表现思妇望月怀人的深情。以明月为线索，通过对月色之中各种景象和如痴如醉的人物感触的描写，再现了春江花月夜的美景及其魅力。诗中虽有惆怅和感伤，更表现出对未来生活的柔情召唤。诗情、画意与哲理水乳交融，在艺术上获得了极大的成功，预示着盛唐之音的到来。

高适

燕歌行（并序）①

开元二十六年[2]，客有从御史大夫张公出塞而还者[3]，作《燕歌行》以示適[4]。感征戍之事[5]，因而和焉。

汉家烟尘在东北，汉将辞家破残贼。⑥

男儿本自重横行，天子非常赐颜色。⑦

摐(chuāng)金伐鼓下榆关，旌旆(jīng pèi)逶迤(wēi yí)碣(jié)石间。⑧

校尉羽书飞瀚海，单(chán)于猎火照狼山。⑨

山川萧条极边土，胡骑凭陵杂风雨。⑩

战士军前半死生，美人帐下犹歌舞。⑪

大漠穷秋塞草腓(féi)，孤城落日斗兵稀。⑫

身当恩遇常轻敌，力尽关山未解围。⑬

铁衣远戍辛勤久，玉箸(zhù)应啼别离后。⑭

少妇城南欲断肠，征人蓟(jì)北空回首。⑮

边庭飘飖(yáo)那可度，绝域苍茫更何有！⑯

杀气三时作阵云，寒声一夜传刁斗。⑰

相看白刃血纷纷，死节从来岂顾勋？⑱

君不见沙场征战苦，至今犹忆李将军！⑲

①**燕歌行**：乐府相和歌平调曲旧题，多咏征戍之情。　②**开元二十六年**：即公元 738 年。　③**御史大夫张公**：指河北节度副使张守珪。开元二十三年（735），张守珪因与契丹作战有功，升任辅国大将军兼御史大夫。后来其部将战败，张守珪不但不据实秉报，反而隐瞒败绩，妄奏战功。　④**示**：给……看。　⑤**征戍**：征战。

⑥**汉家**：汉朝，这里代指唐朝。**烟尘**：喻指战争。 ⑦**横行**：指驰骋沙场。**非常**：破格。**赐颜色**：赏脸，指封官赐爵。 ⑧**摐金伐鼓**：敲锣打鼓。摐，击打。金，铜制的铃、钲一类响器。**下**：出。**榆关**：山海关，在今河北秦皇岛。**旌旆**：军旗。**逶迤**：连绵不断。**碣石**：山名，在今河北昌黎北。 ⑨**校尉**：武官名，位次于将军。**羽书**：紧急军书。**瀚海**：沙漠。**单于**：对匈奴首领的称呼，这里借指契丹族的首领。**猎火**：打猎时燃起的火。古代北方游牧民族在战前往往举行大规模的打猎活动，作为军事演习。**狼山**：在今内蒙古自治区境内。 ⑩**极边土**：到达边境的尽头。**凭陵**：侵犯。 ⑪**军前**：阵前。**帐下**：指将帅的营帐内。 ⑫**穷秋**：深秋。**腓**：枯萎。 ⑬**当**：承受。**恩遇**：指朝廷的恩惠。**关山**：指边境险要的地方。 ⑭**铁衣**：铠甲，借指征夫。**远戍**：远征。**玉箸**：玉石做的筷子，此喻指思妇的眼泪。 ⑮**城南**：长安城南面，指思妇的住处。**蓟北**：蓟州（今天津蓟县）以北。 ⑯**边庭**：边境。**飘飖**：遥远的样子。**绝域**：极远的地方。 ⑰**三时**：指早、中、晚，即一整天。**阵云**：战云。**刁斗**：军中用的铜器，白天用来做饭，夜里用来打更。 ⑱**死节**：以身殉国的节操。**勋**：功名。 ⑲**李将军**：指汉代名将李广。他能征善战，爱护士兵，深受士兵爱戴。

诗中通过慷慨出征、沙场激战和长期戍守等一系列描写，深刻而广泛地反映了征戍生活中多方面的矛盾，并且在这个基础上着重抒发了广大战士崇高的爱国精神和英雄气概，同时也抒发了他们对腐败无能、不恤士卒的将帅的不满和怨愤，内容深广，浑厚悲壮，是盛唐边塞诗的杰出代表。

李白

长干行①

妾发初覆额，折花门前剧。②

郎骑竹马来，绕床弄青梅。③

同居长干里，两小无嫌猜。④

十四为君妇，羞颜未尝开。⑤

低头向暗壁，千唤不一回。

十五始展眉，愿同尘与灰。

常存抱柱信，岂上望夫台！⑥

十六君远行，瞿(qú)塘滟(yàn)滪(yù)堆。⑦

五月不可触，猿声天上哀。

门前旧行迹，一一生绿苔。

苔深不能扫，落叶秋风早。⑧

八月蝴蝶黄，双飞西园草。

感此伤妾心，坐愁红颜老。⑨

早晚下三巴，预将书报家。⑩

相迎不道远，直至长风沙。⑪

①**长干行**：乐府旧题，源于长江下游一带的民歌。长干，里弄名，在今南京秦淮河南面。　②**妾**：古代女子对自己的谦称。**初覆额**：刚盖住前额。**剧**：游戏。③**弄**：玩耍。　④**嫌猜**：疑忌。　⑤**未尝**：未曾。　⑥**抱柱信**：《庄子·盗跖》里说，尾生和一女子相约在桥下见面，女子还未到，大水忽然涨上来，尾生为了守信，不

愿离开，抱着桥柱，被水淹死。后人以此作为信守诺言之词。**望夫台**：传说中妻子眺望久出不归的丈夫的地方。 ⑦**瞿塘**：即瞿塘峡，长江三峡之一。**滟滪堆**：瞿塘峡口的一块巨大礁石。 ⑧**“门前”四句**：写丈夫久出不归，门前旧时的行迹都被青苔覆盖了。 ⑨**坐**：因为。 ⑩**早晚**：什么时候。**三巴**：巴东、巴郡、巴西的总称，在今四川东部。 ⑪**不道**：不管。**长风沙**：地名，在今安徽安庆东的长江边上。

全诗可分为两大段，从开头到“岂上望夫台”，叙写女主人公与丈夫由青梅竹马到热烈相爱的过程；自“十六君远行”到篇末，写女主人公与丈夫离别后的相思。前一段中，诗人以年龄序数法与典型细节描写相结合，用十四句诗就展示了一部爱情的心路历程。后段采用了民歌中常见的四季相思的写法，通过四季景物的转换进一步刻画女主人公对爱情的忠贞、执着，显示出她那种既热烈又深挚，既执着痴情又细腻委婉的感情性格。由于全篇运用女子的自白方式。而且又特意参用面对远离的丈夫诉说衷曲的笔法，整首诗就好像是给远方的丈夫写的一封诗体书信。

李白

子夜吴歌[1]

长安一片月，万户捣衣声。[2]

秋风吹不尽，总是玉关情。[3]

何日平胡虏，良人罢远征。[4]

①**子夜吴歌**：《乐府诗集》作《子夜四时歌》，共四首，这是第三首《秋歌》。子夜，晋代女子名。 ②**捣衣**：把洗净晾干的衣服铺在石板上，用木棒捶打平整，以便缝制冬衣。 ③**玉关情**：指对远戍玉门关的丈夫的思念。玉关，即玉门关，当时的边境要塞，故址在今甘肃敦煌西北。 ④**平胡虏**：平定侵扰边境的敌人。**良人**：指丈夫。**罢**：停止。

此诗表达了人民对和平的渴望。诗中选择秋月、捣衣声、秋风和玉关等四个主要意象，无不关合怀念征人的意蕴，层层相引相连，圆转流美如弹丸。整个空阔渺远而又略带惆怅的境界跟思妇一往情深的似水柔情显出内在的和谐，达到了情景浑融的化境。全诗具有明朗自然、玲珑剔透之美，堪称情深词显，深入浅出。

将进酒[1]

李白

君不见黄河之水天上来，奔流到海不复回。

君不见高堂明镜悲白发，朝如青丝暮成雪。[2]

人生得意须尽欢，莫使金樽(zūn)空对月。[3]

天生我材必有用，千金散尽还复来。

烹(pēng)羊宰牛且为乐，会须一饮三百杯。[4]

岑(cén)夫子，丹丘生，将进酒，杯莫停。[5]

与君歌一曲，请君为我倾耳听。[6]

钟鼓玉帛岂足贵，但愿长醉不复醒。[7]

古来圣贤皆寂寞，惟有饮者留其名。

陈王昔时宴平乐，斗酒十千恣欢谑(xuè)。[8]

主人何为言少钱，径须沽(gū)取对君酌(zhuó)。[9]

五花马，千金裘，[10]

呼儿将出换美酒，与尔同销万古愁。[11]

①**将进酒**：乐府古题。将，请。 ②**高堂**：大堂。**青丝**：指黑发。 ③**金樽**：喻指精美的酒器。樽，酒杯。 ④**会须**：应该。 ⑤**岑夫子**：指岑勋，作者的朋友。**丹邱生**：即元丹邱，也是作者的朋友。生，对平辈的称呼。 ⑥**与君**：给你。 ⑦**钟鼓玉帛**：喻指诸侯的显赫地位。钟鼓，古代的礼乐器。玉帛，圭璋和束帛，是古代

诸侯会盟时互赠的礼物。 ⑧**陈王**：曹植，他曾被封为陈思王。**平乐**：观名，故址在今河南洛阳附近。**斗酒十千**：极言美酒价贵。**恣**：任性。**欢谑**：欢乐嬉笑。 ⑨**径须**：只管。**沽取**：买来。 ⑩**五花马**：五色花纹的名贵马。**千金裘**：价值千金的皮衣。⑪**将出**：拿去。**尔**：你。

这首诗抨击了封建社会压抑人才的不合理的社会现实，抒发了诗人怀才不遇的牢骚与愤懑。李白在此提出了“天生我材必有用”的新的人生价值观。一个人的价值是由他自身的“材”（包括才能与品质）决定的，并不取决于某个君主或权贵的赏识与任用，“材”是独立的人格标志，这在封建社会中是相当进步的思想。全诗气势豪放，如大河奔腾，浩荡而东，虽为牢骚之词，却无颓废之感、寒俭之态。

杜甫 望岳[1]

岱(dài)宗夫如何？齐鲁青未了。[2]

造化钟神秀，阴阳割昏晓。[3]

荡胸生层云，决眦(zì)入归鸟。[4]

会当凌绝顶，一览众山小。[5]

①**岳**：指东岳泰山。 ②**岱宗**：泰山的别名。泰山因居五岳之首，故被尊为岱宗。**夫如何**：怎么样。夫，语助词。**“齐鲁”句**：泰山的青色在齐鲁各地都能望见。齐鲁，春秋时的两个国家，齐国位于泰山的北面，鲁国位于泰山的南面。未了，没有完毕。③**造化**：大自然。**钟**：聚集。**阴阳**：指泰山的南北。山北称阴，山南称阳。**割**：分。④**层云**：积聚着的云气。**决**：裂开。**眦**：眼眶。 ⑤**会当**：定要。**凌**：登上。

首联写诗人登泰山远眺时所看到的雄伟壮阔的景象。“青未了”三字囊括数千里。颔联由远到近，由鸟瞰到特写，描绘泰山的日出及山峰的峻峭。颈联写荡胸的层云、归山的飞鸟，化客观为主观，豪气顿生。尾联以将来登临绝顶“一览众山小”，来衬托现在的遥望，透过一层来写，不但尽现泰山之雄伟神气，更可见作者不凡的抱负与胸襟。

岑参

白雪歌送武判官归京①

北风卷地白草折，胡天八月即飞雪。②

忽如一夜春风来，千树万树梨花开。③

散入珠帘湿罗幕，狐裘不暖锦衾(qīn)薄。④

将军角弓不得控，都护铁衣冷难著。⑤

瀚(hàn)海阑(lán)干百丈冰，愁云惨淡万里凝。⑥

中军置酒饮归客，胡琴琵琶与羌(qiāng)笛。⑦

纷纷暮雪下辕门，风掣(chè)红旗冻不翻。⑧

轮台东门送君去，去时雪满天山路。⑨

山回路转不见君，雪上空留马行处。

①**判官**：唐朝协助地方长官处理政务和公文的文官。**京**：指长安。 ②**白草**：生长在西北地区的一种草，秋冬季节变白。**胡天**：指西北地区。 ③**梨花**：比喻白雪。 ④**罗幕**：丝织的帐幕。**狐裘**：狐皮衣服。**锦衾**：丝织的被子。 ⑤**角弓**：用兽角装饰的硬弓。**控**：拉开。**都护**：唐代管辖边防的长官。**著**：穿。 ⑥**瀚海**：大沙漠。**阑干**：纵横的样子。**惨淡**：昏暗的样子。 ⑦**中军**：指军中主帅的营帐。**置酒**：备酒。 ⑧**辕门**：军营的大门。**风掣**：狂风劲吹。 ⑨**轮台**：在今新疆维吾尔自治区米泉县。

这首诗是岑参的代表作，诗中描绘了一派西北边疆冰天雪地的风光，银装素裹，白雪红旗，新奇壮美，令人神往。全诗充满豪情壮采，不以塞外严寒为苦，不以朋友别离为悲，表现了诗人豪迈乐观的胸襟。“忽如”二句，写出了雪的皎洁鲜润，明丽飞动，字里行间透露出无边的春意，成为传诵千古的名句。

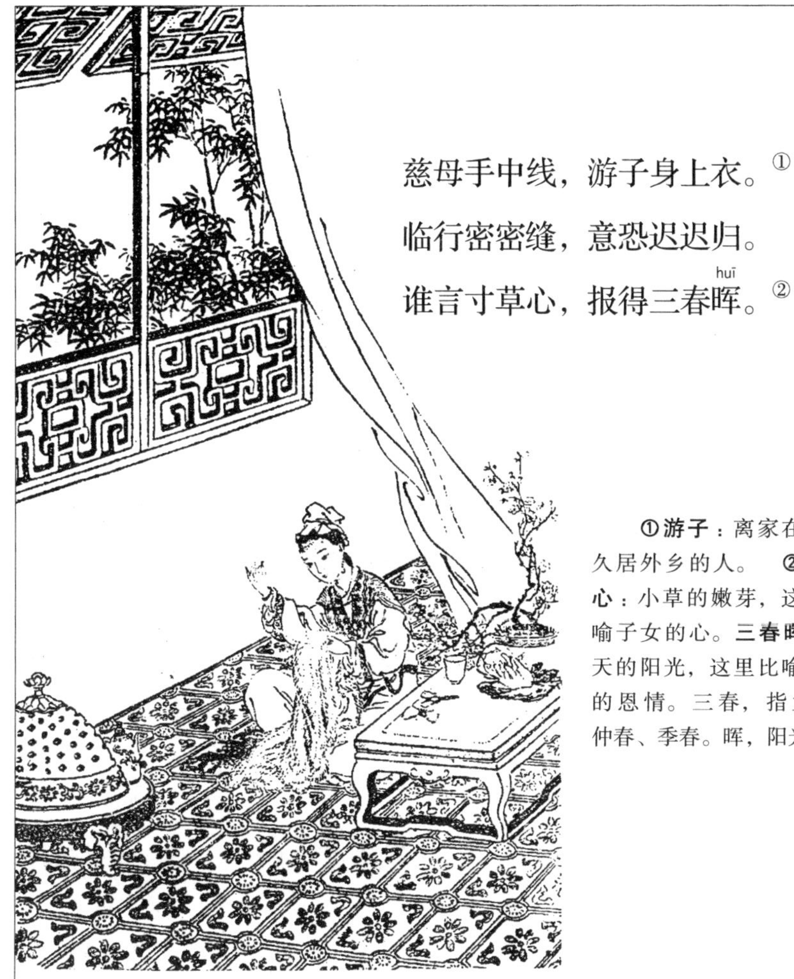

游子吟

孟郊

慈母手中线，游子身上衣。①

临行密密缝，意恐迟迟归。

谁言寸草心，报得三春晖(huī)。②

①游子：离家在外或久居外乡的人。 **②寸草心**：小草的嫩芽，这里比喻子女的心。**三春晖**：春天的阳光，这里比喻慈母的恩情。三春，指孟春、仲春、季春。晖，阳光。

这首诗是对母爱的深挚颂赞。母亲对儿女的爱心体现在一切言行之中，诗人从游子的角度，只拈出慈母缝衣这一最寻常的细节加以叙写。前四句塑造慈母形象，慈母担心游子迟迟不归的心情化为“密密缝”的深情专注的举动。从母亲缝衣的动作中，游子感悟到了那一针一线所饱含着的博大的母爱，所以最后两句直抒胸臆，发出肺腑之言：母爱如同太阳照耀着小草一样，我们怎样才能报答慈母的养育之恩呢！

白居易

琵琶行①

浔(xún)阳江头夜送客，枫叶荻(dí)花秋瑟瑟。②

主人下马客在船，举酒欲饮无管弦。③

醉不成欢惨将别，别时茫茫江浸月。

忽闻水上琵琶声，主人忘归客不发。

寻声暗问弹者谁？琵琶声停欲语迟。

移船相近邀相见，添酒回灯重开宴。④

千呼万唤始出来，犹抱琵琶半遮面。

转轴拨弦三两声，未成曲调先有情。⑤

弦弦掩抑声声思，似诉平生不得志。⑥

低眉信手续续弹，说尽心中无限事。⑦

轻拢慢捻抹复挑，初为《霓(ní)裳》后《六幺(yāo)》。⑧

大弦嘈(cáo)嘈如急雨，小弦切切如私语。⑨

嘈嘈切切错杂弹，大珠小珠落玉盘。

间关莺语花底滑，幽咽泉流冰下难。⑩

①**行**：歌曲名。 ②**浔阳江**：指长江流经江西九江以北的一段。**荻**：一种生在水边状似芦苇的植物。**瑟瑟**：形容枫树、芦荻被风吹动的声音。 ③**管弦**：管乐器和弦乐器，这里指音乐。 ④**回**：移动。**重**：再。 ⑤**转轴拨弦**：指调弄乐器。 ⑥**掩抑**：低沉压抑。 ⑦**信手**：随手。**续续**：连续不断的样子。 ⑧**拢、捻、抹、挑**：都是弹琵琶的手法。拢，用左指扣弦。捻，用左指揉弦。抹，右手下拨。挑，右手上拨。**《霓裳》**：即《霓裳羽衣曲》。**《六幺》**：本名《录要》，乐曲名。 ⑨**大弦**：最粗的弦。**嘈嘈**：形容声音洪亮急促。**小弦**：最细的弦。**切切**：形容声音低沉柔和。 ⑩**间关**：鸟叫声。**滑**：形容声音流利。**幽咽**：阻塞不畅的样子。

冰泉冷涩弦凝绝，凝绝不通声暂歇。

别有幽情暗恨生，此时无声胜有声。

银瓶乍(bèng)破水浆迸，铁骑突出刀枪鸣。①

曲终收拨当心画，四弦一声如裂帛(bó)。②

东船西舫(fǎng)悄无言，惟见江心秋月白。③

沉吟放拨插弦中，整顿衣裳起敛(liǎn)容。④

自言本是京城女，家在虾(há)蟆(má)陵下住。⑤

白居易

琵琶行

①银瓶：汲水的器具。**乍**：突然。 **②拨**：弹弦的工具。**当心画**：用拨在琵琶槽的中心用力一划。画，通“划”。**裂帛**：形容声音像撕破布帛一样响亮。 **③舫**：船。**④敛容**：脸色变得严肃。 **⑤虾蟆陵**：在长安东南的曲江附近。

白居易

琵琶行

十三学得琵琶成，名属教坊第一部。①

曲罢曾教善才服，妆成每被秋娘妒。②

五陵年少争缠头，一曲红绡(xiāo)不知数。③

钿(diàn)头银篦(bì)击节碎，血色罗裙翻酒污。④

今年欢笑复明年，秋月春风等闲度。

弟走从军阿姨死，暮去朝来颜色故。⑤

门前冷落鞍马稀，老大嫁作商人妇。⑥

商人重利轻别离，前月浮梁买茶去。⑦

去来江口守空船，绕船月明江水寒。⑧

夜深忽梦少年事，梦啼妆泪红阑(lán)干。⑨

我闻琵琶已叹息，又闻此语重唧(jī)唧。⑩

同是天涯沦落人，相逢何必曾相识！

我从去年辞帝京，谪(zhé)居卧病浔阳城。⑪

浔阳地僻无音乐，终岁不闻丝竹声。⑫

①**教坊**：唐朝的宫廷音乐机关。**部**：队。 ②**善才**：唐朝乐师的通称。**秋娘**：唐朝乐妓的通称，这里泛指美女。 ③**五陵年少**：指富贵子弟。五陵，长安城外有汉代五个皇帝的陵墓，后来这里成为豪门贵族的聚居地。**缠头**：指送给歌舞妓锦帛等财物。**绡**：一种轻薄精美的丝织品。 ④**钿头银篦**：镶有金属和珠宝的头饰。**击节**：打拍子。**翻酒污**：指泼翻酒，玷污衣服。 ⑤**颜色故**：容颜衰老。故，衰老。 ⑥**老大**：上了年纪。 ⑦**浮梁**：地名，在今江西景德镇。 ⑧**去来**：去后。来，语助词，无义。 ⑨**阑干**：眼泪纵横的样子。 ⑩**唧唧**：叹息声。 ⑪**谪**：降职。 ⑫**丝竹**：指音乐。

住近湓（pén）江地低湿，黄芦苦竹绕宅生。①

其间旦暮闻何物？杜鹃啼血猿哀鸣。②

春江花朝秋月夜，往往取酒还独倾。③

岂无山歌与村笛？呕哑嘲（zhā）哳难为听。④

今夜闻君琵琶语，如听仙乐耳暂明。⑤

莫辞更坐弹一曲，为君翻作《琵琶行》。⑥

感我此言良久立，却坐促弦弦转急。⑦

凄凄不似向前声，满座重闻皆掩泣。⑧

座中泣下谁最多？江州司马青衫湿。⑨

①**湓江**：在江西九江西。**黄芦**：芦苇。**苦竹**：竹的一种，其笋有苦味。 ②**杜鹃啼血**：传说杜鹃叫时嘴角会出血，声音凄苦。 ③**独倾**：一个人喝酒。 ④**呕哑嘲哳**：形容声音嘈杂。 ⑤**琵琶语**：琵琶声，琵琶所弹奏的乐曲。**耳暂明**：耳朵一下子清亮了。 ⑥**更坐**：再坐下来。**翻作**：按照曲调写成歌词。 ⑦**却坐**：退到原处坐下。**促弦**：拧紧弦。 ⑧**向前**：刚才。 ⑨**江州司马**：指作者自己。白居易当时被贬到江州（今江西九江）担任司马。**青衫**：唐朝八品、九品的低级官员的官服，白居易当时的官阶是从九品，故穿青衫。

唐宪宗元和十年（815），白居易被贬为江州司马，次年创作了这篇著名的作品。全诗通过对琵琶女身世遭遇的叙述，表现了诗人对她沉沦漂泊身世的深切同情，也寄寓了诗人自己政治上被贬谪的苦闷与怨愤。因此，它既是琵琶女和听琵琶的诗人昔荣今悴、“天涯沦落”命运的传奇故事诗，又是抒发诗人天涯沦落之恨的抒情诗。

白居易

长恨歌

汉皇重色思倾国，御宇多年求不得。①

杨家有女初长成，养在深闺人未识。②

天生丽质难自弃，一朝选在君王侧。

回眸(móu)一笑百媚生，六宫粉黛无颜色。③

春寒赐浴华清池，温泉水滑洗凝脂。④

侍儿扶起娇无力，始是新承恩泽时。⑤

①**汉皇**：汉代皇帝，这里借指唐玄宗李隆基。**倾国**：代指绝代美人。**御宇**：统治全国。②**杨家有女**：指杨贵妃，小名玉环，天宝四年（745）被册封为唐玄宗的贵妃。 ③**六宫**：后妃的住处。**粉黛**：化妆品，这里代指妇女。**颜色**：姿色。 ④**华清池**：指华清宫的温泉浴池，在今陕西临潼。**凝脂**：形容皮肤白嫩柔滑。语出《诗经·卫风·硕人》："肤如凝脂。" ⑤**承恩泽**：指得到皇帝的宠爱。

白居易

长恨歌

云鬓花颜金步摇，芙蓉帐暖度春宵。[①]

春宵苦短日高起，从此君王不早朝。

承欢侍宴无闲暇，春从春游夜专夜。[②]

后宫佳丽三千人，三千宠爱在一身。

金屋妆成娇侍夜，玉楼宴罢醉和春。[③]

姊妹兄弟皆列土，可怜光彩生门户。[④]

遂令天下父母心，不重生男重生女。

骊（lí）宫高处入青云，仙乐风飘处处闻。[⑤]

缓歌慢舞凝丝竹，尽日君王看不足。[⑥]

渔阳鼙（pí）鼓动地来，惊破《霓（ní）裳羽衣曲》。[⑦]

九重城阙（què）烟尘生，千乘万骑西南行。[⑧]

①**金步摇**：一种金首饰，戴在头发上，行走时会摇动，故称。 ②**承欢**：得到皇帝的宠爱。 ③**金屋**：汉武帝小的时候，姑母问他要不要她的女儿阿娇做妻子。汉武帝回答说："如果能得到阿娇，当会盖一间金屋给她住。"后来就用"金屋"指男人所宠爱的女人的住处。 ④**姊妹兄弟**：指杨贵妃的亲戚。**列土**：被授予爵位和领地。杨玉环受册封后，她的大姐封韩国夫人，三姐封虢国夫人，八姐封秦国夫人，从兄杨国忠任右丞相，封魏国公。**可怜**：可羡。 ⑤**骊宫**：骊山上的华清官。 ⑥**丝竹**：弦乐器和管乐器。 ⑦**渔阳鼙鼓**：指安禄山在渔阳（今河北蓟县一带）出兵叛乱。鼙鼓，军中用的小鼓。**《霓裳羽衣曲》**：舞曲名，本为西域乐舞，传入长安后，经唐玄宗改编而成。 ⑧**九重城阙**：指京城长安。**烟尘生**：指发生战祸。**西南行**：天宝十五年（756）六月，安禄山攻破潼关，唐玄宗采纳丞相杨国忠的建议，逃向西南的蜀中。

翠华重重(chóng)行复止，西出都门百余里。①
六军不发无奈何，宛转蛾眉马前死。②
花钿委地无人收，翠翘金雀玉搔头。③
君王掩面救不得，回看血泪相和流。
黄埃散漫风萧索，云栈萦纡(zhànyíng yū)登剑阁。④
峨眉山下少人行，旌(jīng)旗无光日色薄。⑤
蜀江水碧蜀山青，圣主朝朝暮暮情。
行宫见月伤心色，夜雨闻铃肠断声。⑥
天旋日转回龙驭，到此踌躇(chóu chú)不能去。⑦
马嵬(wéi)坡下泥土中，不见玉颜空死处。⑧
君臣相顾尽沾衣，东望都门信马归。⑨
归来池苑皆依旧，太液芙蓉未央柳。⑩

①**翠华**：皇帝仪仗中用翠鸟羽毛装饰的旗子。 ②**六军**：指皇帝的警卫部队。**宛转**：柔婉可怜的样子。**蛾眉**：美女的代称，这里指杨贵妃。 ③**花钿**：镶嵌金花的首饰。**委地**：弃在地上。**翠翘**：形如翠鸟长尾的钗。**金雀**：雀形的金钗。**玉搔头**：玉制的簪。 ④**云栈**：高入云中的栈道。**萦纡**：回环曲折。**剑阁**：即剑门关，在今四川剑阁县北。 ⑤**峨嵋山**：在今四川峨嵋市西南，这里泛指四川的山。 ⑥**行宫**：皇帝的临时住处。 ⑦**天旋日转**：指大局转变，战乱平定。**回龙驭**：指唐玄宗返回京城。龙驭，皇帝的车驾。 ⑧**马嵬坡**：在今陕西兴平县西，杨贵妃在此被迫自尽。 ⑨**信马归**：由着马前行。信，听任。 ⑩**太液**：池名，在长安大明宫北。**芙蓉**：荷花。**未央**：未央宫，在长安西北。

芙蓉如面柳如眉，对此如何不泪垂！

春风桃李花开日，秋雨梧桐叶落时。

西宫南内多秋草，落叶满街红不扫。①

梨园弟子白发新，椒房阿监青娥老。②

夕殿萤飞思悄然，孤灯挑尽未成眠。

迟迟钟鼓初长夜，耿耿星河欲曙天。③

鸳鸯瓦冷霜华重，翡翠衾(qīn)寒谁与共？④

悠悠生死别经年，魂魄不曾来入梦。⑤

临邛(qióng)道士鸿都客，能以精诚致魂魄。⑥

为感君王展转思，遂教方士殷勤觅。⑦

排空驭气奔如电，升天入地求之遍。

上穷碧落下黄泉，两处茫茫皆不见。⑧

①**西宫南内**：西宫指太极宫，南内指兴庆宫，唐玄宗返京后先后在这两个宫殿住过。 ②**梨园弟子**：皇宫里的歌舞艺人。**椒房**：后妃住的宫殿。古代后妃宫殿以椒和泥涂墙，有保温的作用，兼寓多子之意。**阿监**：宫中女官。**青娥**：年轻美貌的宫女。 ③**初长夜**：指秋夜。**耿耿**：明亮的样子。**星河**：银河。 ④**鸳鸯瓦**：一俯一仰扣合在一起的瓦。**霜华**：即霜花。**翡翠衾**：绣有翡翠鸟的被子。 ⑤**魂魄**：指杨贵妃的亡魂。 ⑥**临邛**：今四川邛崃县。**鸿都**：东汉京城洛阳的宫门名，这里借指长安。**致魂魄**：把死人的灵魂招来。 ⑦**方士**：专讲求仙、炼丹等事的人。 ⑧**穷**：找遍。**碧落**：道家对天的称呼。**黄泉**：指地下。

白居易

长恨歌

忽闻海上有仙山，山在虚无缥缈间。

楼阁玲珑五云起，其中绰(chuò)约多仙子。①

中有一人字太真，雪肤花貌参差是。②

金阙西厢叩(jiōng)玉扃，转教小玉报双成。③

闻道汉家天子使，九华帐里梦魂惊。④

揽衣推枕起徘徊，珠箔(bó)银屏迤(yǐ)逦(lǐ)开。⑤

云髻半偏新睡觉，花冠不整下堂来。⑥

风吹仙袂(mèi)飘飖(yáo)举，犹似霓裳羽衣舞。⑦

玉容寂寞泪阑干，梨花一枝春带雨。⑧

含情凝睇(dì)谢君王，一别音容两渺茫。⑨

昭阳殿里恩爱绝，蓬莱宫中日月长。⑩

回头下望人寰(huán)处，不见长安见尘雾。⑪

①**五云**:五色云彩。**绰约**:美丽的样子。　②**太真**:杨贵妃曾做过道士，号“太真”。**参差**：仿佛。　③**金阙**：金碧辉煌的仙宫。**玉扃**：玉作的门。**小玉**：吴王夫差的女儿。**双成**：董双成，传说中西王母的侍女。这里均借指杨贵妃的侍女。　④**九华帐**：华美的床帐。　⑤**揽衣**：披衣。**珠箔**：珠帘。**银屏**：银饰的屏风。**迤逦**：接连不断。⑥**觉**：醒。　⑦**袂**：袖子。　⑧**阑干**：纵横的样子。　⑨**凝睇**：注视。　⑩**昭阳殿**：汉宫名，汉成帝皇后赵飞燕居住过的地方。这里借指杨贵妃生前住过的地方。**蓬莱宫**：传说中海上仙山的宫殿，这里指杨贵妃所住的仙境。　⑪**人寰**：人间。

唯将旧物表深情，钿合金钗寄将去。[①]

钗留一股合一扇，钗擘（bāi）黄金合分钿。[②]

但令心似金钿坚，天上人间会相见。

临别殷勤重寄词，词中有誓两心知。

七月七日长生殿，夜半无人私语时。[③]

在天愿作比翼鸟，在地愿作连理枝。[④]

天长地久有时尽，此恨绵绵无绝期。[⑤]

①**钿合**：镶嵌金花的盒子。 ②**合一扇**：指盒的一半。**擘**：分开。 ③**长生殿**：唐朝宫殿名，在骊山华清宫内。 ④**比翼鸟**：雌雄相伴而飞的鸟。**连理枝**：两棵树的枝干连结在一起。 ⑤**绵绵**：连绵不断的样子。

《长恨歌》描写并歌颂了唐明皇李隆基和杨贵妃之间生死不渝的爱情。元和元年（806）白居易创作此诗时，李、杨关系经半个多世纪的民间流传，变成了“情之所钟，在帝王家罕有”的悲剧爱情故事，诗人通过对史实的改造与取舍，对这两个人物形象进行了净化、淡化与美化，使他们成为令人同情和赞颂的角色。诗人主要借此表达一种生死不渝、忠贞专一的爱情观。全诗分结合、惊变、思念、寻觅与致词五大部分，故事情节曲折完整，传奇浪漫，人物的心理、肖像描写细致生动，具有浓郁的抒情气氛，是白居易叙事诗的杰出代表。

无名氏

金缕衣[1]

劝君莫惜金缕衣，劝君须惜少年时。

有花堪折直须折，莫待无花空折枝。[2]

①**金缕衣**：用金玉镶制的华丽的衣服。 ②**堪**：可以。**直须**：应当。

《金缕衣》是中唐时期广为传唱的一首歌词，作者为唐代人，今不知其名。“须惜少年时”是一篇之主旨，全诗围绕这个中心反复地加以咏唱，通过“莫—须—须—莫”的回文式咏叹，大大丰富和强化了诗情。再配以音乐演唱，可谓极尽婉转缠绵之能事，有回肠荡气的感染力。

图书在版编目（CIP）数据

新编千家诗评注 / 周掌胜选编、注释；彭万隆评析. --杭州：浙江古籍出版社，2023.1
（图解国学经典：全图本）
ISBN 978-7-5540-2422-5

Ⅰ. ①新… Ⅱ. ①周…②彭… Ⅲ. ①古典诗歌—诗集—中国②《千家诗》—注释 Ⅳ. ①I222.72

中国版本图书馆 CIP 数据核字（2022）第 210468 号

（全图本）新编千家诗评注

周掌胜　选编、注释　彭万隆　评析

出版发行　浙江古籍出版社
（杭州体育场路 347 号　电话：0571-85176986）
责任编辑　徐晓玲
责任校对　吴颖胤
封面设计　刘昌凤
责任印务　楼浩凯
照　　排　杭州立飞图文制作有限公司
印　　刷　北京众意鑫成科技有限公司
开　　本　880 × 1230　1/32
印　　张　10.375
字　　数　260 千字
版　　次　2023 年 1 月第 1 版
印　　次　2023 年 1 月第 1 次印刷
书　　号　ISBN 978-7-5540-2422-5
定　　价　59.80 元